Zu diesem Buch

«Die Autorin versteht, falsche Sentimentalität oder den Ruch der Scholle zu vermeiden. Sie hat eine warme heitere Familiengeschichte geschrieben aus einer Zeit, da von Verseuchung der Umwelt und Drogensucht noch kaum die Rede war» («Welt am Sonntag»).

Mary E. Pearce, 1932 in London geboren, schrieb zunächst Kurzgeschichten, die in verschiedenen Zeitschriften in England und auch im Ausland erschienen. Inzwischen hat sie mehrere erfolgreiche Romane veröffentlicht. Mary E. Pearce lebt als freie Schriftstellerin in Worcestershire.

Mary E. Pearce

Apfelbaum, neig deine Zweige

Roman

Deutsch von
Hermann Stiehl

rororo

Rowohlt

Die englische Originalausgabe erschien unter dem Titel
«Apple Tree Lean Down»
im Verlag Macdonald & Jane's Ltd., London
Umschlagbild Brian Knight
Umschlagtypographie Werner Rebhuhn

Veröffentlicht im Rowohlt Taschenbuch Verlag GmbH,
Reinbek bei Hamburg, September 1983

Gesamtherstellung Clausen & Bosse, Leck
Printed in Germany
680-ISBN 3 499 15180 4

Apfelbaum, neig deine Zweige

Für Eliza war der Großvater Tewke bis zu ihrem elften Lebensjahr ein fremder alter Mann, der manchmal im zweirädrigen Einspänner mit einem Pony davor durchs Dorf fuhr. Nie hielt er vor ihrem Haus. Immer fuhr er daran vorbei, den Blick geradeaus gerichtet, den Kopf zurückgeworfen, die Melone tief ins Gesicht geschoben.

«Da fährt dein Großvater, stur und steif wie ein gestärkter Hemdkragen», sagte Kate. «Bestimmt kriegt heute morgen wieder jemand was zu hören.» Und wenn John Tewke von Capleton oder Chepsworth zurückkam, erzählte er, er sei dem Alten, seinem Vater, begegnet. «Er hat mir zugenickt, und ich hab ihm zugenickt, und das war alles. Sonst nichts.»

Einmal, als Eliza vor der Tür hockte und Erbsen schälte, ging Großvater Tewke quer über den Rasen auf die Kirche zu. Er kam so dicht an ihr vorbei, daß sie seine Stiefel knarren, die Münzen an seiner Uhrkette klimpern hörte und die silbrigen Haare erkennen konnte, die ihm aus der langen, schmalen Nase wuchsen. Doch er würdigte sie keines Blickes. Eliza war damals sieben oder acht Jahre alt. Sie wurde neugierig.

«Anscheinend weiß Großvater Tewke nicht, wer ich bin», sagte sie zu ihrer Mutter. «Er grüßt mich nie, wenn er vorbeikommt.»

«O doch, er weiß genau, wer du bist», sagte Kate. «Du bist ja deinem Vater wie aus dem Gesicht geschnitten. Aber er hat was gegen uns. Wir sind Luft für ihn.»

«Warum?»

«Das mußt du deinen Vater fragen», sagte Kate. «Der redet ja so gern und sitzt sowieso nur rum und tut nichts. Komm, gib mir die Erbsen!»

Kate hatte keine Zeit für lange Erklärungen, aber John

Tewke hatte dafür immer Zeit. Auch jetzt legte er seine Zeitung beiseite und setzte Eliza vor sich auf die Knie.

«Laß dich doch mal ansehen. Deine Mutter sagt, du bist mir wie aus dem Gesicht geschnitten, aber ich bin da nicht so sicher. Du hast genauso strohblondes Haar wie ich. Das stimmt. Aber du hast doch keinen Bart, oder? Nicht so feine Koteletten wie ich?»

«Was für einen Unsinn du da redest!» sagte Kate. «Statt dem Kind zu erzählen, was es wissen will!»

«Na schön. Damit Ruhe und Frieden im Hause herrschen.» Er lehnte sich zurück und ließ Eliza auf seinen Knien schaukeln, so gut es ging. «Also. Dein Großvater und ich haben uns nämlich zerstritten», sagte er, «schon vor Jahren. Da warst du noch gar nicht geboren, und das alles nur, weil ich aus der Tischlerei weggegangen bin.»

«Wo ist die Tischlerei?» fragte Eliza. «Ist sie weit von hier?»

«Nein! Sie liegt am anderen Ende von Huntlip, wo's nach Middening abgeht. Da gibt es einen Hof, der heißt Cobbs, und dazu gehören zehn Morgen Land, noch aus der Zeit, als die Tewkes Bauern waren. Dein Großvater hat aus den ehemaligen Ställen eine Werkstatt gemacht. Sein Geschäft geht gut, und deshalb hat er's mir auch so übel genommen, als ich fortging.»

«Und warum hast du das getan?»

«Weil ich nicht mein Leben lang Tischler sein wollte. Ständig an einem Stück Holz herumschnipseln, das wär mir gegen den Strich gegangen. Immerhin bin ich richtig in die Lehre gegangen. Ich kann jede Tischlerarbeit machen – besser als mancher andere.»

Kate legte geräuschvoll Gabeln und Löffel auf den Tisch.

«Daß ich nicht lache!» sagte sie. «Mein Spülbrett ist kaputt, und an einem Stuhl ist die Lehne abgebrochen, und es gibt noch mehr Dinge, an denen du zeigen könntest, was du kannst.»

«Ich weiß, ich weiß! Das mach ich alles noch. Ich muß nur in der richtigen Stimmung sein.» Er zwinkerte Eliza zu. «Deine Mutter versteht das nicht, aber ich mag einfach kein Werkzeug anfassen nach all den Jahren in der Werkstatt. Beim bloßen Gedanken daran, wird mir schon übel.»

«Eine Schande ist das!» sagte Kate. «Eine richtige Schande!»

«Mit Pferden ist das etwas ganz anderes», fuhr er fort. «Ein ungezähmtes Pferd, das hat so etwas . . . ich weiß nicht recht, wie ich das nennen soll. Für Pferde hatte ich schon immer mehr übrig als für Holz, und ich danke meinem Schicksal fast jeden Tag, daß ich von zu Hause fortgegangen bin. Es tut mir natürlich leid, daß dein Großvater so gekränkt ist deswegen.»

«Er ist dumm», erklärte Eliza.

«Na, ich weiß nicht. Er will halt, daß alles so geht, wie er es will. Genau wie ich, nur daß ich eben die Pferde liebe. Und das ist auch ganz gut so, denn hier zu Hause habe ich ja nicht viel zu sagen. Hier führt ja deine Mutter das Regiment, das steht fest!»

Und er nickte und zwinkerte mit den Augen, schnitt Gesichter und wackelte mit den Ohren, bis Eliza lachen mußte, obwohl sie wußte, daß diese Spiele ihre Mutter ärgerten. Der Vater tat gern so, als stünde er unter dem Pantoffel. In Wirklichkeit aber setzte Kate, auch wenn sie oft herumnörgelte und sich beschwerte, nur selten ihren Willen durch. Er war es, der die Entscheidungen traf, und sie hatte sich danach zu richten.

Sie stritten sich oft, weil sie – wie er behauptete – keinen Humor hatte, und weil er – wie sie behauptete – alles zu lustig nahm, und weil er oft leichtfertig mit dem Geld umging.

«Kate, du machst ein Gesicht wie drei Tage Regenwetter.»

«Hab ich etwa keinen Grund dazu, wenn du fröhlich mit einer Bierfahne vom Markt heimkommst und mein gutes Essen stehenläßt?»

«Na, hör mal! Ein Mann wird doch noch ein Glas Bier trinken dürfen! Noch dazu nach einem guten Geschäft. Was meinst du, was ich für die Stute und für das Fohlen bekommen habe?»

«Hoffentlich mehr, als das Futter gekostet hat.»

«Mehr? Allerdings war es mehr! Hier, nimm die zwei Zwanzigshillingstücke. Ich hoffe, sie reichen fürs erste.»

«Und was hast du mit dem Rest gemacht?»

«Wieder ins Geschäft gesteckt, natürlich. Ich habe einem Waliser zwei Pferde abgekauft. Und du errätst nie, wen ich in Ross gesehen habe!»

«Wen?» fragte Kate.

«Alle, die ich angeschaut habe!»

»Ach, geh, du bist ja betrunken!»

«Eliza! Deine Mutter ist heute so ernst wie auf einer Beerdigung. Wie bin ich nur zu dieser Frau gekommen?»

«Eine andere wollte dich wohl nicht haben», sagte Eliza.

«Was? Nun ist auch schon meine eigene Tochter gegen mich! Na ja, schade, dann bekommt sie das Geschenk eben nicht, das ich für sie gekauft habe.»

«Was für ein Geschenk?» wollte Eliza wissen.

«Ach, nur so ein kleines Handarbeitskörbchen mit Nadeln und bunten Fäden und einem Stickrahmen. Nicht Besonderes. Ich werde es wohl Hetty Minchin schenken.»

«Nein!» sagte Eliza. «Bitte, schenk es mir!»

«So – und was kriege ich dafür? Kriege ich keinen Kuß? Und was kriege ich von meiner Frau für diesen hübschen Plaidschal, den ich ihr mitgebracht habe? Seht ihr, nun lächelt auf einmal alles. Eigenartig, wie schnell die Frauen merken, was sie an einem Mann haben. Plötzlich sind sie ganz anders.»

«Das ist alles schön und gut», sagte Kate. «Trotzdem mußt du sparsamer mit dem Geld umgehen. Schließlich wissen wir nie, woher das nächste kommt und wann. Ein Schal! Kein Wunder, daß ich graue Haare kriege!»

Es war immer dasselbe nach einem Pferdemarkt:

Kate wußte, daß sie ihren Mann nicht ändern konnte, und trotzdem schimpfte sie jedesmal. Wie jedes Kind war auch Eliza zunächst ein getreues Echo aller Klagen ihrer Mutter, doch bald lernte sie den Vater als den zu schätzen, der er war. Er war ihr Vater, und das genügte. Er brachte Wärme und Farbe in ihr Leben und tröstete sie, wenn sie traurig war.

«Wo ist denn heute die Sonne? Hinter den Wolken verschwunden? Paß auf, ich bringe dich jetzt zum Lachen. Wetten? Wieviel wettest du? Einen Shilling auf die Nase oder einen Penny für jeden Nagel in einem Schuh? Na also, so gefällst du mir schon besser. So mag ich dich!»

Manchmal saß sie abends auf seinem Schoß und stopfte die Löcher in seinen Strümpfen oder nähte ihm die Knöpfe an. Dabei durchsuchte sie seine Taschen, leerte sie, blies Staub und Krümel heraus, säuberte sie und tat dann alles wieder hinein.

«Das ist mein Tabaksbeutel, mit reichlich wenig Tabak drin», mochte er dann wohl sagen. «Und das ist meine Nasenbremse. Ich hab Niggerboy heute morgen ins Maul geschaut. Ah – und das da ist ein Brocken Kohle, den habe ich heute abend auf der Straße gefunden. Tu ihn wieder rein, vielleicht bringt er mir Glück.»

Wenn das Wetter schlecht war, blieb er zu Hause. Er saß dann im Sessel, die Füße auf dem Kaminansatz, die Hände in den Hosenbund geschoben, und ließ Kate allein Wasser und Holz hereinschleppen. Doch wenn gutes Wetter war, arbeitete er mit den Pferden oft draußen auf der Allmende bis zur Erschöpfung, und dann mußte ihn Eliza nach Hause holen, damit er nicht unterwegs im Straßengraben einschlief. Oft ging er zwanzig Meilen zu Fuß, um Tiere zu kaufen, und wenn er heimkam, vielleicht mit zwei Fohlen an der Leine, waren seine Arme bis zu den Schultern hinauf blau und aufgeschunden. «Die Biester haben mich ganz schön fertiggemacht», sagte er dann. «Aber morgen früh können sie was erleben.»

Die Bauern rings um Huntlip wußten, daß er ein ehrlicher Mann war und ein gutes Urteil hatte. Sie vertrauten ihm ihr Geld an, kauften durch ihn gute Arbeitspferde und holten ihn, wenn ihr Vieh krank war. Eliza begleitete ihn bei solchen Aufträgen, wann immer sie konnte, und als sie einmal ein Zugpferd nach Middening brachten, zeigte er ihr, wo Großvater Tewke wohnte.

«Da – das ist Cobbs. Da bin ich geboren, und da ist die Tischlerei, von der ich dir erzählt habe.»

Er wollte nicht gern gesehen werden und blieb hinter einer hohen Hecke stehen. Aber Eliza, die auf dem Pferd saß, konnte über sie hinwegblicken. Sie sah das Haus mit seinem schwarzem Fachwerk und den roten Backsteinen dazwischen und den krummen Schornsteinen, halb im Sonnenschein, halb im Schatten der Eichen und Ulmen. Sie sah den großen Werkstatthof mit seinen Bretterstapeln rings herum und den Leuten an der Säge, die in einer Wolke von Sägemehl arbeiteten. Und sie sah die Zimmerleute und Tischler in der langen, niedrigen Werkstatt. Ihr Hämmern drang durch die offenen Türen nach draußen und hallte von der Mauer wider, und das Geräusch der Säge war wie die Stimme eines riesengroßen, unermüdlichen Zilpzalps.

«Was für ein Lärm!» sagte ihr Vater. «Aber dein Großvater hat das gern, den ganzen Tag. Kannst du ihn sehen?»

«Nein. Er muß irgendwo bei der Arbeit sein. Aber ich sehe Sam Lovage. Und Bobby Green. Sie rennen herum wie Ameisen.»

«Kannst du die große Eiche sehen?»

«Na, und ob! Die ist doch so groß, daß man sie einfach nicht übersehen kann.»

«Sie steht schon so lange wie das Haus.»

«Großvater Tewke kommt aus der Tür. Er blickt hierher. Er denkt wohl, ich stehe auf Stelzen.»

«Komm, laß uns weitergehen», sagte ihr Vater und zog das Pferd am Zügel. «Er soll nicht glauben, wir spionierten hier bei ihm herum!»

«Wohnt Großvater ganz allein in dem großen Haus?»

«Ja, und er wird sich manchmal sicher sehr einsam fühlen.»

«Das ist seine Schuld», sagte Eliza.

«Vielleicht, ja, aber er tut mir trotzdem leid. Und es tut mir auch leid um dich, denn ich habe dich um einen Großvater gebracht.»

«Das macht mir nichts aus», sagte Eliza.

Wenn Eliza keine Schule hatte, war sie auf der Allmende und beobachtete den Vater bei der Arbeit. Den Pferden durfte sie nicht zu nahe kommen, aber in der Mittagspause durfte sie vom Bier des Vaters mittrinken.

Im Frühling waren die oberen Hänge der Allmende gelb von blühendem Ginster. Das Gelb schillerte und tanzte in der Sonne, und der Wind trieb den Duft davon. Eliza war jeden Tag draußen, bis ihr Vater sie am Abend holte, sie aufhob und zu Bett brachte. Sie schlief ein mit dem Gesang der Lerchen im Ohr, mit dem Geschmack des Tages noch auf der Zunge, und durch ihre Träume glitt das Gelb des Ginsters.

Im Sommer mußte sie, so befahl es die Mutter, einen Strohhut tragen. Dennoch bekam sie einen Sonnenbrand und Sommersprossen auf Wangen und Nase. Sie machte sich nichts daraus, wie sehr die Mutter auch schimpfte. Sie liebte dieses Gefühl von gespeicherter Sonnenwärme auf der Haut.

Als sie alt genug war, durfte sie die Pferde, wenn sie gehorsam gewesen waren, mit Ölkuchenstückchen belohnen und ihr Futter mischen. Aber reiten durfte sie nicht auf ihnen, auch wenn sie zugeritten waren.

«Nein, auf Paddy nicht. Und auch nicht auf Tessa. Sie sind noch zu feurig. Schau dir nur Paddy an! Wie er die Augen rollt: Er würde dich sofort da drüben in den Teich werfen.»

«Warum?»

«Na ja, er ist größer als du und hat seinen Stolz. Er würde denken, was will das kleine Mädchen da auf meinem Rücken.»

«Aber er ist doch auch größer als du. Und dich läßt er auf sich reiten!»

«Aber nur manchmal. Er weiß schon, daß ich ihm die letzten Mucken noch austreibe. Aber ich verspreche dir: Es wird nicht mehr lange dauern, dann hast du dein eigenes Pony.»

Und das Pony wurde auch gekauft. Es hieß Silas und war ein vier Jahre alter Wallach, rußig-braun am Körper, rußigschwarz die Mähne und Schwanz. Silas war ein sanftes Tier und schon zugeritten, und Eliza konnte bald im Sattel reiten. Das Schönste aber war, daß sie sich auf das Pony setzen konnte, um sich gemächlich von ihm umhertragen zu lassen, wann immer sie Lust hatte. Sie fand es schön, die rauhe Mähne zwischen den Fingern zu fühlen und den kräftigen Körper unter sich zu spüren.

«Das kann man ja nicht mit ansehen», sagte ihr Vater. «Wie du da draufsitzt! Gar nicht wie eine Dame!»

«Nein, ich will auch nur so sein, wie ich bin.»

«Ihr paßt zusammen, du und das Pony. Ihr macht euch nichts draus, was die Leute von euch denken.»

«Warum sollte wer was von uns denken?»

«Das weiß ich auch nicht. Die Hauptsache ist ja auch, daß du glücklich bist. Aber denke nicht, daß ich dich in Schutz nehme, wenn deine Mutter nachher über dein schmutziges Kleid schimpft.»

Silas kam immer nickend und blinzelnd auf sie zu, sobald sie durch das Tor der Allmende kam. Er steckte, nach Brotkrusten suchend, seinen Kopf in ihre Taschen und trottete langsam hinter ihr her, stieß sie behutsam in den Rücken oder zog ihre Schürzenbänder auf. Wenn sie sich vorwurfsvoll umdrehte, blickte er mit träumerisch-unschuldigen Augen zur Seite oder senkte den Kopf wie in tiefem Nachsinnen. Wenn sie im Frühling Vogelnester suchte, folgte er ihr von Busch zu Busch, und er lief neben ihr her, wenn sie im Herbst Brombeeren pflückte. Und wenn sie gar nichts tat, sich nur hinsetzte und dem Gesang der Lerchen hoch oben in der Luft lauschte, graste er so nahe bei ihr, wie es ging, oder rupfte an dem Ginster, in dessen Schatten sie saß. Es machte ihr Spaß, wenn die Schwarzkehlchen in den Büschen ihn mit ihrem Ruf oder mit ihren Flügeln aufscheuchten oder wenn ihm eine Feder auf die Nüstern fiel.

«Der Bursche ist ja ein richtiges Schoßtier», sagte ihr Vater. «Läuft dir nach wie ein Lamm seiner Mutter.»

Im Winter wurde Kate krank. Eliza ging nicht in die Schule, denn sie mußte für das Haus sorgen. Draußen lag hoher Schnee.

«Geh nicht nach draußen», sagte ihr Vater. «Sonst wirst du auch noch krank.»

«Aber ich muß nach Silas sehen», sagte Eliza.

«Dem geht's gut. Ich kümmere mich schon um ihn.»

Als sie dann endlich wieder auf die Allmende kam, war das Pony nicht da.

«Wo ist Silas?» fragte sie ihren Vater.

«Wie? Ach so, Silas. Den habe ich auf ein Gut geschickt, wo er's warm hat. War zu kalt für ihn hier draußen.»

«Wann war das?»

«Das weiß ich nicht mehr genau. So vor zwei, drei Wochen.»

«Er ist weg? Für immer? Hast du ihn verkauft?»

Ihr Vater streute den Pferden Heu hin und verteilte es umständlich auf dem Schnee, laut schnaufend und mit viel Getue. Aber Eliza ließ sich nicht abweisen, und schließlich hielt er inne, stützte sich auf die Heugabel und sagte:

«Ich mußte. Ich mußte Sachen für Mutter kaufen, und ich hatte ein sehr günstiges Angebot für Silas. Aber wo er jetzt ist, hat er's sehr gut. Ein Gutsbesitzer wollte ihn für seinen Sohn haben.»

«Du hättest mich fragen müssen.»

«Das habe ich mir auch überlegt, aber dann habe ich gehofft, ich könnte dir ein neues Pony kaufen, bis du wieder hierherkommst. Und du kriegst auch eins, ganz bestimmt.»

«Nein!» sagte sie. «Ich will kein anderes Pony! Das können wir uns nicht leisten. Nur Gutsbesitzer können sich Ponies leisten.»

«Ich hatte keine andere Wahl, Eliza. Verstehst du das?»

«Ja», sagte sie, wandte sich um und ging heim.

Zuerst war sie wütend, denn sie wußte, daß keine besonderen Sachen für die Mutter gekauft worden waren. Doch dann sah sie am nächsten Tag, wie bedrückt ihr Vater war. Sie mochte es nicht, daß er sich schämte und meinte, sich nun wieder in ihre Gunst einschleichen zu müssen.

«Eliza, willst du am nächsten Freitag zur Pfingstmesse mitkommen? Du kriegst auch ein paar Lebkuchen oder ein Halstuch. Ach was, ich kauf dir eine Perlenkette.»

«Du sollst mir nichts kaufen.»

«Wieso nicht? Ich bin dir etwas schuldig, wo ich Silas einfach so verkauft habe.»

«Nein, das bist du nicht. Es ist alles in Ordnung. Ich bin nicht mehr traurig.»

«Ach, du liebes kleines Ding. Nie weinst du, wenn man dir etwas antut. Wollen wir nicht zu Harry Mapp gehen? Du könntest auf seinem Boxer reiten. Du und Boxer, ihr seid doch alte Freunde.»

«Nein», sagte Eliza. «Dazu bin ich zu alt. Ist schon gut. Mach dir keine Sogen mehr.»

Jeden Morgen vor der Schule holte Eliza das Wasser für den Tag. Als sie an diesem Tag im Oktober in der Schlange vor der Pumpe wartete, fuhr Großvater Tewke in seinem Einspänner vorüber, und Freddy Lovage, dessen Vater in der Tischlerei arbeitete, hörte auf zu pumpen und grüßte.

«Das war dein Großvater», sagte er. «Willst du nicht einen Knicks machen?»

«Ich?» sagte Eliza. «Lieber mach ich vor dem Eimer da einen Knicks.»

«Also, ich finde, dein Vater ist ganz schön dumm gewesen, einfach aufzuhören», sagte Freddy, «wo der alte Mr. Tewke so ein Tipptopp-Geschäft hat.»

«Na schön, und mein Vater hat sein eigenes Tipp-topp-Geschäft.»

«Pferde!» sagte Freddy. «In dem Zigeunergeschäft kann man doch nicht reich werden.»

«Mein Vater ist sein eigener Herr. Und das ist deiner nicht, Freddy Lovage.»

«Mein Dad ist ein ordentlicher Handwerker», sagte Freddy.

«Dann sag ihm, er soll das bleiben und nicht so viel über andere Leute reden. Und jetzt mach mal 'n bißchen Platz und laß mich an die Pumpe.»

Als sie ins Haus kam, bürstete sich ihr Vater auf der Türschwelle die Stiefel.

«Lieb von dir, Eliza, daß du so für deinen Dad eintrittst», sagte er. Er nahm die Eimer und trug sie in die Küche. «Ich werde nicht ewig Pferde auf der Allmende zureiten. Eines Tages habe ich mein eigenes Stück Land und baue Ställe, und dann hab ich ein richtiges Gestüt.»

«Und womit willst du das Land kaufen?» fragte Kate. «Mit Hemdenknöpfen und Flaschenkorken?»

«Geld wäre schon besser», erwiderte er. «Alles, was ich brauche, ist ein bißchen Glück für den Anfang.»

«Beim Pferderennen in Chepsworth findest du das nicht!»

«Pferderennen? Wer redet denn von Pferderennen? Ich gehe zum Markt. Damit du es weißt.»

«Du brauchst mir nichts zu erzählen, wo du dich so fein machst!»

«Da laufen tatsächlich zwei Pferde heute nachmittag, die mich interessieren. Wer soll's sein: Rufus oder Schnelles-Geld?»

«Ich würde auf Langsam-aber-sicher setzen.»

«Eliza!» sagte er. «Welches Pferd würdest du wählen?»

«Rufus», sagte Eliza. «Der andere Name gefällt mir nicht.»

«Gut, dann soll es Rufus sein.» Er zog ein Fünfshillingstück aus der Tasche und hielt es Eliza zum Draufspucken hin.

«Nur ein bißchen Glück, und vielleicht sind wir heute nachmittag um fünfzehn Pfund reicher. Und dann werde ich Pferde züchten, von denen man überall spricht. Ihr werdet sehen!»

An jenem Nachmittag wurde John Tewke von einem Hengst getötet, den er in Chepsworth gekauft hatte. Nachbarn fanden ihn auf der Allmende von Huntlip und brachten ihn nach Hause. Sie sagten, er müsse sofort tot gewesen sein. Er habe nichts ahnend gerade ein Fußfesseleisen in den Boden gehämmert. Seine Augen standen weit offen. Hinten am Kopf klaffte eine große, schwarze Wunde.

Eliza erfuhr davon in der Schule und rannte mitten durch einen heftigen Regenschauer nach Hause. Kate saß im Dunkeln in der Küche und schaukelte auf ihrem Stuhl vor und zurück, vor und zurück. Sie hatte die Arme vor der Brust gekreuzt und die Hände an die gekrümmten Schultern geklammert. Sie merkte nicht, daß Eliza hereingekommen war. Sie saß da, völlig in sich gekehrt, ein fremder Mensch. Aber als sie dann eine Hand ausstreckte und fühlte, daß Elizas Kleider ganz naß waren, erwachte sie schlagartig zum Leben und begann zu schimpfen.

«Zieh dich aus! Du bist ja naß wie eine Ratte. Warum bist du durch den Regen gelaufen und hast dich nicht untergestellt?»

Als Eliza nackt vor dem Herd stand, packte sie eine Art Schüttelfrost. Wie sehr sie sich auch zusammennahm, sie zitterte am ganzen Körper. Sie rieb sich mit einem rauhen Tuch ab und zog warme, frische Sachen an. Neue Wärme und Geborgenheit erfüllten sie, und sie spürte etwas wie Schuld. Als sie nach Hause gerannt war, hatte sie geglaubt, nichts könne jetzt mehr von Bedeutung sein. Trotz allem freute sie sich, daß sie zu Hause, im Warmen, in Sicherheit, am Leben war.

Kate zündete die Lampe an, und ihr Gesicht sah plötzlich alt aus. Falten zogen sich zu ihrem Mund hinunter. Sie tat dies und das, zog die Vorhänge zu, stellte den Kessel aufs Feuer, machte Tee. Doch dann und wann verharrte sie plötzlich, starrte mit geröteten, zornigen Augen vor sich hin und sagte wie zu sich selber: «Ich bin nur froh, daß sie ihn vor dem Unwetter gefunden haben. Sonst hätte er draußen im Schlamm gelegen. Das wäre noch schrecklicher gewesen.»

Später sagte sie: «Pfarrer Widsom war sehr freundlich. Er hat deinen Vater zu sich ins Pfarrhaus genommen.»

«Was ist mit dem Pferd?» fragte Eliza.

«Sie haben es gefangen und eingesperrt. Es wird wahrscheinlich verkauft werden . . .»

«Da draußen ist auch noch eine Stute. Und Sattel und Zaumzeug . . . und solche Sachen.»

«Ja, ich muß mit dem Nachbarn sprechen. Vielleicht kann er alles für uns verkaufen. Wir brauchen das Geld.»

«Queenie war da und hat gefragt, ob der Sarg für deinen Vater in Cobbs gezimmert werden soll. Ich habe nein gesagt. Ich gehe lieber zu dem Mann in Chepsworth.»

«Aber Großvater Tewke macht doch alle Särge für Huntlip», sagte Eliza. «Da könnte er doch auch einen für seinen eigenen Sohn machen.»

«Ich will mit ihm nichts zu tun haben», sagte Kate. «Aber natürlich kann er zur Beerdigung kommen.»

Doch Großvater Tewke kam nicht zur Beerdigung, und sie erfuhren, daß in der Tischlerei die Arbeit an diesem Tag wie üblich weitergegangen war.

«Das war nicht anders zu erwarten», sagte Kate. «Ein unversöhnlicher Mann, dein Großvater.»

Die Pferde und das Zubehör wurden auf einer Versteigerung verkauft, der Leichenbestatter, der Getreidehändler in Chepsworth und der Schmied in Collow Ford bezahlt.

«Bleibt uns nicht viel übrig!» sagte Kate. «Aber wir haben wenigstens keine Schulden.»

«Ich könnte arbeiten gehen», sagte Eliza.

«Das ist nicht nötig. Ich mache wieder Handschuhe, wie früher. Ich habe noch meinen alten Holzrahmen, und meine Finger sind auch noch ganz gelenkig.»

Ein Mann mit Namen Roberts kam jede Woche aus Chepsworth herüber, brachte das Material und holte die fertigen Handschuhe ab. Eliza konnte ihn nicht leiden, denn obwohl ihre Mutter stets gute Arbeit lieferte, hatte er immer etwas auszusetzen, um weniger Lohn zahlen zu müssen.

«Dieser Ansatz hier ist etwas unschön, finden Sie nicht, Mrs. Tewke?»

«Ich schneide die Muster nicht zu, Mr. Roberts.»

«Auch die Nähte sind nicht das, was sie sein könnten.»

«In der Fabrik früher hat sich niemand beschwert. Ich war Mr. Gantys beste Handschuhnäherin.»

«Eins-neun das Dutzend Paare. Mehr kann ich Ihnen heute nicht bieten, Mrs. Tewke.»

«Das ist nicht genug!» rief Eliza, bevor ihre Mutter noch das Angebot annehmen konnte. «Lassen Sie die Handschuhe hier! Wir bringen sie selber zu Mr. Ganty.»

Der junge Mann warf ihr einen geringschätzigen Blick zu. «Mußt du nicht in der Schule sein?»

«Ich bin extra früher weggegangen, weil Sie kommen.»

«Ach nein! Willst wohl aufpassen, daß ich deine Mutter

nicht übers Ohr haue, was? Aber Ihr werdet von Mr. Ganty auch nicht mehr bekommen.»

«Das werden wir ja sehen.»

«Eins-elf», sagte er mürrisch. «Nur weil Ihr so arm seid.»

Als er gegangen war, sagte Kate: «Du warst sehr vorlaut. Ich will nicht, daß ein kleines Mädchen so spricht. Wenn er uns das nun übelnimmt?»

«Warum? Ganz Huntlip weiß, daß er die Pennies, die er den Leuten vom Verdienst abknöpft, in die eigene Tasche steckt.»

Kate arbeitete so gut sie konnte, doch sie arbeitete langsam, denn sie sah nicht mehr gut, und obwohl Eliza mithalf, verdienten sie nie mehr als sieben Shilling die Woche. Oft weniger.

Als Eliza eines Tages im Januar nach Hause kam, lag ihre Mutter mit schmerzverzerrtem, blassem Gesicht auf der Sitzbank. Die Nachbarin, Mrs. Wilkes, saß neben ihr.

«Deine Mutter ist krank», erklärte Mrs. Wilkes. «Kein Wunder, wo sie nicht mal so viel ißt wie ein Spatz! Ja, schau nur groß, kleine Miss! Ich würde mich schämen, wenn ich an deiner Stelle wäre, so ein großes Mädchen von elf Jahren und geht zur Schule, statt Geld zu verdienen!»

«Annie, sei still!» sagte Kate. «Mir war doch nur ein bißchen schwindlig.»

«Was hast du zu Mittag gegessen?» fragte Eliza.

«Ich habe genug gegessen», sagte Kate.

«Eine Tasse Tee. Sonst nichts!» sagte Mrs. Wilkes. «Ich weiß, was du zu Mittag ißt!» Und damit wandte sie sich wieder an Eliza. «In der Speisekammer sind zwei Eier und ein halbes Brot. Aber da darf ja niemand dran! Das ist ja *dein* Abendessen und *dein* Frühstück!»

«Unsinn!» sagte Kate und richtete sich mühsam auf. «Ich hatte nur keine Zeit zum Einkaufen. Außerdem geht dich das nichts an, Annie Wilkes, und geh bitte nicht mehr an meine Speisekammer!»

«Na schön!» gab Mrs. Wilkes zurück. «Das hat man davon, wenn man sich um seine Nachbarn kümmert!»

Als die Tür zugefallen war, sah Eliza in den Krug auf der Anrichte, in dem die Mutter das Geld aufbewahrte. Er war leer.

«Ein Mann ist vorbeigekommen», sagte ihre Mutter. «Ich habe ihn nicht gekannt, aber er hat gesagt, dein Vater hätte ihm Geld geschuldet. Dreißig Shilling.»

«Und die hast du ihm einfach so gegeben? Einem Mann, den du gar nicht kennst?»

Eliza holte Holz und fachte das Feuer an. Sie kochte ein Ei, schnitt dünne Scheiben Brot und Speck ab und brachte ihre Mutter dazu, sich aufzusetzen und zu essen.

«All diese Aufregung!» sagte Kate. «Nur weil mir ein bißchen schwindlig war.»

«Wie fühlst du dich jetzt?»

«Gut. Ich hab mich nie besser gefühlt.»

«Dann darf ich noch ein wenig fortgehen, ja?»

«Aber wo willst du denn auf einmal hin?»

«Ich hab Hetty Minchin versprochen, ihr bei den Rechenaufgaben zu helfen. Es dauert nicht lange. Ruh dich aus, bis ich wieder da bin.»

«Ja, aber es ist doch noch viel zu früh, um die Lampe anzuzünden!»

«Es wird dunkel. Und es ist kalt und feucht, also paß auf, daß das Feuer nicht ausgeht.»

«Paß auf! Paß auf!» rief Kate. «Du kommandierst mir zuviel rum, mein Kind!»

Mit der Abenddämmerung war Nebel vom Derrent aufgestiegen, der kalt und grau um das Dorf strich. Die Leute nannten ihn den «Jägeratem». Nach einer alten Sage soll Huntlip einst ein schlimmer Ort gewesen sein, wo der Teufel auf die Jagd ging. Die Hunde hatten kleine Kinder angefallen, und die Funken, die von den Pferdehufen aufsprühten, hatten jeden geblendet, der sich der wilden Jagd in den Weg stellte. Manche Leute meinten, daß die wilde Jagd noch heute in den Winternächten zu hören sei. Die wilden Gesellen setzten bei Collow Ford über den Derrent, und der Schmied, so erzählte man sich, habe das Knallen der Peitsche und das Bellen der Hunde draußen vor seiner Schmiede gehört.

Eliza trug einen Mantel ihres Vaters. Der Saum schlug bei jedem Schritt schwer gegen ihre Beine. Sie steckte die Hände tief in die Taschen, damit der Stoff sie besser einhüllte. Den Kragen hatte sie hochgeschlagen, und als sie sich tiefer hineinkuschelte, spürte sie die eigene Körperwärme im Gesicht.

Huntlip lag wie verlassen da. Sie ging auf der anderen Seite des Derrent weiter. Hinter der Abzweigung nach Middening ließ sie auch das letzte Licht hinter sich zurück. Sie tastete sich im Dunkeln an der Hecke entlang, und endlich hatte sie das Tor zur Tischlerei gefunden.

Die Werkstatt lag hell erleuchtet vor ihr. Aus den Fenstern drang Licht in die dichten Nebelschwaden. Die zweiflügelige Tür stand offen, und Eliza sah hinein, und die Wärme und der Lampendunst stachen ihr in die Augen.

Vier Männer arbeiteten an einer Werkbank unter den Fenstern, knöcheltief in Hobelspänen stehend. In der Mitte der Werkstatt nagelten zwei Leute die Latten zu einem Schafpferch zusammen. Der eine der beiden war Sam Lovage, und als er dem anderen etwas ins Ohr geflüstert hatte, drehte sich Großvater Tewke, der bisher mit dem Rükken am Ofen gestanden und etwas in ein Notizbuch eingetragen hatte, um. Nach kurzem Zögern ging er auf Eliza zu.

«Na, wer bist du denn?» fragte er stirnrunzelnd.

«Du weißt schon, wer ich bin», sagte sie.

«Schon möglich.»

«Ich muß mit dir sprechen», sagte sie.

«Dann sprich nur, ich bin ganz Ohr.»

«Das sind die andern hier auch.»

«Na schön, gehen wir hinaus.»

Draußen auf dem Hof, mitten im Nebel, wirkte er riesengroß. Seine leicht gekrümmten Schultern waren schwer und breit. Unter der Schirmmütze, im Licht der offenen Tür, sah sein Gesicht mit seinen scharfen Kanten und glatten Flächen aus wie aus Holz geschnitzt. Der Mund war nach unten gezogen, seine Nase gerade und schmal.

«Nun, was gibt's, kleine Miss?»

«Meine Mutter ist krank», sagte Eliza. «Sie kriegt nicht genug zu essen.»

«Das ist nicht meine Schuld. Aber vielleicht denkt deine Mutter anders darüber?»

«Sie hat mich nicht hierhergeschickt. Eher würde sie verhungern.»

«Kate hat ihren Stolz, das weiß ich. Aber wie steht es mit dir? Weißt du überhaupt, was dieses Wort bedeutet?»

«Stolz macht uns nicht satt», sagte Eliza.

«So verhungert siehst du mir gar nicht aus!»

«Meine Mutter hat die ganze Zeit für mich gehungert. Das hab ich erst heute erfahren.»

«Und da kommst du gleich zu mir?»

«Wir haben sonst niemanden.»

«Weißt du nichts von dem Streit zwischen mir und deinem Vater? Daß ich ihn aus dem Haus geworfen habe? Warum meinst du, daß ich euch jetzt helfen würde?»

«Ich dachte einfach, du würdest es tun.»

«Für ein Mädchen deines Alters weißt du recht gut, was du willst. Wart einen Augenblick, ich komme mit dir.»

Er ging zur Werkstattür und rief den Arbeitern zu:

«Ich bin zum Feierabend nicht da. Also macht die Lampen aus und schließt die Türen. Aber macht nicht vor der Zeit Schluß. Ich erfahr's doch!»

Er kam zurück, knöpfte seine Jacke bis zum Halse zu und machte sich mit Eliza auf den Weg. Nebel und Dunkelheit schienen ihm nichts anhaben zu können, während Eliza immer wieder stolperte.

«Hier, nimm meine Hand, sonst fällst du noch in den Bach», sagte er. «Du mußt Karotten essen, dann kannst du auch im Dunkeln sehen.»

Zu Hause in der Küche saß Kate und nähte Handschuhe. Sie schaute den Eintretenden entgegen, doch die Augen, nur an die Arbeit nahe vor dem Gesicht gewöhnt, mußten sich erst auf die größere Entfernung umstellen. Als der Alte vor ihr stand, wurden sie klein und schmal.

«Was soll das? Ich erwarte keinen Besuch.»

«Es wäre freundlich, wenn du mir einen Platz anbieten würdest.»

«Seit wann sollten wir freundlich zueinander sein?»

«Herrgott! *Deine Tochter* hat mich schließlich hierhergeholt, Kate Tewke!»

Kate wandte sich um und funkelte Eliza an, die dem Alten einen Stuhl brachte.

«Meine Tochter ist ein dummes, kleines Ding. Sie hätte mich vorher fragen sollen.»

«Das Mädchen hat einen gesunden Menschenverstand. Sie sagt, von Stolz wird man nicht satt.»

«Sie wird nachher was von mir zu hören bekommen.»

«Jetzt nimm doch mal Vernunft an!» Er saß gerade und steif auf dem Stuhl. «Von Stolz kann tatsächlich niemand leben. Mach dir doch nichts vor! Ich will nicht, daß die Witwe meines Sohnes der Gemeinde zur Last fällt. Also laß uns vernünftig miteinander reden.»

«Als ob du dich um deinen Sohn gekümmert hättest!»

«Das ist vorbei. Mir geht's um das Hier und Jetzt. Das Beste ist, ihr zieht zu mir nach Cobbs. Ich kann schon für euch beide sorgen.»

Kate saß ganz still da, die Lippen zusammengepreßt, ihr Blick war hart. Eliza ging leise im Zimmer umher, zog Mantel und Schal aus und hängte beides an den Haken an der Tür. Dann trat sie zum Tisch, in den Kreis gelben Lichts hinein, und der Alte blickte von ihr zu Kate.

«Nun?» fragte er, daß sie beide zusammenfuhren. «Ich warte noch immer auf Antwort.»

«Wohltätigkeit», sagte Kate. «Ich brauche keine Wohltätigkeit, ob sie von dir oder von der Gemeinde kommt.»

«Wenn du zu mir kommst, übernimmst du die Arbeit von Goody Izzard. Du wirst den Haushalt führen. Da kannst du kaum von Wohltätigkeit sprechen.»

Kate sah zu Eliza hin. Sie war nicht mehr zornig. Sie schien sich gefügt zu haben.

«Ja, und denk an das Mädchen!» drängte der Alte. «An sie vor allem mußt du denken.»

«Na schön», sagte Kate. «Ich komme.»

«Gut! Dann ist das geregelt. Dann ist das also erledigt!» Er stand auf und ging zur Tür. «Ich schicke euch Izzard am Freitag mit dem Wagen. Punkt zehn Uhr morgens.»

Der Alte ging hinaus. Kate saß da und starrte zur Tür.

«Es ist wahrscheinlich das Beste», sagte sie. «Aber ich weiß nicht, ich bin völlig durcheinander!»

«Nun brauchst du dir wenigstens die Augen nicht mehr mit Handschuhnähen zu verderben», sagte Eliza. «Hör sofort auf. Den Rest näht Mrs. Topson!»

«In Cobbs wohnen!» sagte Kate. «Wie sich manchmal das Leben ändert! Von einer Minute zur anderen! Ich weiß nicht, was dein Vater dazu sagen würde.»

«Er würde sich freuen, das weißt du genau.»

Punkt zehn Uhr am Freitag morgen klopfte Walter Izzard an die Tür. Der Wagen mit dem Pony davor stand draußen. Das Verdeck war zu, weil es regnete.

«Ich bin froh, daß es regnet», sagte Kate. «Da bleiben wenigstens die Nachbarn im Haus und gucken nicht so nach meinen Sachen.»

«Ja, ist schon ein neugieriges Volk, in Huntlip», sagte Walter. «Ich bin immer wieder froh, daß ich im Mauthaus draußen wohne.»

Er war ein hagerer Mann mit kurzgeschorenem, grauen Kraushaar, einem schmalen Gesicht, das fast nur aus Nase und Backenknochen bestand. Eliza hatte ihn oft gesehen, wenn er die Feldwege entlangstapfte mit seiner Werkzeugtasche über der Schulter, und sie kannte auch seinen Sohn Jesse, der neun Jahre alt war und in der Schule nicht recht mitkam.

Walter lud die Möbel auf den Wagen, und dann fuhr er – Kate und Eliza neben sich auf dem Bock – um den Anger herum und bog in die Hauptstraße ein. Einige Nachbarn kamen heraus und winkten, und Kate, in ihrem besten schwarzen Hut und Kleid, nickte freundlich.

Sie fuhren an der Werkstatt vorbei bis zur Rückseite des Hauses. Goody Izzard kam heraus, um ihnen zu helfen. Sie trug die Sachen die Treppe hinauf, zeigte ihnen ihre Zimmer und half Eliza beim Aufstellen der Betten. Kate ging wortlos wie in einem Traum hin und her und überließ alles Goody. Als sie eingerichtet waren, führte sie sie hinunter in die Küche und bewirtete sie mit warmem Kakao.

«Ihr müßt ja halb erfroren sein, nach der Fahrt in diesem kalten Regen. Kommt zum Ofen und wärmt euch auf.»

«Wir bringen Sie um Ihren Posten», sagte Kate. «Das tut mir leid, Mrs. Izzard. Wirklich.»

«Ist nur recht und billig», sagte Goody, «daß der alte Tewke endlich seine Familie bei sich hat.»

«Machen Sie sich wegen Goody keine Sorgen», sagte Walter. «Ihr hat es noch nie Spaß gemacht, jeden Tag vom Mauthaus herüberzukommen. Sie arbeitet viel lieber auf dem Feld.»

Als Walter gegangen war, blickte sich Goody noch einmal in der Küche um und zog dann ihren Mantel an.

«Auf dem Herd kocht ein Lammstew, und im Ofen schmoren Äpfel. Der Alte kommt um zwölf heim. Ach so, und noch etwas . . . die Kühe.»

«Kühe?» sagte Kate verwirrt.

«Ja, zwei. Sie sind draußen auf der Weide. Der Alte melkt sie morgens selber, aber nachmittags habe ich das machen müssen . . . Und das müssen Sie jetzt tun!»

«Kühe!» sagte Kate, als sie mit Eliza allein war. «Ich habe in meinem Leben noch keine Kuh gemolken!»

«Aber ich», sagte Eliza. «Mehr als einmal, bei Harry Mapp. Ich mach das schon.»

Um zwölf Uhr kam Großvater Tewke zum Essen. Er setzte sich, noch mit der Mütze auf dem Kopf, auf seinen Stuhl am Tisch und wartete, bis Kate ihn bediente. Während er aß, achtete er darauf, was sie sich auf den Teller tat.

«Du mußt mehr essen. Du mußt Fleisch auf deine Knochen kriegen.»

«Ich habe keinen Appetit», sagte Kate. «Diese Umstellung. Ich bin noch ganz durcheinander.»

«Na ja, das gibt sich schon. Hab's nur nicht gern, wenn Leute im Essen herumstochern.» Er blickte über den Tisch hinweg zu Eliza. «Du schwänzt die Schule, wie ich sehe. Auch das habe ich nicht gern.»

«Ich gehe nicht mehr in die Schule. Ich werde zu Hause bleiben und Mutter helfen. Sie hat viel Arbeit hier mit diesem großen Haus.»

«Wieso? Goody Izzard hat das auch allein geschafft!»

«Mutter ist nicht so kräftig wie Goody Izzard.»

«Du gehst weiter zur Schule und lernst. Ich habe was vor mit dir. Du sollst mir im Geschäft helfen und die Bücher führen.»

«Ich hab genug gelernt. Ich bin die Beste im Lesen, Schreiben und Rechnen.»

«Na, das werden wir ja sehen.»

Nach dem Essen stand Großvater Tewke auf, ging zur Kommode, holte Papier, Federhalter und Tinte heraus und stellte alles vor Eliza hin. Dann ging er zu seinem Stuhl zurück und schlug eine Zeitung auf.

«Also!» sagte er. «Du schreibst jetzt, was ich dir vorlese, und dann werden wir ja sehen, was du kannst. Bist du soweit? Gut, es geht los. ‹Mr. Thomas Lissimore, Clay Farm bei Kitchinghampton, bekannt für seine Wettervorhersagen, Ernteaussichten etc., hat für das Jahr 1886 gewisse Prognosen aufgestellt und bittet uns, diese zu veröffentlichen in der Hoffnung, daß sie für die Landwirte der gesamten westlichen Midland-Region von Nutzen sein könnten.›»

«War's das?» fragte Eliza.

«Das war's», sagte der Alte.

Er nahm das Blatt Papier und blies auf die noch feuchte Tinte. Eliza wartete ab und kaute dabei am Federhalter. Als er zu Ende gelesen hatte, sah er zufrieden aus.

«Du hast da und dort einen kleinen Fehler gemacht. Prognose schreibt sich zum Beispiel nicht mit h, sondern nur mit g: gnose. Aber du hast eine saubere Handschrift. Das ist das Wichtigste, und du machst keine Kleckse übers ganze Papier. Na, dann wollen wir mal sehen, wie es mit dem Rechnen steht.»

Er lehnte sich auf seinem Stuhl zurück.

«Ich kaufe einen Meißel zu zehn Pence, einen Hammer zu eins-sechs, eine Säge zu zwei Shilling, einen Bohrer zu vier Pence und acht Pfund Stifte zu zwei Pence das Pfund. Ich zahle mit einem Fünfshillingstück. Wieviel bekomme ich heraus?»

«Gar nichts», sagte Eliza. «Du bleibst noch einen Shilling schuldig.»

«Ich baue einen Schuppen für Arthur Kyte. Die Sache kostet mich achtzehn Pfund an Arbeit und Material. Ich will einen Profit von fünfzehn Prozent herausschlagen. Aber Arthur zahlt bar, und so gebe ich ihm eineinviertel Prozent Skonto. Was muß ich ihm berechnen?»

«Dazu brauche ich Papier und Feder.»

«Völlig richtig», sagte der Alte. «Habe ich auch gebraucht, als Kyte heute morgen kam und bezahlt hat.»

Eliza rechnete. Nach ein paar Minuten sah sie auf.

«Zwanzig Pfund, acht Shilling und zehn Pence.»

«Und wer ist dabei mit dem halben Viertelpenny am besten weggekommen?»

«Du. Das war aber auch fair, wo du Skonto gegeben hast.»

«Willst du mich auf den Arm nehmen, kleine Miss?»

«Ich warte nur auf weitere Aufgaben.»

«Noch eine letzte! Was ist schwerer – ein Pfund Federn oder ein Pfund Mehl?»

«Damit legst du mich nicht rein», sagte Eliza. «Ein Pfund ist ein Pfund, woraus es auch besteht.»

Der Alte stand auf und schob seinen Stuhl unter den Tisch.

«Du hast tatsächlich was los», sagte er. «Du bist ein schlaues Ding.»

«Dann brauch ich also nicht mehr zur Schule zu gehen?»

«Meinetwegen – nein. Aber das merk dir. Ich bin der Herr hier im Haus, und ich sage, was gemacht wird. Ist das klar?»

«So klar wie Glas», sagte Eliza.

«Du hättest ein Junge werden sollen», sagte er. «Ärgert mich, daß ich keinen Nachfolger habe. Aber ich habe da so meine Pläne!»

Kate war das Haus zuerst groß und unheimlich vorgekommen. Aber schon bald genoß sie die Vorteile ihrer neuen Stellung. Sie brauchte nicht mehr ins Dorf, um einzukaufen, sondern die Händler kamen zu ihr und brachten die Waren. Sie war auch stolz auf ihre Arbeit am Herd und backte große Mengen Pasteten und Kuchen. Eliza hatte ständig was zu tun. Sie schrubbte die Fußböden in Küche und Milchkammer, säuberte die Teppiche im Flur und Wohnzimmer, verbrannte Lavendel, damit es in den unbenutzten Räumen nicht stickig roch, wischte Staub, polierte, machte Jagd auf Motten, Mäuse und Ameisen.

Kate lud auch alte Freundinnen vom Dorfanger zum Tee im Wohnzimmer ein. Sie holte dafür das beste Worcester-Porzellan, silberne Löffel, Messer mit Perlmuttgriff und kleine Servietten mit Spitzensaum aus dem Schrank.

Eliza hatte ihr Schlafzimmer auf der Rückseite des Hauses. Sie konnte von dort die Gebäude um den Pferch herum und die Felder weiter draußen sehen. Jeden Morgen wachte sie um halb sechs auf, wenn ihr Großvater über das Kopfsteinpflaster stapfte, um im Stall die Kühe zu melken. Das Klappern der Eimer, das Muhen der Kühe, das Wiehern des Ponys in seiner Box – mit diesen Geräuschen begann ihr Tag, und im Winter wie im Sommer sprang sie mit einem Satz aus dem Bett.

Jeden Morgen beim Waschen sah sie zum Fenster hinaus und versuchte, das Wetter vorherzusagen. Tau auf dem Kuhstalldach verhieß Sonnenschein. Mauerschwalben, die niedrig von den Wiesen hereinflogen, kündeten einen Wetterumschwung an. Waren die Schweine aufgeregt in Anster, dem Hof gleich neben Cobbs, konnte man mit Wind rechnen. Und war Houndshill klar zu sehen, gab es Regen.

Doch wie auch das Wetter war, der Wetterhahn auf dem Werkstattdach zeigte stets nach Norden. Die Werkstatt war früher einmal eine Stallung gewesen und hatte auf dem Dach ein Türmchen mit einer kleinen Uhr darin. Jeden Morgen, wenn sie die Treppe hinunterstieg, schaute Eliza durchs Fenster, um zu sehen, wie spät es war: Die Uhr ging, aber der Wetterhahn hatte sich verklemmt, und sie wünschte sich oft, sie könnte hinaufreichen und ihn wieder zum Drehen bringen.

Jeden Morgen, wenn Großvater Tewke zum Frühstück in die Küche kam, empfingen ihn Kate und Eliza. Im Herd brannte das Feuer, und in der Pfanne brutzelte Speck. Er war morgens immer schlechter Laune, und wenn sie es wagten, miteinander zu reden, brachte er sie mit einem bösen Blick zum Schweigen. Kurz vor sieben Uhr ging er in die Werkstatt. Bald darauf kamen die Arbeiter, und das Hämmern und Sägen begann.

Die Werkstatt übte eine große Anziehungskraft auf Eliza aus. Die Stämme der Eichen, Ulmen und Eschen, die ringsherum lagen, und die zum Trocknen aufgestapelten Bretter und Balken, alle mit einem Datum in Kreide versehen, gaben ihr ein Gefühl von Fülle und Reichtum. Sie verstand den Stolz der Zimmerleute auf ihre Arbeit, ihre Befriedigung, wenn ein neues Tor, eine neue Leiter fertig waren.

Wenn sie im Hof Schnipsel und Späne zum Feueranmachen aufsammelte, hielt sie sich oft länger als nötig dort auf, um die Männer bei der Arbeit zu beobachten. Ihrem Großvater gefiel das zuerst nicht, und er schickte sie fort.

«Aber ich muß doch wissen, was los ist», sagte sie. «Ich will verstehen, was ich ins Hauptbuch schreibe.»

«Das ist gar nicht so dumm von dir», sagte er. «Nein, das ist gar nicht so dumm!»

Als sie ein Jahr in Cobbs waren, hörte er auf zu knurren und zu schimpfen. Nach dem zweiten Jahr ließ er sie allein Rechnungen ausstellen, ohne sie zu überprüfen. Er lobte sie zwar nie groß, ließ sie aber kommen und gehen, wie sie wollte.

Eine ihrer Aufgaben war es, die Arbeiten außerhalb der Werkstatt zu notieren. Da aber einige Arbeiter nicht schreiben konnten, mußten sie ihr sagen, was sie getan hatten. Dabei entstand zuerst einige Mißstimmung, weil sie noch ein so kleines Mädchen war. Nach einiger Zeit jedoch kam sie gut mit ihnen aus, wenn es auch ein lustiger Kleinkrieg blieb. Zu gern neckte man sie und versuchte, sie bei einem Irrtum zu ertappen.

«Drei Tage in der Mühle in Norton», sagte Steve Hewish zum Beispiel. «Vierzig Fuß Eschenholzbelag. Fünf Pfund Nägel zu zehn Pence. Das waren Reparaturarbeiten am . . .», und dann benutzte er einen Fachausdruck, den sie nicht kannte.

«Wie schreibt sich das?» fragte Eliza.

«Ja, das mußt *du* wissen. Wir verstehen nur was von Holz.»

«Wir sind halt Dummköpfe», sagte Timothy Rolls. «Taugen nur zur Arbeit.»

«Mit dem Mund scheint ihr aber am eifrigsten bei der Arbeit zu sein», sagte Eliza.

«Ach, Eliza», sagte Sam Lovage, «du mußt dir von unserem jungen Kit hier mal die Miserikordie zeigen lassen, die er für die Kirche macht. Da wirst du staunen! Er hat Adam und Eva und den Apfel geschnitzt, alles so nackt wie nur was!»

«Na und? Als ob ich noch keinen nackten Apfel gesehen hätte!» sagte Eliza. «Und außerdem lauf ich Kit Maddox bestimmt nicht nach und lobe ihn. Da hab ich was Besseres zu tun.»

«Hast du das gehört, Kit?» fragte Sam.

«Ja, hab ich», sagte Kit und arbeitete weiter.

Kit war der jüngste Tischler in der Werkstatt, etwa achtzehn Jahre alt. Sein Vater war bei einem Felssturz im Steinbruch von Springs ums Leben gekommen, und seine Mutter hatte sich vor einen Zug geworfen. Er war in einem Heim aufgewachsen, lebte aber jetzt bei seiner Großmutter in Collow Ford. Er hatte dunkles Haar und eine dunkle Haut. Er sah aus wie ein Zigeuner. Er gefiel sich darin, anders zu sein als die andern, kleidete sich immer auffällig und trug sogar bei der Arbeit eine blutrote Samtweste.

Manchmal spielte er den älteren Arbeitern allerlei Streiche und erzählte ihnen lustige Geschichten, die er bei den Barakken von Capleton Wick aufgeschnappt hatte. Dann wieder war er stumm, in seine Arbeit vertieft, und wenn ihm dabei jemand zu nahe kam, ballte er die Fäuste, und seine dunklen Augen funkelten drohend. Er machte seine Arbeit gut und war bei Großvater Tewke beliebt.

«Kit ist ein begabter Tischler», pflegte der Alte zu sagen. «Er wird's weit bringen, wenn er nur mit seinen Gedanken bei der Arbeit bliebe.»

«Er ist ein unruhiger Mensch», sagte Kate. «Seine arme Großmutter hat's nicht leicht mit ihm.»

«Wer sagt das?»

«Ganz Huntlip. Er treibt sich mit Mädchen rum und trinkt.»

«Alles nur Gerede! Ich will davon nichts hören.»

Zwischen Kit und Eliza gab es ständig Reibereien, aber sie waren anders als die, die sie mit den älteren Arbeitern hatte, heftiger, voll Haß.

Einmal, als sie wie üblich auf dem Werkstatthof die Hobelspäne aufsammeln wollte, sah sie, wie sie auf einem Haufen lagen und brannten. Kit stand mit einem Rechen daneben.

«Was soll denn das?» fragte sie.

«Ich räume auf. Ich wache über alles hübsch ordentlich und sauber.» Er lehnte sich an den Rechenstiel, lächelte und genoß ihre Empörung. «Ich glaube, ich könnte auch als Kohlenbrenner gehen, wenn ich mal arbeitslos werden sollte, meinst du nicht?»

«Du hast doch eine Arbeit. Bleib dabei und verschwende nicht deine Zeit, um mich zu ärgern.»

«Dann bleib du im Haus und schnüffle hier nicht rum.»

«Ich brauche die Späne. Laß sie also in Zukunft liegen!»

Großvater Tewke kam aus der Werkstatt, durch den Wortwechsel neugierig geworden.

«Wer hat das Feuer angezündet? Du, Maddox? Du weißt doch, die Späne sind für die Küche.»

Kit errötete. Dann lachte er, schob Eliza den Rechen in die Hand und ging davon.

«Es scheint, du legst dich gern mit dem Jungen an», sagte der Alte. «Du bist wie alle Mädchen! Kannst einen hübschen Jungen nicht in Ruhe lassen.»

«Hübscher Junge!» sagte Eliza. «Da gefällt mir der alte Timothy Rolls besser!»

Wann immer der Großvater geschäftlich unterwegs sein mußte, machte sich Eliza auf dem Hof zu schaffen in der Hoffnung, mitgenommen zu werden. Sie polierte den Einspänner, schüttelte die Kissen auf, holte das Zaumzeug und führte das Pony rückwärts zwischen die Deichselstangen. Doch obwohl der Alte merken mußte, was sie wollte, lud er sie nie ein. Und so zog sie eines Nachmittags ihr gutes Kleid an und kam noch gerade rechtzeitig zum Wagen, als er einsteigen wollte.

«So fein zurechtgemacht? Wo willst du denn hin?» fragte er.

«Ich fahr mit.»

«Ah, so ist das! Nun, dann hol auch noch den jungen Maddox. Sag ihm, ich sehe mir einen Holzschlag beim Lodberrow-Hof an.»

«Warum soll er mit? Er macht nur Ärger.»

«Tu, was ich dir sag!»

Es war ein heißer Tag. Mitte Juni. Sie fuhren über holprige Feldwege, und es staubte so, daß ihre Kleider, der Einspänner, das Pony und die Hecken links und rechts weiß wurden. Das Heu war früh morgens gemäht worden, und sein Duft begleitete sie auf der ganzen Fahrt. Auf manchen Wiesen wurde es schon eingefahren, auf anderen drehten Männer und Frauen die Mahdreihen um. Die Kittelschürzen der Frauen waren Flecken von blendendem Weiß, und die Kopftücher darüber bewegten sich wie rote und blaue Punkte hin und her.

Eliza saß zurückgelehnt da und sah neugierig von einer Seite zur anderen. Neben ihr saß Kit und schälte die Rinde von einem Haselzweig. Er war heute gut gelaunt und gesprächig. Er schnippte Zweigstückchen in ihren Schoß und summte eine Melodie vor sich hin.

«Ganz schön heiß heute, was?» sagte er schließlich.

Eliza antwortete nicht, und als sie auch weiter beharrlich schwieg, drehte sich Großvater Tewke um und sagte:

«Du scheinst mit dir selbst zu reden, Junge. Falls Eliza vorhin bei dem Schlagloch runtergefallen ist, hättest du's mir sagen sollen.»

«Nein, ich habe Pech!» sagte Kit. «Sie ist noch hier. Aber sie hat ihre Zunge verschluckt.»

«Dann hat sie Angst vor dir. Zu Hause ist ihre Zunge ständig in Bewegung.»

Als sie in Lodberrow auf den Hof fuhren, begrüßte sie der Bauer, Charley Blinker, und führte sie zu einem kleinen Hügel auf einer Anhöhe. Sie gingen über Weiden und an Kornfeldern vorbei. Das Vieh graste unten am Bach im Schatten der Bäume. Das Korn stand regungslos in der Hitze, die Weizenähren aufrecht auf ihren graugrünen Halmen, und die Gerste neigte ihre Grannen der Sonne entgegen. Eliza riß im Vorübergehen einen Farnwedel aus, um die lästigen Fliegen zu verjagen. Mit der anderen Hand schürzte sie ihre Röcke, damit sie das Korn nicht streiften.

Der kleine, runde Hügel war von Eichen bewachsen, die weit auseinanderstanden und mit ihren ausladenden Ästen ein grünes Zwielicht schafften. Blinker führte sie an den Fuß des Hügels, und sie blieben alle im Saum des Schattens stehen.

«Das ist Ihr Holz, Mr. Tewke. Machen Sie Ihr Angebot.»

«Sie haben mir nicht gesagt, daß es sich um Wald auf einem Hügel handelt», sagte der Alte. Er ging zu einem Baum und trat mit dem Schuh dagegen. Dann ließ er sein Messer aufschnappen und bohrte die Rinde an. «Gesundes Holz, aber auf einem Hügel gewachsen, ist nicht so viel wert. Zu knorrig. Aber egal, ich zahle Ihnen fünzig Pfund für diesen Schlag.»

«Ist das Ihr Ernst!» sagte Blinker. «Das verdienen Sie ja allein an der Rinde.»

«Das ist mein Angebot. Machen Sie damit, was Sie wollen.»

«Na schön, in Ordnung. Wann zahlen Sie?»

«Sobald ich die Bäume fällen lasse. Nächsten Winter oder nächstes Frühjahr.»

Auf dem Rückweg gingen Charley Blinker und Eliza nebeneinander her, während Kit und der Großvater vor ihnen herliefen.

«Ich erinnere mich gut an Ihren Vater. Der beste Pferdekenner, der mir je begegnet ist. Ich mochte ihn.»

«Ich habe ihn auch gern gemocht», sagte Eliza.

«Sie haben nicht zufällig sein – Gespür?»

«Bei Pferden? Nein!»

«War nur so eine Frage. Ihr Vater hatte eine ganz besondere Art. Ich dachte, Sie hätten sie vielleicht geerbt.»

«Er hat immer gesagt, alles sei nur gesunder Menschenverstand.»

«Na ja, dann wollte ich, ich hätte ihn», sagte Blinker. «Ich habe da eine Stute. Sie hat zwei Fohlen zu früh geboren, und dabei ist das Tier kerngesund.»

«Das will nichts heißen», sagte Eliza. «Stuten machen oft Ärger.»

«Aber beim erstenmal, da hat sie ein Fohlen geworfen so glatt wie Butter. Ach, kommen Sie, sehen Sie sich das Tier doch mal an. Man kann ja nie wissen. Sie ist schon wieder so weit, und vielleicht bringen Sie uns Glück.»

Eliza lächelte.

«Na schön. Ansehen kann nichts schaden.»

Auf dem Hof saßen Kit und der Alte auf einer Bank, und Emily Blinker brachte ihnen Bier. Blinker führte Eliza zwischen den Mieten hindurch, wo gerade eine Wagenladung Heu aufgestapelt wurde. Der Wagen war schon halbleer, und der Fuhrmann, der dem Mann oben auf dem Stapel das Heu hinaufgabelte, schwitzte in Strömen. Beide hielten einen Augenblick inne, als sich Eliza der Stute näherte. Dann arbeiteten sie weiter.

Die Stute war schwarz und glatt wie Melasse und glänzte vor Schweiß in der Sonne. Sie war ein großes, aber sanftmütiges Tier und stand ruhig zwischen den Deichselstangen, den einen Hinterhuf gegen den Boden verkantet, den schweren Leib etwas zur Seite geneigt.

Eliza gab dem Tier ein Stück Brotkruste, und die samtigen Lippen kitzelten ihre Hand. Sie strich der Stute über die erhitzte, feuchte Flanke. Der Schweiß tropfte ihr von den Fingern, und sie hob die Hand an die Nase und roch daran. Der Fuhrmann hörte mit dem Heugabeln auf und trat neben den Wagen.

«Was machen Sie denn da?»

«Ich bewundere das glänzende Fell Ihrer Stute.»

«Ah so!» sagte der Mann.

«Sie ist sicher ruhig und fügsam, oder?»

«Na, nicht immer. Sie war so zappelig wie ein Vogel, als ich sie bekam. Aber das hab ich ihr bald ausgetrieben!»

«Wieso? Was haben Sie ihr denn gegeben?» fragte Eliza.

«Ihr gegeben? Wer sagt, ich habe ihr was gegeben?»

«Aber Sie *geben* ihr doch was», sagte Eliza. «Das rieche ich an ihrem Schweiß.»

«Ich weiß nicht, was Sie meinen», sagte der Mann und wandte sich ab.

«Mein Vater hat mir mal gesagt, Mistel sei gut, wenn ein Tier unruhig ist. Aber er hat auch gesagt, er habe Mistel nie benutzt, weil Stuten davon Fehlgeburten bekommen.»

«Was!» sagte Blinker. «Na, der kann was erleben!» Er ging zu dem Wagen und drohte dem Fuhrmann mit der Faust. «Du verdammter Narr! Meine Stute mit falschem Fressen zu verderben! Das Geld für zwei Fohlen habe ich verloren! Ich möchte dich am liebsten in die Pferdeschwemme schmeißen!»

Der Fuhrmann machte ein mürrisches Gesicht. Der Mann oben auf dem Stapel starrte entgeistert hinunter. Und die Stute blickte sich, die Ohren aufrichtend, um, als Blinker so laut brüllte.

«Ich muß gehen», sagte Eliza. «Mein Großvater wartet.»

«Augenblick . . .» Blinker folgte ihr. «Ich bin Ihnen etwas schuldig. Was hätten Sie gern? Eine Flasche Apfelwein? Ein paar Eier?»

«Sie sind mir nichts schuldig», sagte Eliza.

«Haben Sie Hühner in Cobbs? Nein? Dann gebe ich Ihnen ein paar für den Anfang.»

Er stapfte zwischen den Mieten umher und jagte die jungen Hühner in die Scheune. Er fing zwei der flatternden und gakkernden Tiere ein und warf sie in einen Korb mit Deckel. Er fing noch ein drittes und ein viertes Hühnchen ein.

«So! Sie waren beim Hahn. Jetzt brauchen Sie nur zu warten, bis sie brüten!»

Draußen auf dem Hof saß Großvater Tewke allein auf der Bank, den Bierkrug neben sich.

«Hühner?» sagte er. «Wer hat gesagt, daß du Hühner halten darfst?»

«Warum denn nicht? Platz genug haben wir doch.»

«Na schön. Wenn du dich darum kümmerst.»

«Wo ist Emily?» fragte Blinker.

«Mit Kit fortgegangen», sagte der Alte.

«Was? Das gibt's nicht! Ich habe so einiges über Ihren jungen Mann da gehört. Wohin sind sie gegangen?»

«Keine Ahnung. Ich bin ja nicht ihr Aufpasser.»

«Herrgott nochmal!» sagte Blinker. «Ich bring den Burschen um, wenn er's mit meiner Tochter treibt! Bin genau in der Stimmung dazu!» Und rannte davon.

Großvater Tewke saß ruhig da und sah Eliza nachdenklich an, so als begutachte er einen Baum.

«Emily Blinker scheint's Kit angetan zu haben. Du mußt bald erwachsen werden, wenn du ihn einfangen willst.»

«Da fang ich mir lieber die Grippe ein.»

«Wie alt bist du jetzt? Fast vierzehn, nicht wahr? Du entwickelst dich recht gut, auf deine Weise. Und häßlich bist du auch nicht.»

«Danke für das Kompliment.»

«Das Dumme ist nur dein Mundwerk. Die Jungen lieben diesen Ton nicht.»

«Dann müssen sie sich eben anderswo umsehen.»

Kit kam auf den Hof geschlendert, die Hände in den Taschen, die Samtmütze ins Genick geschoben. Ihm folgte Emily Blinker, mit tränengerötetem Gesicht. Im selben Augenblick tauchte ihr Vater aus der entgegengesetzten Richtung auf.

«Was soll das heißen, mit meiner Tochter davonzulaufen, hm? Sie ist viel zu jung für so einen Schürzenjäger wie dich, also bleib ihr gefälligst vom Leib oder ich gerb dir das Fell, groß wie du bist!»

Kit sagte nichts, sondern blickte nur gelangweilt zur Seite.

«Hast du gehört?» brüllte Blinker.

«Nein», sagte Kit, «ich habe nichts gehört.»

Blinker wandte sich an seine Tochter, faßte sie am Arm.

«Hat er dir was getan? Los, antworte, oder es geschieht sonst was.»

Das Mädchen sah ihn aus erschrockenen Augen an.

«Nein», flüsterte sie. «Wir haben uns nur die Kätzchen angesehn.»

«Na schön! Ich will dir glauben! Geh wieder zu deiner Mutter in die Milchkammer.»

Blinker wischte sich den Schweiß von der Stirn, Emily lief ins Haus, und Großvater Tewke erhob sich.

«Ja, da der Spaß zu Ende ist, fahren wir nach Hause! Mr. Blinker, ich wünsche Ihnen einen guten Tag. Kit, hilf Eliza mal mit dem Geflügelkorb.»

Kit saß in seiner Ecke eingeklemmt, den einen Arm auf der Seitenwand des Wagens. Er sah Eliza auf eine Art an, die sie nicht vertrug: mit dem dunkelglänzenden Blick einer Eidechse, die einer Fliege auflauert. Plötzlich hielt er ihr eine Hand vors Gesicht, und sie sah eine tiefe Kratzwunde quer über die Fingerknöchel.

«Da, das hab ich vom Kätzchenbetrachten bekommen. Eine hatte scharfe Krallen.»

«Gut», sagte Eliza. «Emily Blinker scheint Verstand zu haben.»

Seine Hand fiel wie ein Stein in ihren Schoß, und er kniff sie heftig in den Schenkel. Ihr Fuß schoß hoch und stieß gegen den Korb. Die jungen Hühner gackerten und flatterten aufgeregt umher.

Großvater Tewke stieß ein schnaubendes Lachen aus.

«Junge, wenn ich du wäre, würd ich warten, bis das Mädchen ausgewachsen ist. Dann ist sie schlauer und meckert nicht gleich!»

Am nächsten Morgen fragte Eliza den Großvater, ob einer der Männer ihr einen Hühnerstall zimmern könne, und er versprach, Walter Izzard zu schicken.

«Das ist der einzige, auf den ich verzichten kann, ohne daß ich's merke!»

Walter kam in den Obstgarten und begann mit der Arbeit. Er hämmerte aus alten Brettern einen Stall zusammen, mit Steinen als Fundament und einem Steg zur Tür. Eliza merkte bald, was ihr Großvater gemeint hatte. Walter war ungeschickt. Er schlug viele Nägel und Krampen krumm und schief. Aber seine ruhige, freundliche Art gefiel Eliza.

«Du lachst gewiß im stillen über mich», sagte er. «Du hast bestimmt von Anfang an gewußt, daß die Latte zersplittern würde!»

«Ich dachte, das war Ihre Absicht», sagte sie.

«Ach was! Ich habe einfach zwei linke Hände. Sieh dir den Stall an! Richtige Pfuscharbeit, was?»

«Ich finde ihn sehr schön.»

«Na, das Ding wackelt aber doch wie eine Schaukel. Muß irgendwo noch einen Keil unterschieben.»

Als er fertig war und sein Werkzeug einpackte, kam ein Schwarm Bienen in den Obstgarten geflogen und suchte nach einem Ruheplatz.

«Sieh dir das an!» sagte er. «Deine Großmutter hat mal Bienen gehalten. Lauf schnell und hol einen Korb, vielleicht kann ich den Schwarm einfangen.»

Eliza rannte in die Scheune und holte einen Korb. Als sie zurückkam, hatten sich die Bienen in der Astgabel eines Pflaumenbaumes niedergelassen, und Walter stand darunter und klopfte mit einem Hammer auf sein Sägeblatt.

«Sie beruhigen sich», sagte er. «So was hab' ich ja noch nie gesehn! Da, nimm die Säge und den Hammer und mach weiter, ich hole inzwischen eine Leiter.»

Eliza hieb eifrig drauflos, während noch mehr Bienen in den Garten flogen und an ihr vorbei sich zu dem Schwarm gesellten. Walter kam mit einer Leiter und lehnte sie an den Baum. Er stieg hinauf. Er hatte seine Mütze abgenommen und hielt sie behutsam unter die Bienen.

«Kommt, ihr kleinen Racker. Immer hübsch ruhig, ja, so. Sie mögen die Musik, die du da unten machst. Sie summen dazu, hörst du?»

Walter kam mit dem Schwarm in der Mütze die Leiter herunter, aber einige Bienen schwirrten noch aufgeregt herum, und andere krochen ihm über Arme, Gesicht und Hals. Eliza ließ Säge und Hammer fallen und griff nach dem Korb. Sie hielt ihn, so weit sie konnte, von sich, während Walter den Schwarm hineintauchte. Er schüttelte die Mütze aus und schob die Bienen mit der freien Hand hinein.

«Passen Sie auf, damit Sie nicht gestochen werden.»

«Was, bei meiner dicken Haut?»

Er pflückte sich die Bienen vom Gesicht und aus dem Haar, als wären es Kletten, und wenn sie mit klebrigen Beinen an seinen Fingern hängen blieben, schnippte er sie behutsam in den Korb.

«Die Königin ist drin, da kommen die Nachzügler auch bald.» Er nahm den Korb und stellte ihn auf die Kiste, die er als Werkbank benutzt hatte. «Jetzt brauchen wir nur noch ein hübsches Plätzchen im Schatten.»

Er trug die Kiste zusammen mit dem Korb an das Ende des Gartens, dorthin, wo die tief hängenden Zweige der Pflaumenbäume viel Schatten gaben. Er drehte den Korb so, daß die Öffnung nach Süden zeigte.

«Nie nach Osten», sagte er, «sonst wachen sie zu früh auf und erkälten sich im Tau am frühen Morgen. Immer nach Süden.»

«Und wie bekomme ich den Honig?» fragte Eliza.

«Na, du hast's aber ganz schön eilig!»

«Nein. Ich weiß nur gar nichts von Bienen.»

«Nun, erinnere mich Ende des Jahres daran. Dann sehen wir weiter, ja?» Er beugte sich vor und hielt das Ohr an den Korb. «Sie fühlen sich schon wohl hier. Es ist schön, wenn man Bienen beim Haus hat. Und Goody sagt, sie bringen Glück.»

Seit diesem Tag waren Walter und Eliza gute Freunde. Wann immer sie etwas gemacht haben wollte, war Walter zur Stelle. Er hieb ihr einen Pfosten für die Wäscheleine zurecht. Er machte kleine Futtertröge für die Hennen. Er half ihr bei den Bienen. Und er zimmerte ihr eine kleine, leichte Leiter zum Obstpflücken.

Wenn Walter bei ihr war, wurde Großvater Tewke oft regelrecht wütend.

«Izzard! Kommen Sie! Sie werden in der Werkstatt gebraucht!»

«Ich komme schon, Meister», sagte Walter dann.

«Immer diesem verflixten Mädchen hinterherzulaufen! Wer bezahlt denn hier den Lohn? Das möchte ich mal wissen!»

«Na, Sie, Meister, das wissen Sie doch.»

«Dann machen Sie schnell, sonst sind Sie entlassen!»

«Gehen Sie jetzt lieber», sagte Eliza dann zu Walter. «Ich will nicht, daß Sie meinetwegen Ärger bekommen.»

«Ach, keine Angst, dein Großvater will mich schon seit über zwanzig Jahren entlassen, und bis heute hat er es noch nicht getan. Also, kannst du die Leiter ohne Mühe herumtragen? Geht's? Na gut. Dann hast du die Obstbäume im Nu abgeerntet.»

Mit dem Obstgarten hatte man noch nie Staat machen können, und Großvater Tewke drohte jedes Jahr wieder damit, die Bäume zu fällen. «Jedes Jahr das gleiche! Die reinste Blütenpracht und im Sommer nicht mal genug Obst für eine Altweiberschürze!» Und damit hatte er recht. Eliza hatte es während ihrer ersten drei Jahre in Cobbs selbst beobachtet. Doch im Jahr 1889 war alles anders. Die Bienen hatten bei der Blüte das ihre getan, die Pflaumen- und Äpfelbäume hingen voll Früchte.

Im August dieses Jahres hatte Eliza alle Mühe, rechtzeitig die Pflaumen zu pflücken, während Kate beim Einmachen war. Im Oktober pflückte Eliza dann Tag für Tag Äpfel. Ihr Großvater wußte, daß sie von früh bis spät zu tun hatte, aber er schickte ihr nie jemanden zum Helfen, und sie war zu eigensinnig, um ihn darum zu bitten. Walter arbeitete auswärts in Norton, Kate war zu nervös, um auf eine Leiter zu steigen, und so mußte Eliza alles allein machen.

Die Äpfel füllten schließlich die Regale im Heuschuppen bis obenhin, und Eliza war stolz auf das Werk ihrer Bienen. Sie hatte sich zu dem ersten Bienenvolk noch zwei weitere angeschafft, und sie fürchtete sich auch nicht mehr vor ihnen. Nachdem sie ein paarmal gestochen worden war, wußte sie, daß es gar nicht so schlimm war. Sie sah ihnen gern zu, wie sie im Garten dahin und dorthin flogen und in den Kletterpflanzen unten an der Mauer summten, und beobachtete, wie sie sich in die Blüten hinein- und wieder hinauszwängten.

Wenn Walter ihr beim Honigsammeln half, ließ sie es nicht zu, daß Bienen getötet wurden. Sie stellte lieber einen neuen Korb neben den alten und klopfte so lange mit den Fingern, bis alle Bienen übergesiedelt waren. Sie achtete auch sehr darauf, daß sie die Wintermonate über genug Honig hatten. «Sie tun die ganze Arbeit, also muß man auch für sie sorgen.» Ihre eigene Ernte fiel trotzdem reich aus. Sie zerquetschte die Waben, die in einem Musselinsack in der Küche hingen, und der Honig tropfte hell wie goldenes Sonnenlicht in die große irdene Schüssel.

In jenem Winter wurde Walter krank, und da er oft auswärts arbeitete, verging ein Monat, bis sie davon erfuhr. Es war ein feuchter Tag um Weihnachten. Sofort tat sie ein paar Sachen in einen Korb und lieh sich das Regencape ihrer Mutter. Auf dem Weg über den Hof begegnete sie ihrem Großvater.

«Warum hast du mir nicht gesagt, daß Walter krank ist?»

«Was hast du da in dem Korb? Bringst du Izzard Sachen zum Essen? Sachen von mir?»

«Die Eier und der Honig gehören mir», sagte Eliza. «Und die Marmelade . . . nun, ich habe das ganze Obst allein gepflückt, da gehört die Hälfte doch wohl mir.»

«Ach ja! Und wessen Körner fressen die Hühner?»

«Deine. Aber dafür kriegst du täglich Eier umsonst.»

«Und wessen Bäume haben das Obst getragen?»

«Ohne meine Bienen hätten sie überhaupt nichts getragen.»

«Ach? Ich möchte bloß wissen, wie ich ohne dich fertig geworden bin.» Er sah sie plötzlich mit einem verschlagenen Blick an. «Ich fahre nach Upham, eine Ladung Kiefernholz holen. Du kannst mitkommen, wenn du willst.»

«Nein», sagte sie, «ich muß zu Walter.»

«Bis zum Mauthaus sind's drei Meilen. Und es regnet.»

«Ich bin nicht aus Zucker.»

«Wie du willst. Aber es ist mir ein Rätsel, weshalb du dich um Walter Izzard kümmerst.»

«Er ist doch einer von deinen Leuten!»

«Nicht mehr. Ich habe ihn entlassen.»

«Was?»

«Ja. Er hustet sich die Seele aus dem Leib und macht schon sein Testament! Traurig, aber er ist kein großer Verlust für mich. Ein Mann mit zwei linken Händen.»

«Du hast aber ganz schön an ihm verdient», sagte Eliza zornig, «und ihn jede Woche unbezahlte Überstunden machen lassen!»

«Halt deine spitze Zunge im Zaum!» Der Alte drohte ihr mit der Faust. «Das habe ich dir mehr als einmal gesagt!»

«Ich halte sie gespitzt, um dir die Wahrheit zu sagen», sagte Eliza.

Im Osten führte die Straße an den Wäldern von Scoate House Manor entlang, im Westen stieg allmählich das Ödland an. Auf der Anhöhe stand die Kirche von Eastery. «Die Kirchenmäuse sind unsere Nachbarn», hatte Walter gesagt. «Sie und die, die auf dem Kirchhof ruhen.» Das Mauthaus war aus Backsteinen gebaut und weiß getüncht. Es war ein kleines strohgedecktes Haus. «Ein komisches Ding», hatte Walter gesagt, «wie ein kleines Rechteck mit zwei abgeschnittenen Ecken.»

Er saß in einem schmalen Bett im Erdgeschoß, als Eliza hereinkam. Sein Gesicht war hagerer als je zuvor, die Haut grau. Er konnte nur mühsam atmen, und beim Husten machte seine Brust ein Geräusch wie Blasebälge unter Wasser.

«Gott, da kommst du bei diesem Regen!»

«Ich werde schnell trocken bei dem warmen Feuer.»

«Nimm den Kessel. Du kannst etwas Tee machen. Die Kanne ist im Herd und die Büchse auf dem Kaminsims. Mach ihn schön stark, im Schrank dort ist noch mehr.»

Doch Eliza wußte, wie teuer Tee war, und nahm nur einen Löffel voll.

«Ich habe Ihnen was mitgebracht», sagte sie. «Eier und so. Wie geht es Goody?»

«Oh, gut. Sie arbeitet jetzt den ganzen Tag in Checketts. Genau wie Jesse.»

«Was macht Jesse da?»

«Na ja, er hackt Wurzeln aus, für ein paar Pence den Tag. Aber wir kommen schon hin. Goody arbeitet wie ein Pferd. Und das Haus gehört uns, das ist immerhin etwas.»

«Sie sollten nicht so viel sprechen», sagte Eliza. «Das strengt Sie nur an.»

«Ach nein, das heitert mich eher auf. Ich habe immer gern geredet.»

Und er erzählte ihr, wie er zu dem Mauthaus gekommen war.

«Mein Vater war hier Mautwächter, bis der Mautzoll aufgehoben wurde vor zwölf Jahren. Da ist mein Vater dann nach Scoate gegangen und hat gefragt, ob wir hier wohnen bleiben und Miete zahlen könnten. Na, und der alte Mr. Lannam wollte offenbar nichts mehr mit der Sache zu tun haben und hat gesagt, wir könnten das Mauthaus haben, wenn wir in Brinting eine Zeitlang Steine brechen. Ich und mein Vater hatten uns natürlich verdingt. Wir konnten nur immer ein paar Stunden am Tag rausschinden. Aber Goody und meine alte Mutter! Die waren dabei von frühmorgens bis spätabends! Sie haben immer Essen in einem großen Korb mitgebracht, und wenn mein Vater und ich dann abends dazukamen, dann haben wir ein richtiges Picknick veranstaltet, zwischen all den Steinen.»

«Und seitdem gehört das Mauthaus Ihnen?»

«Ja, richtig mit Brief und Siegel! Und ich bin froh, daß Goody das Haus hat, wenn ich nicht mehr da bin.»

«Reden Sie nicht davon», sagte Eliza. «Warten Sie nur, bis der Frühling kommt . . .»

«Ich werd nicht mehr besser. Goody hat den Doktor geholt, aber das nützt alles nichts. Ich bin krank, innendrin.»

«Warten Sie, bis die Sonne kommt, dann sieht alles anders aus.»

«Na ja», sagte er, ihr zu Gefallen. «Ich schicke ein Gebet hinauf, mal sehn, was passiert.»

Er begann zu husten und hielt sich ein Tuch vor den Mund. Er krümmte sich vornüber und schlug sich die Arme um die Brust, als könnte er nur so seine Lungen noch zusammenhalten.

«Was kann ich tun?» fragte Eliza erschrocken. «Soll ich Ihnen Medizin aus der Flasche da geben?»

«Ach, kümmere dich nicht darum», sagte er. «Ich bin diese Anfälle gewöhnt.» Er lehnte sich erschöpft in die Kissen zurück. Auf seinem Mund waren dunkle Blutflecken zu sehen, und seine Augen hatten einen gespenstischen Glanz. «Du solltest jetzt besser gehen», sagte er. «Ist nicht gut, wenn du so lange bei mir bist. Aber einen Gefallen könntest du mir tun.»

«Ja?»

«Ich möchte gern, daß Jesse in der Werkstatt arbeiten darf.

Vielleicht kannst du beim Meister ein gutes Wort für ihn einlegen.»

«Ja, das werde ich tun», versprach Eliza.

Doch als sie am Abend mit ihrem Großvater darüber sprach, lachte der nur verächtlich.

«Ich bin gerade einen Izzard losgeworden, da werd ich mir doch nicht gleich wieder einen aufhalsen. Dieser Jesse ist ein ganz lahmer Esel.»

«Er könnte in der Werkstatt Hilfsarbeiten machen.»

«Ich sage nein. Und damit basta.»

Walter versuchte, seine Enttäuschung zu verbergen, als Eliza ihn das nächste Mal besuchte.

«Na ja, egal. Ich hätte gern gesehen, wenn Jesse meinen Platz einnimmt, aber das war wohl dumm von mir.»

Eliza ging jede Woche zum Mauthaus hinüber und brachte kleine Leckerbissen, Kuchen und auch alte Zeitungen vom Großvater, aus denen sie Walter manchmal stundenlang vorlas. Als es besseres Wetter wurde, schien sich auch sein Zustand zu bessern. Er saß in einem Stuhl am offenen Fenster und sah den Lerchen zu, die sich von ihren Nestern im nahen Ödland in den Himmel emporschwangen.

Als in Cobbs eines Tages eine Kuh kalbte, kam Großvater Tewke in die Küche und holte Eliza in den Stall. Die Kuh Minnie war noch jung. Es war ihr erstes Kalb. Sie stand in ihrem Verschlag, die Beine gespreizt, den Körper verkrampft, und brüllte ununterbrochen. Das Kälbchen war schon ein Stück draußen, mit dem Kopf voran, aber der Rest wollte nicht heraus.

«Sieh zu, was du tun kannst», sagte der Alte. «Ich habe alles versucht, aber ich bin zu groß, und das Tier geht uns ein, wenn wir uns nicht beeilen. Du bist klein, du müßtest es schaffen.»

Eliza stand da, die Hände in den Schürzentaschen, und sah die Kuh an.

«Ich helfe dir, aber nur unter einer Bedingung: Du nimmst Jesse Izzard zu dir in die Werkstatt.»

Einen Augenblick lang sah es so aus, als wollte der Alte sie schlagen. Doch ihre ruhige Haltung brachte ihn zur Vernunft, und er ließ die erhobene Hand wieder sinken.

«Du kleine Hexe! Du läßt das Tier wegen deiner fixen Idee leiden? Würdest es sogar sterben lassen?»

«Du läßt es leiden mit all deinem Geschimpfe!»

«Herrgott, schämst du dich nicht? Sieh dir die arme Kuh an. Hast du gar kein Mitleid? Hörst du, wie sie brüllt?»

«Sie ist wohl bald am Ende. Wenn ich ihr noch helfen soll, mußt du dich bald entscheiden.»

«Na schön, na schön!» sagte der Alte. «Ich bin nicht so aus Stein wie du, junge Miss. Ich habe noch etwas übrig für das arme Vieh. Also fang schon an!»

Eliza krempelte die Ärmel hoch und trat zur Kuh. Sie schob die Hand, dann das Handgelenk, dann den Unterarm behutsam in die Falten warmen, zuckenden Fleisches hinein, die das Kälbchen hinauszupressen versuchten. Ihre Finger ertasteten Form und Lage des Kälbchens, tasteten weiter, fanden einen Angriffspunkt und drehten das kleine Tier langsam im Mutterleib herum. Die Kuh machte einen Ruck, brüllte heiser und machte das Rückgrat steif. Eliza sprach mit leiser Stimme auf sie ein.

«Nun komm, Minnie, sei brav. Noch ein Ruck, und es ist alles vorbei. Ja, so. So ist's recht. Noch einmal, und du hast Ruhe.»

Die Kuh zitterte, drückte die Flanken zusammen, und das Kälbchen wurde plötzlich aus dem Leib herausgepreßt. Eliza fing es auf, ein warmes, nasses Etwas, legte es ins Stroh und rieb es mit Strohbüscheln ab.

Ihre Handgelenke brannten. Gesicht und Körper waren schweißnaß. Unter den Armen klebten die Kleider. Sie ging zur Tür, wo ihr der kalte, frische Wind entgegenblies.

«Ist dir schwindlig?» fragte ihr Großvater.

«Schon vorbei.»

Die Kuh bewegte sich jetzt, tapste auf wackligen Beinen herum, lehnte die eine Schulter gegen die Wand, während sie sich langsam herumdrehte, um das Kälbchen abzulecken und an der Nabelschnur zu knabbern.

«Du hast eine neue Färse bekommen.»

«Ja, es scheint so», sagte ihr Großvater.

«Das hast du mir zu verdanken, also denk an dein Versprechen.»

«Und wenn ich's zurücknehme?»

«Man sagt von dir, daß du dein Wort hälst.»

»Also schön, geh hinein und wasch dich. Und wenn du zu Izzard gehst, dann sag ihm, er soll mir seinen noch halb grünen Sohn am Montagmorgen schicken, pünktlich um sieben.»

Am nächsten Tag ging sie zum Mauthaus. Mal blähte der Wind ihr die Röcke hoch, mal schlug er sie gegen die Beine.

«Ein komisches Wetter», sagte Walter, als sie beide am Fenster saßen. «März und April alles durcheinander. Aber es gibt nichts Schöneres als eine gute Nachricht, um einen trüben Tag aufzuhellen. Wie hast du das bloß gemacht?»

«Mein Großvater scheint es sich anders überlegt zu haben.»

«Jesse wird vor Freude an die Decke springen, wenn er davon hört. Er ist draußen auf dem Feld und verscheucht die Vögel. Manchmal kommt er bis zur Hecke da drüben und winkt. Geh doch mal hinaus und sag's ihm.»

«Na schön, wenn Sie wollen.»

Sie lief zuerst die alte Mautstraße und dann den Feldweg entlang, der nach Checketts führte. An einem Gattertor blieb sie stehen und blickte auf ein großes, braunes Feld hinab, das sich vom Rand des Ödlands hinunterstreckte. Es war frisch eingesät, und Jesse rannte hin und her und drehte dabei hölzerne Klappern. Spatzen und Stare flogen auf und wurden vom Wind wie trockenes Laub davongetragen. Saatkrähen und Dohlen schwirrten empor und zogen flügelschlagend ihre Kreise.

Als Eliza ihn anrief, blieb Jesse mitten im Laufen stehen und sah sich verwirrt um. Sein Gesicht war, vom Wind gepeitscht, feuerrot, und sein blondes Haar stand ihm überall vom Kopf ab. Er war gerade vom Graben heraufgerannt, wo ein Mann pflügte, dem Möwen hinterherfolgten. Er hob den Kopf, lauschte angestrengt. Eliza rief noch einmal, und jetzt kam er über das Feld auf sie zugelaufen.

«Ach, du bist es!» sagte er erleichtert und grinste verlegen. «Wie du geguckt hast! Als ob so eine komische Seemöwe deinen Namen gerufen hätte.»

«Ich war nicht ganz da.»

«Das warst du schon in der Schule oft nicht.»

«Erinnere mich bloß nicht an die Schule. Mit der bin ich fertig, Gott sei Dank.»

«Und . . . hast du mit gut abgeschlossen?»

«Nein, das hätte ich im Leben nicht geschafft.»

«Kannst du lesen und schreiben?»

«Oh, im Lesen bin ich nicht schlecht. Ich lese alle Zeitungen, die du meinem Vater bringst. Auch die Kalenderbücher. Die mag ich gern. Und auch die süßen Sachen, die du mitbringst.»

«Die sind aber für deinen Vater gedacht, nicht für dich.»

«Er teilt sie trotzdem mit mir.»

«Du kannst wohl nicht genug bekommen», sagte Eliza.

«Wahrscheinlich», gab Jesse zu. «Ich hab fast immer Hunger. Goody sagt, ich muß ein Loch im Bauch haben.»

«Warum nennst du sie Goody? Sie ist doch deine Mutter. Das sagt man doch nicht.»

«Ich hab sie nie anders genannt als Goody.»

«Nun, ist ja auch egal. Ich wollte dir nur sagen, daß du in der Werkstatt anfangen kannst.»

«Was?! Dann werd ich doch noch Tischler?»

«Bis Montag mußt du dich aber noch etwas fein machen.»

«Ich hab nur die Sachen, die ich anhabe.»

«Du kannst sie aber doch ein bißchen sauber machen. Und deine Schuhe mal putzen. Sonst kannst du ganz schön was von meinem Großvater zu hören bekommen.»

«Meinst du, er geht gleich auf mich los? Er soll sehr wütend werden können. Eigentlich weiß ich noch gar nicht, was ich will.» Jesse blickte sie mit seinen großen blauen Augen unsicher an. «Die Landarbeit gefällt mir eigentlich auch ganz gut.»

«Du darfst nicht nur an dich denken», sagte Eliza. «Dein Vater ist krank. Du mußt tun, was er gern möchte.»

Jesse schwieg und blickte über das Feld hinweg zu dem Bauern hinüber, der durch den grünen Rasen den ansteigenden Hang hinauf eine scharfe, braune Furche zog. Der Wind wehte das Klingeln des Geschirrs, das Schnauben der Pferde und ab und zu Fetzen eines Liedes herüber, das der Mann vor sich hin sang.

«Ich hatte einmal selber pflügen wollen», sagte Jesse, «sobald ich gedurft hätte.»

«Nun, das geht nicht», sagte Eliza. «Wenn dein Vater gern möchte, daß du Tischler wirst, mußt du dich zusammennehmen und ihm die Freude machen.»

«Ja, ja, schon gut», sagte Jesse. «Ich komme am Montag.»

Sie ging zurück zu Walter, der von nichts anderem als von Jesse redete.

«Er ist nicht besonders klug, darin schlägt er mir nach. Aber er ist auf seine Art ein guter Junge, und er ist kein bißchen böse. Ich hoffe nur, die andern in der Werkstatt lassen ihn gewähren. Manchmal treiben sie's schon schlimm.»

«Machen Sie sich keine Sorgen», sagte Eliza. «Ich passe schon auf.»

Sie war am Montagmorgen auf dem Hof, als Jesse kam, die Werkzeugtasche seines Vaters unterm Arm. Er hatte sich verspätet, und Großvater Tewke, der vor der Werkstatt stand, zeigte auf die Uhr oben auf dem Dach.

«Weißt du, wie spät es ist, Jesse Izzard?»

«Ein Bulle war auf die Straße gelaufen. Ich mußte zurück und Mr. Mixt Bescheid sagen.»

«Bullen gehen mich nichts an. Und auch dich nicht mehr, wo du jetzt für mich arbeitest. Verstanden?»

Jesse nickte. Er stand da, verlegen und mit rotem Gesicht, die Werkzeugtasche in der einen, mal in der anderen Hand.

Er sah die Männer an, die mit der Arbeit aufgehört hatten und herausgekommen waren, und er blickte noch einmal zur Werkstattuhr hinauf, wo der Wetterhahn wie immer stur nach Norden zeigte.

«Ich seh, du schielst zu unserem komischen Hahn rauf», sagte Sam Lovage. «Der hat dir wohl die Sprache verschlagen.»

«Ja, das hat er. Auf dem Weg hierher hat der Wind bestimmt aus Südwest geweht.»

«Ja, weißt du, in Huntlip ist das Wetter schlechter. Es ist hier immer kälter als anderswo.»

«Ich seh, du hast das Werkzeug deines Vaters mitgebracht, Jesse», sagte Bob Green. «Hast du schon mal als Zimmermann oder Tischler gearbeitet?»

«Nicht viel, so ab und zu mal.»

«Na, wenn du nur halb so gut arbeitest wie dein Vater, müssen wir uns in acht nehmen», sagte Sam, wobei er Kit Maddox zuzwinkerte.

«Oh, mit meinem Vater kann ich's nicht aufnehmen!» sagte Jesse und machte ein überraschtes Gesicht, als ringsum alles lachte.

Da trat Eliza in den Kreis, sich mit den Ellenbogen den Weg freiboxend.

«Mach dir nichts draus», sagte sie zu Jesse. «Sie lachen schon, wenn sie nur eine Made krabbeln sehen!»

Sie funkelte ihren Großvater an, der dabeistand. Aber solange ein Witz dabei heraussprang, kümmerte ihn die verschwendete Zeit nicht, und da die Männer das merkten, nutzten sie die Situation aus.

«Du siehst aber ganz anders aus als dein Vater, Jesse.»

«Ja?»

«Na ja, du hast zunächst mal blondes Haar, nicht?»

«Ich bin zur Erntezeit geboren. Deshalb.»

«So blondes Haar hab ich nicht mehr gesehn, seit Whitey Newby in der Gegend war», sagte Sam Lovage, «und das ist wirklich komisch, denn Whitey war doch eine ganze Zeitlang Schäfer in Scoate, oder?»

«Ja», sagte Jesse. «Bis letzte Weihnachten.»

«Ha! Dieser Whitey! Der geilste Bursche in den drei Grafschaften! Es heißt, er soll in der Gegend von Scoate und ums Mauthaus herum sehr geschäftig gewesen sein.»

«Ja», sagte Jesse völlig naiv, «besonders wenn die Schafe gelammt haben.»

«Tatsächlich? Und Goody war sicher nett zu ihm, so unter Nachbarn, wie?»

«Davon weiß ich nichts», sagte Jesse. «Sie mochte ihn nicht sehr. Sie sagte, er hat Flöhe.»

«Woher wußte sie denn das?» fragte Bert Minchin.

«Vielleicht ist sie mal von einem gebissen worden!» sagte Steve Hewish, und alle lachten.

«Oh, ihr seid vielleicht lustig!» rief Eliza. «Lacht euch nur alle krank, ihr Narren!»

«Was hast du denn?» sagte ihr Großvater. «Gluckst da herum wie eine Henne mit einem Küken.»

«Aha, Jesse ist wohl Elizas Favorit, was?» sagte Steve Hewish. «Ein so strammes Mädchen sucht sich so einen kleinen Jungen aus? Er ist doch erst dreizehn, und ich wette, er weiß noch gar nicht, wozu Mädchen da sind.»

«Schluß jetzt!» sagte Großvater Tewke. «Zeit, daß wieder gearbeitet wird. Izzard, du brauchst deine Werkzeugtasche heute noch nicht. Als erstes wirst du Holz stapeln. Hopson hier wird's dir zeigen.»

Die Männer kehrten an ihre Arbeit zurück, und George Hopson, ein wortkarger Mann, winkte Jesse zu sich. Eliza ging wieder ins Haus. Sie wußte, daß sie Walter zuviel versprochen hatte. Sie konnte die Männer nicht daran hindern, mit Jesse ihren Spott zu treiben. Er mußte lernen, selber mit ihnen fertigzuwerden.

Am nächsten Tag, als sie die Milchkammer saubermachte, schaute er durch die Tür zu ihr herein.

«Sam schickt mich. Ich soll einen Sack Löcher holen. Verschiedene Größen. Es ist dringend, sagt er.»

«Jesse Izzard, dir ist wirklich nicht zu helfen!»

«Wie?» sagte Jesse.

«Sie wollen dich doch nur auslachen», sagte Eliza. «Aber wo sie dich geschickt haben, kannst du mir auch ein bißchen helfen.»

Sie ließ ihn fast eine Stunde Wassereimer schleppen, bis ein sauberer, süßer Geruch die Milchkammer erfüllte. Dann gab sie ihm einen Becher sahniger Milch und beobachtete ihn beim Trinken.

«Oh, so was Gutes hab ich nicht mehr getrunken, seit unsere alte Clover eingegangen ist», sagte er seufzend.

«Kriegt ihr denn keine Milch von Checketts?»

«Wir kriegen einen Liter, aber neben dieser Milch hier ist die blau. Mein Vater trinkt einen Schoppen davon. Das will Goody so. Und einen halben Schoppen kriegt das Schwein in sein Futter, und einen halben Schoppen tun wir uns in den Tee.»

«Ich werde in Zukunft jeden Morgen einen Schoppen für dich aufheben. Mittags kannst du dann schnell rüberkommen und ihn trinken. Aber sag den andern nichts. Und jetzt geh lieber. Wisch dir den Mund ab, sonst sieht's gleich jeder. Halt, warte! Mir fällt da noch was ein.»

Sie ging in die Scheune und wühlte in einem Haufen von Säcken. Sie zog einen heraus, der voller Löcher war, und gab ihn Jesse.

«Sie wollten doch einen Sack Löcher haben, nicht wahr? Hier hast du einen. Den kannst du ihnen bringen.»

Den ganzen Frühling und Sommer über ging sie zweimal in der Woche zum Mauthaus, und Walter freute sich jedesmal über ihren Besuch.

Seine Kräfte ließen wieder nach, und er wurde immer hagerer. Doch noch brannte die Flamme des Lebens in ihm, und an schönen Tagen saß er in einem Stuhl bei der offenen Tür und genoß die letzten Bilder und Geräusche, die die Welt draußen ihm bot.

In diesem Sommer trugen die Pflaumenbäume in Cobbs reichlicher denn je zuvor, und selbst nachdem die Arbeiter gepflückt hatten, soviel sie wollten, hatte Eliza noch siebzig

Pfund übrig. Die schleppte sie in zwei großen Henkelkörben zum Dorfanger, wo sie der Fuhrmann nach Chepsworth mitnahm.

Sie verkaufte alle ihre Pflaumen auf dem Markt und ging zu Fuß nach Hause. Die leeren Strohkörbe knarrten im Wind, und in ihren Schürzentaschen klimperten die Münzen.

«Hast du mir nichts zu sagen?» fragte ihr Großvater beim Abendessen. «Oder ist es ein Geheimnis, daß du in Chepsworth warst und meine Pflaumen verkauft hast?»

«Ein Geheimnis? Wo Timmy mich hat einsteigen sehen?»

«Sich auf den Markt zu stellen wie eine Hökerin! Die Leute müssen ja glauben, ich pfeif auf dem letzten Loch!» Er schob seinen Becher über den Tisch und beobachtete, wie sie sich mit dem schweren Bierkrug abmühte. «Nun?» fragte er. «Was hast du denn für die Pflaumen gekriegt? Sag schon!»

«Acht Shilling sechs Pence.»

«Nicht mehr? Für siebzig Pfund allerbeste Belindas?»

«Ich bin damit zufrieden.»

«Und wo hast du das Geld?»

«Ich hab's weggesteckt», sagte Eliza.

«Zu den Pennies, die du mit deinen Eiern verdienst? Hast du vergessen, wem das Obst gehört?»

«Ich hab alles allein gepflückt, da darf ich wohl auch etwas davon haben. Etwas für schlechte Zeiten.»

Er aß zu Ende und lehnte sich dann zurück. Er blickte sie von unten her an. Er mochte das Geld nicht direkt verlangen, aber es paßte ihm auch nicht, wenn sie es behielt.

«Es gibt für dich keine schlechten Zeiten», sagte er. «Bei mir bist du so sicher aufgehoben wie auf der Bank von England, und das gilt auch für deinen Mann und deine Familie, wenn's soweit ist.»

«Du liebe Güte!» sagte Kate. «Laß doch das Mädchen erst mal groß werden, eh du ihm Flöhe ins Ohr setzt!»

«Ha, die ist schon so frisch wie der junge Mai. Ich wette, bis sie zwanzig ist, hat sie schon zwei Kinder.»

«Was – nur zwei?» sagte Eliza.

«Du brauchst gar nicht so mit mir zu sprechen, Miss. Ich

hab nichts dagegen, daß du bald heiratest. Je früher, desto besser, und ich hab da auch schon so meine Pläne.»

«Was für Pläne?» fragte Eliza.

«Wart's nur ab!» sagte er, zufrieden, daß er nun das letzte Wort hatte. «Du erfährst's schon früh genug.»

Als Jesse am nächsten Tag um zwölf Uhr kam, um seine Milch zu trinken, gab ihm Eliza einen kleinen Beutel voller Geld.

«Was ist das?» fragte er.

«Damit sollst du was Gutes zum Essen für deinen Vater kaufen.»

«Fühlt sich an wie ein Vermögen. Ich weiß nicht, ob ich das annehmen darf.»

«Wenn du's nicht nimmst, werf ich's in den Abfluß da.»

«Du mußt sehr reich sein, Eliza.»

«Nein, das bin ich nicht.»

«Dann mußt du sehr gut sein. Ja, das bist du! Eine richtige Samariterin.»

«Ich weiß nur, wie es ist, wenn man arm ist.»

Sie fütterte eines Morgens gerade die Hühner im Obstgarten, als es auf dem Werkstatthof plötzlich laut wurde. Großvater Tewke war geschäftlich unterwegs, und die Arbeiter waren daher in Feiertagsstimmung. Sie hatten einen Holzschemel mit dampfend heißem Leim beschmiert und zwangen Jesse, sich daraufzusetzen. Nur George Hopson und Timothy Rolls hielten sich abseits. Alle anderen drängten sich um den Schemel, drückten Jesse auf den Sitz hinunter und banden seine Schnürsenkel um die Schemelbeine zusammen.

«Nicht treten, Junge! Sonst machen wir mit dir, was wir immer mit Eseln machen!»

«Jetzt laßt ihn los. Mal sehn, wie er reitet!» sagte Liney, der Säger.

«Zurücktreten! Er fuchtelt um sich wie der Teufel. Na, wie geht's Jesse? Hast du noch immer nichts zu sagen?»

Jesse schwankte, warf sich nach vorn, um das Gleichgewicht zu halten, und packte den schmalen Sitz des Schemels.

Seine Hände waren sofort vom heißen Leim verklebt und die Haut verbrannt. Er schwankte wieder, schaukelte hin und her, und als dann seine verknoteten Schnürsenkel rissen, fiel er zusammengekrümmt auf den Boden.

Eliza kletterte in fliegender Hast mit geschürzten Röcken über den Zaun und rannte auf Jesse zu. Sie faßte den Schemel an zwei Beinen und zog ihn weg. Jesse stand langsam auf, ganz von Schmutz und Sägmehl bedeckt.

«Oh, er hat sich die Hosen schmutzig gemacht!» sagte Sam Lovage. «Ein richtiger Schmutzfink!»

Die anderen lachten, und Eliza schleuderte zornig den Schemel mitten in die Gruppe hinein.

«Euch wird das Lachen vergehen, wenn mein Großvater erfährt, wie ihr die Zeit verschwendet!» Noch immer wütend, drehte sie sich zu Jesse Izzard um. «Und du! Es wird Zeit, daß du aufwachst! Wenn ich ein Junge wäre, ich nähme den Hammer und würde ein paar von denen die Schädel einschlagen, anstatt mich zum Narren halten zu lassen!»

Jesse stand stumm da. Unter dem Schmutz war sein Gesicht weiß wie eine Wand.

«Jesse, was ist? Ist was mit deinem Vater passiert?»

«Tot!» Mehr brachte der Junge nicht heraus.

Auf einmal waren die Männer still und hatten beschämte Gesichter. Timothy Rolls nahm die Mütze ab. Die anderen folgten seinem Beispiel.

«Das hätte der Junge uns sagen sollen», murmelte Steve.

«Der gute alte Walter», sagte Sam. «Tut mir leid für ihn.»

«Wenn's euch so leid tut, dann könnt ihr euch ja was überlegen», sagte Eliza.

«Wie meinst du das?» fragte Bob Green.

«Ich denke an Walters Witwe.»

«Ja, richtig!» sagte Sam. «An so etwas dachte ich auch. Aber woran denkst du?»

«Das überlaß ich euch», sagte Eliza. «Habt nur keine Angst, zu tief in die Tasche zu greifen.»

Sie ging mit Jesse über den Hinterhof in die Waschküche.

Sie füllte den Kupferkessel mit Wasser und zündete Feuer darunter an.

«Erzähl», sagte sie. «Hat er's am Ende leicht gehabt?»

Jesse warf ihr einen entsetzten Blick zu. Er schüttelte nur den Kopf.

«Es ist besser, du redest, wenn du kannst. Ist nicht gut, so was für sich zu behalten.»

«Ich kann nicht!» sagte er. «Oh, Eliza, ich kann nicht!»

«Dann laß es!»

«Es war so schlimm!» sagte er. «Wirklich schlimm. Die ganze Nacht hindurch. Er war zu schwach, um sich aufzusetzen und zu husten. Wir mußten ihn stützen, Goody und ich. Er hat keine Luft bekommen und doch gehustet und gehustet, und das Blut ist über uns gespritzt. Ich hab vorher noch nie einen Menschen sterben sehen. So dürft es nicht sein, Eliza.»

«Es gibt vieles, was nicht so sein darf.»

«Goody hat ihm ein paar Tropfen gegeben . . . Danach war er ruhiger.»

«Ist er im Schlaf gestorben?»

«Nein, erst am Morgen», sagte Jesse. «Er ist für einen Moment aufgewacht und hat den Kopf zum Fenster gedreht. Es hat gerade gedämmert, da und dort war's schon ein bißchen rosa am Himmel, und er hat ganz friedlich dagelegen und gesehen, wie das Licht die Wand erhellt hat. Dann hat er auf einmal gesagt: ‹Ich geh jetzt, Goody. Bis bald!› Ganz ruhig, so wie immer, wenn er zur Arbeit ging. ‹Ich geh jetzt, Goody. Bis bald.› Und da hat ihm Goody auch schon die Decke übers Gesicht gezogen.»

«Es ist besser so», sagte Eliza. «Er hat seine Ruhe verdient.»

«Ja. Aber ich weiß nicht! Mir ist, als könnte nichts mehr so sein wie früher.»

«Das wird es auch nicht. Alles ändert sich. Aber nichts tut einem für alle Zeiten weh.»

«Ach, mir ist schon viel wohler jetzt, wo ich mit dir gesprochen hab.»

»Dir wird noch viel wohler sein, wenn du diesen Schmutz los bist», sagte Eliza. Sie öffnete den Kessel und tauchte die Finger ins Wasser. «Wird schon warm. Du kannst mit Schrubben anfangen. Aber diesen Leim, den kriegst du nur mit Sand und Reiben ab.»

«Das weiß ich! Meine Hosen fühlen sich an wie aus Glas!»

«Und wenn sie dich das nächste Mal quälen wollen, dann hau doch drauf! Mit deinen Fäusten mußt du doch ein paar Nasen blutig schlagen können!»

«Ich will's versuchen», sagte Jesse. «Aber ich kann nicht gut kämpfen, Eliza. Kannst Goody fragen. Sie sagt immer, mein Vater und ich, wir könnten nicht mal die Haut von einem Reispudding schlagen.»

Als Elizas Großvater von Walters Tod erfuhr, ließ er von seinen Arbeitern sofort einen Sarg zimmern und zum Mauthaus bringen.

«Sagt Goody Izzard, sie kann sich mit der Bezahlung Zeit nehmen. In Wochenraten, wenn sie will. Eliza stellt die Rechnung aus.»

«Eine Rechnung ist nicht nötig, Meister», sagte Sam Lovage mit großer Geste. «Wir haben zusammengelegt und bezahlen den Sarg.»

Walter wurde auf dem Kirchhof von Eastery beigesetzt, auf einer Anhöhe, eine halbe Meile vom Mauthaus entfernt. Das Dorf Eastery lag in einer Senke, zwischen Ulmen verborgen. Die kleine Kirche aber stand abseits, ihr Fachwerkturm war eine Landmarke und ihre einzige Glocke hatte einen Sprung. Im Frühjahr war der hochgelegene Kichhof gelb von Schlüsselblumen, im Juni und Juli blau von Bergsandglöckchen. Der ganze Kirchhof war verwildert. Lerchen hatten ihre Nester im hohen Gras, und Eidechsen sonnten sich auf den flachen Steinen. Die niedrigen Mauern waren von Efeu überwachsen, und im Herbst kamen Unmengen von Wespen und Fliegen zu den cremiggrünen Blüten. Kleine Schwirrer hatte Walter sie genannt, und an dem Tag, als er beerdigt wurde, war der Kirchhof voll von ihrem leisen Gesumm.

Als Eliza am nächsten Sonntag ins Mauthaus kam, machte Goody gerade sauber. Sie hatte alle Möbel in den Garten gestellt und schrubbte sie unter der Pumpe. Küchentisch, Stühle und Schränke, Bett und Truhe: Alles stand dampfend in der Sonne und trocknete. Die Matten hingen am Apfelbaum. Vorhänge und Decken waren über die Hecke gebreitet. Das Haus selbst war gründlich ausgefegt und gescheuert, und alle Fenster standen weit offen.

«Ich bin froh, daß Walter vor mir gegangen ist», sagte Goody. «Hätte ihm nicht gefallen, wenn er mit dem Jungen allein zurückgeblieben wäre. Sie hätten beide das heulende Elend bekommen ohne eine Frau, die für sie sorgt.»

Jesse saß auf einer Bank und wichste seine Schuhe ein. Eliza setzte sich zu ihm und flickte eine Binsenmatte.

«Glaubst du an den Himmel, Eliza?» fragte er.

«Ich weiß nicht. Glauben Sie an den Himmel, Goody?»

«Ich weiß auch nicht so recht», sagte Goody. «Aber wenn's einen gibt, dann ist Walter ganz bestimmt jetzt dort. Und das ist schön, denn dann kann er ein gutes Wort für mich einlegen. Ich kann's wohl gebrauchen, bei all meinen Sünden.»

«Haben Sie denn so schwer gesündigt, Goody?»

«Ach ja, so wie jeder. Das Schnupfen zum Beispiel. Ich hab so ein Heftchen Schnupfpulver zum Beispiel und hab's im Nu alle!»

«Ein bißchen Vergnügen muß der Mensch doch haben», sagte Eliza.

«Und dann kann ich mich nicht beherrschen. Ich fluche und schimpfe und kann richtig wütend werden. Doch, das kann ich!»

«Man muß aber doch sagen dürfen, wie's einem zumute ist. Oder?»

«Und dann nehm ich ab und zu auf dem Hof mal was mit.»

«Man muß leben», sagte Eliza. «Noch was?»

«Nein, das wär's so ziemlich.» Goody verscheuchte ein Huhn von der Truhe, setzte sich und faltete die Hände im Schoß. «Für eine Frau über fünfzig gibt's keine großen Versuchungen mehr.»

«Komisch», sagte Jesse plötzlich, «immer wenn ich schwarze Schuhwichse an den Fingern habe, juckt mich die Nase!»

«Dann kratz dich ruhig», sagte Eliza. «Du hast sowieso schon schwarze Wichse im Gesicht.»

Sie nahm eine Baststrähne und begann sie zu glätten.

«Warum sehen Sie mich so an, Goody?»

«Ach, ich seh euch beide da so nebeneinandersitzen – weiß dein Großvater eigentlich, daß du mit meinem Jesse so gut befreundet bist?»

«Ich nehme an, daß er es weiß.»

«Und ist er damit einverstanden, Kind?»

«Ich hab ihn nicht danach gefragt», sagte Eliza.

In diesem Jahr, im Jahr 1890, begann Eliza an einem Tag im Oktober, Äpfel zu pflücken. Es war acht Uhr morgens und sehr kalt. Der Boden war von einem dichten weißen Nebel bedeckt. Doch als sie auf ihrer Leiter in das Geäst der Bäume hinaufkletterte, ließ sie den Nebelschleier unter sich und stand plötzlich mitten in einer sanften Helligkeit. Die Blätter waren blaßgelb, die Äpfel dunkelrot, und die Tautropfen hingen wie silbrige Perlen an den Zweigen.

Sie war hoch oben im Baum und griff gerade nach den obersten Ästen, als die Leiter von unten heftig geschüttelt wurde und sie sich rasch vorbeugen und an den Sprossen festhalten mußte. Der Baum schwankte hin und her, die Äste knarrten. Blätter und kleine Zweige lösten sich, und Äpfel polterten ihr um den Kopf.

Nach dem ersten Schreck drehte sie sich um und blickte hinunter, doch der Nebelschleier lag noch immer über dem Boden und hüllte die untere Hälfte der Leiter ein. Aus dem hohen Gras drang kein Laut herauf. Eliza ließ sich aber nicht täuschen. Sie nahm zwei Äpfel aus ihrer Tasche und warf sie nacheinander in den Nebel hinunter. Beim ersten hörte sie einen dumpfen Ausruf, beim zweiten ein Lachen.

«Das wirst du mir büßen!» drohte eine Stimme, und Kit Maddox kam durch den Nebel die schwankende Leiter heraufgeklettert. «Du hättest beinahe meine Schönheit ruiniert.»

«Bleib stehn», sagte Eliza. «Sonst versuch ich's noch mal.»

«Der Meister schickt mich. Ich soll dir helfen. Soll ich hier bei dir anfangen?»

«Nein. Hol dir eine andere Leiter und fang da drüben an.»

«Na schön. Du hast hier zu bestimmen.»

Er kletterte hinunter, verschwand wieder im Nebel, und kurz darauf sah sie, wie an einem benachbarten Baum eine Leiter angelegt wurde und er anfing zu pflücken. Nach einer Weile begann er zu singen.

«Ein Bursch und 'ne Dirn gingen angeln
An 'nem milden Morgen im Mai
Im Scarne-Tal am Ufer des Naff
Wo's schön ist dort dicht Copley.

Der Bursch hat gefischt mit 'nem Wurme
Es biß da kein Fisch bei ihm an
Der Köder der Dirn, der war süßer
Der Bursch ihr Gefangener dann.

Die Sonne die war schon am Sinken
Die Schatten am Hügel schon schwer
In Jills Korb die Fischlein hell blinkten
Der Korb von Jack, der war leer.

Die Dirn, ja die wurde nicht müde
Sie sagte zum Bursch, halt noch rein
Doch der Bursch, ja der zog seine Rute
Flink heraus und wollte schon heim.

Ei so schnapp Du Dir doch Deinen Haken
Rief die Dirn stolz, und Schwimmer und Blei
Im Tal gibt's noch andere Burschen
Und im Naff gibt es Fische für zwei!»

Als Kit geendet hatte, wußte Eliza, daß er nun auf ein Lob wartete. Er bildete sich viel auf seine Stimme ein. Aber Eliza schwieg.

«Na, was ist!» sagte er enttäuscht. «In der Krone hätte ich dafür einen Schoppen Chepsworth bekommen. He, Eliza, kannst du mich hören?»

«Die Äpfel bekommen Flecken, wenn du sie so in den Korb wirfst. Leg sie vorsichtig hinein.»

«Schön! Wie du willst!»

«Was ist mit dir? Bist du auf einmal unter die Süßholzraspler gegangen?»

«Der Meister hat gesagt, ich soll mich beliebt machen.»

«Oh, hat er das!»

«Genau das waren seine Worte. Und ich probier's eben mal. Also, was sagst du?»

«Ich sage, du verschwendest deine Zeit», erwiderte Eliza.

Um zehn Uhr war der Nebelschleier verschwunden, und die Sonne strahlte. Kit hatte die Jacke ausgezogen und die Ärmel aufgekrempelt, und er benutzte jetzt nicht mehr die Leiter, sondern schwang sich von Ast zu Ast, eine auffällige Gestalt in roter Weste und schwarzen Kordhosen. Eliza versuchte, ihn zu übersehen, doch sobald sie herunterkam, um ihre Schürze in den Korb zu entleeren, war auch er da und leerte seinen Eimer aus. Arbeitete sie langsamer, wartete er auf sie, ging sie zuerst, sprang er auf den Boden hinunter und eilte zu ihr. Was immer sie tat, er war da, über den großen Korb gebeugt, und grinste sie an.

«Eine große Hilfe bist du!» sagte sie, als sie es nicht mehr aushalten konnte. «Nichts als zwei, drei Äpfel!»

«Ich versuche eben, gut Freund mit dir zu sein. Deshalb hat mich dein Großvater ja hergeschickt.»

«Ich such mir meine Freunde selbst aus», sagte sie.

Kit lachte, beugte sich über den Korb und wollte ihr ins Gesicht fassen. Sie wich zurück, und er ließ die Hand so heruntergleiten, daß seine Finger ihr Kleid berührten und ganz leicht über ihre Brüste strichen.

«Du wirst erwachsen . . . entwickelst dich ganz hübsch.»

«Nimm deine Hände weg!» sagte sie.

«Wollen wir jetzt die Äpfel auf den Heuboden bringen?»

«Ja. Du kannst schon anfangen!»

«Kommst du nicht mit? Na, warum nicht? Hast du kein Vertrauen zu mir?»

«Nein.»

«Scheint, du hörst drauf, was geredet wird.»

«Ich weiß, was Rosie Lewis passiert ist, falls du das meinst. Und ich weiß auch, was mit Lillibel Rye war.»

«Du kommst auf den Heuboden mit mir», sagte er, und seine Finger schlossen sich um ihren nackten Arm.

Sie riß sich los und rannte an ihm vorbei, aber er lief zur Leiter, um ihr den Weg zu versperren. Da nahm sie empört ihren Mantel, ging davon und ließ ihn allein im Garten zurück.

Als Großvater Tewke um zwölf Uhr zum Mittagessen hereinkam, war sein Gesicht rot vor Zorn. Er ging auf Eliza zu, die gerade Suppe auf einen Teller tat, und schlug mit der Faust auf den Tisch.

«Was soll das heißen, daß du Kit da draußen allein läßt? Herrgott noch mal! Da beschwerst du dich, daß du die Pflaumen allein pflücken mußt, und wenn ich dir bei den Äpfeln jemand schicke, machst du ein Theater!»

«Kit hat mir nicht geholfen. Er hat nur seine Zeit verschwendet.»

«Hat sich mehr für dich interessiert, wie? Na, und? Er ist schließlich ein Junge.»

«Eliza hat recht, wenn sie ihm aus dem Weg geht», sagte Kate. «Aus dem Burschen wird nichts Gutes.»

«Unsinn! Mich kümmert das Gerede nicht. Heute nachmittag gehst du wieder in den Garten.»

«Nicht, wenn Kit da ist.»

«Zum Donnerwetter! Andere Mädchen würden sich um ihn reißen.»

«Ich nicht. Ich mag ihn nicht.»

«Das glaub ich nicht. Kein Wort davon glaub ich!»

«Du *willst* es nicht glauben», sagte Eliza. «Aber ich gehe nicht. Dann bleiben die Äpfel eben hängen.»

Der Alte setzte sich und funkelte sie an, während sie hin und her ging. Er konnte sie nicht verstehen, mußte sich aber fügen.

«Na schön. Kit ist ein zu guter Arbeiter. Ich kann ihn nicht entbehren für nichts und wieder nichts. Aber eines Tages reißt mir der Geduldsfaden, Miss, und dann kannst du was erleben!» Er brockte sich Brot in seine Suppe und rührte die Stücke heftig herum.

Die Eichbäume in Cobbs – und besonders die große Eiche auf dem Werkstatthof – trugen dieses Jahr reichlich Früchte, und als Ende Oktober Tag für Tag der Wind wehte, hörte es nicht mehr auf, Eicheln zu regnen.

Als Eliza am Sonntagmorgen aus der Kirche zurückkam, traf sie zu ihrer Überraschung Jesse auf dem Hof an. Er schaufelte Eicheln in eine Schubkarre.

«Was machst du denn hier, am Sonntag?»

«Der Meister zahlt mir einen Shilling extra. Er sagt, die Eicheln ziehen Ungeziefer an.»

»Und was machst du mit den Eicheln?»

«Der Meister sagt, ich soll sie verbrennen. Ich wollte sie an die Kühe verfüttern. Er sagt aber, davon geben sie saure Milch. Aber einen Teil nehm ich für unser Schwein mit. Goody sagt, Eicheln machen den zartesten und schmackhaftesten Schinken. Aber ich kann nicht mehr als einen Sackvoll schleppen.»

«Wir brauchten dafür das Pony und den Wagen.»

«Aber erlaubt das denn dein Großvater?»

«Ich frag ihn gar nicht. Er macht nach dem Essen sonntags immer im Wohnzimmer sein Nickerchen, und bis er aufwacht, bin ich zurück.»

Als Eliza um zwei Uhr aus dem Haus schlich, hatte Jesse den Wagen im Schuppen schon mit Säcken beladen.

«Ich hab Angst», flüsterte er.

«Brauchst du nicht. Mein Großvater schnarcht wie ein Bär. Breite Stroh aus, dann kann er nichts hören.»

«Da, schau», sagte Jesse und deutete zum Werkstattdach hinauf. «Ich bin raufgeklettert und hab den Wetterhahn repariert.»

Eliza blickte hinauf. Tatsächlich: Der Hahn zeigte nach Westen und bewegte sich im Wind.

«Freust du dich?» fragte Jesse. «Du hast gesagt, du hättest es gern, wenn der Hahn sich wieder dreht, und da bin ich rauf und hab ihn frisch geschmiert. Freust du dich, Eliza?»

«Ja.» Eliza sah in sein erwartungsvolles Gesicht. «Ja, ich freu mich.»

Während Jesse Stroh auf das Kopfsteinpflaster streute, holte sie das Pony, und dann fuhren sie langsam vom Hinterhof hinunter und durch den Torbogen. Hufe und Räder waren auf dem Stroh kaum zu hören. Langsam knarrte der Wagen am Haus entlang. Dann waren sie endlich auf der Dorfstraße.

«Hui!» sagte Jesse und wischte sich über die Stirn. «Zehn Minuten lang hab ich die Luft angehalten. Ich wollt, ich wär auch so ruhig und mutig wie du, Eliza.»

«Du bist schon richtig so, wie du bist», sagte Eliza.

Als sie bei Collow Ford den Derrent überquerten, kam Kit Maddox aus dem Haus neben der Schmiede und ging ihnen entgegen. Er blieb dicht am Wasser stehen, versperrte ihnen den Weg und packte den Zügel.

«Ich hab euch vom Fenster aus gesehen. Will wissen, wozu ihr im Wagen vom Meister herumkutschiert.»

«Geh aus dem Weg und laß uns in Ruhe!» sagte Eliza.

«Was ist denn in den Säcken? Das Geld vom Alten?»

«Um Gottes willen nein!» sagte Jesse erschrocken. «Nur Eicheln. Futter für unser Schwein. Da ist nichts Schlimmes dabei. Du verpetzt uns doch nicht beim Meister, Kit, oder?»

«Vielleicht. Vielleicht auch nicht.»

«Geh aus dem Weg», befahl Eliza.

Er ließ den Zügel los und trat zur Seite. Doch als der Wagen an ihm vorbeirollte, schwang er sich aufs Trittbrett.

«Rückt rüber! Ich fahre mit.»

«Das wirst du nicht!» rief Eliza.

«Bin ich zu dieser Landpartie nicht willkommen?»

«So willkommen wie Flöhe!»

«Ha, Flöhe wirst du nicht so leicht los.»

«Das werden wir ja sehen!» sagte Eliza.

Sie zog heftig am Zügel, und das Pony trottete los und bog dann in den Weg ein, der neben dem Derrent entlangführte. Die Räder holperten über die Wurzeln der Weiden. Der Wagen schwankte und bebte, aber Kit ließ sich nicht vom Trittbrett abschütteln.

«Hei!» rief er. «Auf der Fähre von Porsham hab ich schon stürmischere Fahrten erlebt!» Und er winkte mit der einen Hand, um zu zeigen, wie wenig ihm das alles ausmachte.

Eliza zog am linken Zügel, und das Pony reagierte entsprechend. Die Räder auf der linken Seite rollten die Böschung hinauf, und der Wagen neigte sich. Kit mußte loslassen und fiel herunter. Eliza lenkte das Pony wieder nach rechts und fuhr weiter, ohne sich um Kit zu kümmern.

«Du lieber Gott!» sagte Jesse, als er sich umblickte. «Er ist ganz schön gestürzt. Scheint sich den Kopf aufgeschlagen zu haben.»

«Gut», sagte Eliza. «Hoffentlich!»

«Er rührt sich nicht. Ob er sehr verletzt ist?»

«Verletzt? Der doch nicht!»

«Aber er kann sich doch was gebrochen haben. Vielleicht blutet er. Oder er ist sogar tot!» Jesse legte eine Hand auf die Zügel und sah sie an. Seine blauen Augen blickten bekümmert, aber entschlossen. «Wenn du nicht anhältst, muß ich abspringen», sagt er.

«Na schön!» sagte Eliza mürrisch und hielt den Wagen an.

Jesse stieg aus und ging den Weg zurück. Eliza blieb sitzen. Sie blickte sich nicht um, sondern sah dem Pony zu, das an der Böschung Gras rupfte, und den Bachstelzen, die mitten zwischen herabhängenden Weidenblättern übers Wasser huschten.

Nach einer Weile kam Jesse zurück und kletterte zu ihr hinauf, und sie ließ das Pony wieder antraben.

«Nun?» sagte Eliza und blickte sich zu ihm um. «Wie war das Wetter dahinten?»

Jesse grinste verlegen, und sie sah, daß seine Lippen aufgeschlagen und geschwollen waren.

«Du hattest recht», sagte er. «Kit war doch nicht tot!»

Als sie beim Mauthaus anlangten, kam Goody aus dem Garten.

«Na, du wirst ja vornehm, Junge, fährst vor wie der Gestiefelte Kater! Aber was hast du mit deinem Gesicht gemacht?»

«Ich hab mich an einem Torpfosten gestoßen. Hier, Goody, rat mal, was da in den Säcken ist!»

«Keine Ahnung», sagte Goody.

«Eicheln!» sagte Jesse stolz. «Für unser Schwein.»

«Wer hätte das gedacht!» sagte Goody. «Heut morgen noch hab ich zu dem armen Vieh gesagt, es braucht ein paar Abnäher in seiner Weste.»

Sie trugen die Säcke in den Schuppen, und bei jedem Sack, den Goody ausleerte, sagte sie «wieder zwei schöne Scheiben Speck» oder «wieder ein feines Stück Schinken!»

Den letzten Sack trug Jesse gleich in den Stall, und sie sahen alle zu, wie das Schwein die Eicheln fraß und die Hülsen ausspuckte.

Als Eliza heimkam, wartete Kit Maddox auf sie im Hinterhof. Er saß auf der Bank in der Sonne und schnitzte mit einem Klappmesser aus einem Stück Holz einen kunstvollen Löffel. Eliza fuhr einmal um den Hof herum, hielt neben der Pumpe an und bugsierte den Wagen dann rückwärts in den Schuppen hinein. Kit bewunderte lautstark ihre Fahrkünste, aber sie achtete nicht auf ihn, sondern machte wortlos das Pony los, führte es hinaus auf die Koppel, tat die leeren Säcke an ihren Platz und fegte das Stroh von den Steinen.

«Sprichst du nicht mehr mit mir?» fragte Kit.

«Eilig hab ich's damit nicht», sagte sie.

«Überleg dir's nicht zu lang, sonst bin ich vielleicht fort und bei den Soldaten. Hier, schau dir das an! Wie sieht das aus?»

Er hielt ihr den Löffel hin, der aus einem Stück Ahornholz geschnitzt war, einem sehr hellen Holz, so hell wie Hafermehl. Die Löffelmulde war rund und flach, der Griff hatte die Spiralform einer Zuckerstange mit einer Wölbung in Form eines Apfels am Ende, und das Ganze war so glatt, daß man kaum die Schnitte des Messers erkennen konnte.

«So was würd ich gern immer tun», sagte er. «Etwas, dem man sofort ansieht, wer das gemacht hat, zum Beispiel das Holzgitter in der Kirche. Das werden die Leute immer ansehen, und dann werden sie sagen ‹Dieses Gitter da hat Kit Maddox gemacht.›»

«Und wenn sie das mal nicht mehr sagen, dann bist du tot, oder?»

«Sie sagen es aber immer wieder, das ist es doch. Immer, wenn sie es sehen. Genauso wie in Spailes jetzt. Stell dir das vor! Die ganze Abtei wird von Grund auf erneuert. Da sind Maurer und Zimmerleute aus ganz England, und was die machen, wird für alle Ewigkeit sein. Nicht so wie der Kram, den wir hier machen, diese Zuber, Kübel und verflixten Leitern!»

«Diese Dinge sind aber nützlich», sagte Eliza. «Sie gehören zum Leben.» Sie sammelte das letzte Stroh auf und warf es auf den Misthaufen. «Ich hab mehr für den übrig, der mir einen Kübel macht, als für den, der Trauben und solche Sachen an meiner Kirchenbank schnitzt.»

«Ha! An einen Kübel aber verschwendet doch keiner einen Gedanken!»

«Ich verschwende auch keinen Gedanken an meine Augen und meine Ohren und bin trotzdem froh, daß ich sie habe.»

«Ach, du verstehst das nicht», sagte er mit einem Achselzucken.

«Ich versteh dich genau!» Eliza stand jetzt vor ihm. «Ich seh in dich hinein wie in ein Glas Wasser. Du willst nicht nur schlau und geschickt sein, du möchtest es auch immer wieder hören. Und damit wirst du dein Leben lang Ärger haben, denn die Leute haben anderes zu tun, als dir Komplimente zu machen.»

Kit lächelte und sah sie durch die Augenwimpern an.

«Und du wirst mir nie Komplimente machen, Eliza? Dein Großvater hält große Stücke auf mich. Und wir sind wie zwei Schnecken in einem Kohlkopf. Weißt du, was er gesagt hat? Sobald wir zwei uns einig sind, macht er mich zu seinem Teilhaber, mit meinem Namen am Torschild und so.»

«Ach! Stell dir das vor!»

«Dein Großvater denkt vernünftig. Was soll aus dem Geschäft werden, wenn du keinen Mann kriegst, der was davon versteht? Dein Großvater denkt voraus. Ein Partner für ihn und einer für dich.»

«Oh, das ist schon vernünftig, keine Frage.»

«Warum werden wir uns dann nicht einig? Dein Großvater hat gesagt, man muß dir ein bißchen zureden. Also hier ist schon mal ein Brautwerbelöffel.»

«Ich will ihn nicht haben», sagte Eliza. «Gib ihn Lillibel Rye.»

Kits Gesicht verdunkelte sich.

«Ich hab ihn für *dich* gemacht. Drücke ich mich nicht deutlich genug aus?»

«Jetzt hör mal zu! Ich will dich nicht. Ich mag dich nicht einmal. Und du kommst auch nicht in das Geschäft meines Großvaters, indem du mich heiratest. Ist *das* deutlich genug?»

Kit sprang auf, als hätte sie ihn geschlagen. Sein Gesicht war verkrampft, und seine Augen starrten wie blind ins Leere. Eliza glaubte, er würde gleich die Beherrschung verlieren, doch da wandte er sich plötzlich ab und warf im Davongehen den Löffel in die Abflußrinne.

Am nächsten Morgen, als Eliza und ihre Mutter in der Küche waren, kam Großvater Tewke wütend hereingepoltert.

«Habt ihr Kit Maddox gesehen?»

«Seit gestern nicht mehr», sagte Eliza. «Warum?»

«Die Werkstattür ist aufgebrochen, und von seiner Arbeitsbank sind alle Werkzeuge weg! Ich war bei seiner Großmutter, und sie sagt, er sei die ganze Nacht nicht in seinem Bett gewesen. Also was ist los mit ihm? Habt ihr eine Ahnung?»

«O ja», sagte Kate, bevor Eliza etwas sagen konnte. «Jeremy Rye hat gedroht, er schleppt Kit vor Gericht, weil er Lillibel in andere Umstände gebracht hat. Und Jeremys Söhne haben gesagt, sie bestreichen ihn mit Teer.»

Der Alte runzelte die Stirn und wandte sich wieder an Eliza.

«Dann hast du ihn also gestern gesehn? Hast heimlich einen Sonntagsausflug gemacht, wie?»

«Nein, ich bin ihm zufällig begegnet.»

«Und – hat er was gesagt, er will weg?»

«Das nicht. Aber er hat von der Abtei in Spailes gesprochen.»

«Das ist's also! Er ist auf Abenteuer aus, will was von der Welt sehen. Na, schadet nichts, wenn er sich ein bißchen den Wind um die Nase wehen läßt.»

«Du scheinst ja ziemlich sicher zu sein, daß er zurückkommt», sagte Eliza.

«Ich geb ihm sechs Monate, vielleicht ein Jahr, falls er wartet, bis über die Sache mit den Ryes Gras gewachsen ist. Dann wird er wieder hier sein, quicklebendig. Der Junge hat Verstand. Und vielleicht kommst du inzwischen auch zur Vernunft.»

Etwas später an jenem Tag holte Eliza den holzgeschnitzten Löffel aus der Abflußrinne im Hinterhof und verbrannte ihn im Küchenherd.

«Kit ist fort», sagte sie auf Kates überraschten Blick, «und ich will nicht an ihn erinnert werden.»

Doch obwohl Kit fort war, kam Eliza nicht dazu, ihn zu vergessen. Dafür sorgte Großvater Tewke. «Großmutter Maddox hat einen Mieter aufgenommen. Das wird Kit aber gar nicht passen, wenn er heimkommt», sagte er beispielsweise oder «Sag Mr. Horton, er muß mit dieser Täfelung noch warten. Mein bester Mann hilft gerade in Spailes aus». Und als Sam Lovage seinen Sohn in die Werkstatt holen durfte, sagte der Alte zu Eliza: «Verknall dich nicht in diesen Fred. Ich hab ihn nur eingestellt, weil ich einen Arbeiter brauche. Aber er kann Kit nie im Leben das Wasser reichen.»

Jener Winter 1890/91 war ein langer, harter Winter. Der Derrent war wochenlang zugefroren, und der Teich bei Slings Dip, der vor dem Frost über die Ufer getreten war, wurde zu einer riesigen Eisbahn. Aus Middening, Eastery, Norton und Blagg kamen die Schlittschuhläufer, und an jedem Samstagabend wurde ein großes Feuer auf dem Eis angezündet, und man briet Kaninchen und Hasen und sogar Fasanen.

Auch Eliza ging manchmal hin, und einmal kam ihr Großvater mit. Er hatte ein Bündel Ulmenabfallholz dabei, das er gravitätisch auf das Feuer packte. Doch selbst mitten zwischen den Schlittschuhläufern kam er auf Kit zu sprechen. «Schau sie dir an, wie sie da rumstolpern! Wenn Kit hier wäre, der würd ihnen zeigen, wie man eine Acht läuft. Keiner hier kann so gut Schlittschuh laufen wie er.»

Im April bekam Lillibel Rye ihr Baby, und Timothy Rolls, der nebenan wohnte, berichtete am nächsten Morgen davon in der Werkstatt in Cobbs.

«Es ist ein Mädchen», sagte er. «Ein lebhaftes kleines Ding, wenn auch unehelich, aber das werd ich jedenfalls der Kleinen nicht vorhalten.»

«Wie sieht sie aus?» fragte Großvater Tewke. «Wem sieht sie ähnlich?»

«Ja», sagte Timothy und kratzte sich am Kopf, «da sehen Sie sich die Kleine am besten selber an, wenn Sie so daran interessiert sind.»

«Interessiert!» sagte der Alte. «Ich bin nicht an Lillibel Rye und ihrem Mißgeschick interessiert. Ich hab anderes zu tun.»

Doch eines Tages gegen Ende des Sommers, als er und Eliza von Chepsworth heimfuhren, zeigte er sein Interesse doch sehr deutlich. Es war ein heißer Tag, und Lillibel Rye saß mit ihrem Baby auf einem Hocker neben der Ladentür ihres Vaters. Großvater Tewke hielt an und rief:

«He, halt's mal hoch! Damit ich's sehen kann!»

Das Mädchen, fast noch ein Kind, gehorchte ohne Widerrede, hielt ihm das Baby hin und duldete seine offene Verachtung. Das Baby hatte goldblondes Haar, seine Haut war hell, und die Augen, die träumerisch die Bewegungen des Ponys beobachteten, leuchteten in einem dunklen Violett.

«Hmm! Wenn das Kit Maddox' Kind ist, dann will ich ein Ägypter sein!» Der Alte fuhr weiter. Er wirkte sehr selbstzufrieden und grinste und nickte auf dem ganzen Heimweg vor sich hin. Doch dann, als sie am Werkstatthof vorüberfuhren, stieß er plötzlich einen verzweifelten Seufzer aus.

«Weißt du, was ich denke?» sagte er unvermittelt. «Ich denke, es ist Zeit, daß der Junge heimkommt!»

Als er am darauffolgenden Samstag schweigend gefrühstückt hatte, stand er auf und hielt Eliza am Arm fest.

«Du gehst jetzt hinauf und packst dir ein paar Sachen ein. Wir machen eine kleine Reise, du und ich. Ja, und deine Mutter soll uns etwas zu essen mitgeben.»

«Warum sagst du mir das nicht selbst?» sagte Kate pikiert. «Ich kann sehr wohl noch hören! Was ist das für eine Reise?»

«Ich nehme an, wir fahren nach Spailes», sagte Eliza. «Ich hab das seit letzten Dienstag kommen sehen.»

«Ganz recht», sagte ihr Großvater. «Und ich wär dir dankbar, wenn du ein bißchen schnell machst, Miss Neunmalklug!»

Sie fuhren die mal sich nach Süden, mal nach Westen dahinschlängelnde Talstraße entlang. Hinter ihnen blieben die Hügelkämme und Anhöhen zurück, Burlows, Stams, die beiden Zwillingshöcker Menna und Marra und dann die Kette der Long Men of Clemov. Sie fuhren langsam, hielten oft an, um dem Pony eine Ruhepause zu gönnen, um einen aus einer Hangspalte herunterschießenden Wasserfall zu betrachten, um mit vorbeiziehenden Hirten zu reden oder um auf abseits gelegenen Höfen ein Glas Milch zu trinken.

Beim Wald von Seay, im Schatten von Eichen und Birken, machten sie zwei Stunden lang Rast. Nachdem Großvater

Tewke seine Pastete, seine butterbestrichene Teigrolle und sein eingelegtes Ei gegessen hatte, schlief er, den Rücken an einen Baum gelehnt, ein. Eliza aber konnte nicht schlafen. Die goldenen Schatten unter den Bäumen waren voller Bewegung, die Zweige über ihr rauschten und die Gerüche des Waldes waren verwirrend. Die ganze Reise befremdete sie.

Sie fuhren weiter und erreichten schließlich die kleine Stadt Spailes an den Ufern des Flusses Ennen. Es war Markttag. An den Verkaufsständen auf dem Hauptplatz herrschte ein reges Treiben. Die Straßen waren verstopft. Der frühe Abend eines Markttages war immer die schlimmste Zeit, denn jetzt warteten die Leute darauf, daß die Händler ihre Waren billig abstießen, jetzt versuchten die Bauern, Pferd und Wagen durch das Gedränge zu bugsieren. Die letzten Viehhändler trieben ihre Tiere durch die engen Straßen, und die ersten Betrunkenen torkelten streitsüchtig aus den Kneipen. Spailes lag nah an der Grenze von Wales, und als Eliza immer wieder Walisisch hörte, hatte sie das Gefühl, tatsächlich eine weite Reise gemacht zu haben.

«Warum lächelst du?» fragte ihr Großvater. «Ich wüßte nicht, was es zu lächeln gibt bei diesem Lärm und Gedränge.»

«Ich hab an meinen Vater gedacht», sagte sie. «Er war oft hier in der Gegend, und er hat mir einige Worte Walisisch beigebracht, die er aufgeschnappt hatte. Meistens Worte, die was mit Pferden zu tun hatten.»

«Hm, dein Vater war immer ein Zeitverschwender.»

Sie fuhren eine mit Kopfsteinen gepflasterte Straße entlang, die so eng war, daß die Leute in die Türeingänge zurücktreten mußten, um sie vorbeizulassen. Sie überquerten den Mühlgraben und kamen zur Abtei. Ihr frisch restaurierter Turm erhob sich hell und warm im Sonnenlicht inmitten von grünen Rasenflächen neben dem himmelblauen Wasser des Ennen.

Sie ließen das Pony und den Wagen an einem Geländer unter einem Baum stehen und gingen über den sanften Rasen zum Eingang der Kirche. Am Hauptschiff und Querschiff standen noch Gerüste, und sogar jetzt, um sechs Uhr an einem Samstagabend, arbeiteten noch einige Männer auf dem Dach. Ihr Hämmern hallte von den Wänden wider, und wenn einmal ein Augenblick Stille eintrat, drangen dumpf ihre Stimmen nach unten. Großvater Tewke legte die Hände um den Mund und rief hinauf. Ein Gesicht blickte oben über die Mauerkante herunter.

«Habt ihr da oben einen Burschen namens Maddox?»

«Ich wollt, ich hätt ihn!» rief das Gesicht herunter.

«Wo ist er dann?» fragte der Alte weiter.

«Ich wollt, ich wüßt's!» erwiderte das Gesicht.

«Herrgott! Können Sie nicht vernünftig antworten?»

«Gehn Sie zum Meister, im Kreuzgang», meinte das Gesicht. «Der hat sowieso nichts zu tun.»

Im Kreuzgang, zwischen Baumaterial und Gerät, stand eine Hütte. Auf ihr Klopfen hin kam ein Mann heraus.

«Maddox?» sagte er. «Ja, ich hatte einen Zimmermann, der hieß so, aber der ist seit drei Wochen fort.»

«Fort?» rief der Alte. «Zum Teufel! Wissen Sie, wo er hin ist?»

«Sind Sie sein Vater? Nein? Nun, er hatte einen Streit mit einem anderen Zimmermann hier. Er hat ihn vom Chorgerüst gestoßen und beinahe umgebracht.»

«Dann haben Sie ihn also entlassen?»

«Soweit ist es gar nicht gekommen. Er ist vorher auf und davon. Er wußte, die andern ziehen ihm die Haut vom Leib für das, was er Joel Watkin angetan hat.»

«Dann wissen Sie also nicht, wo er sein könnte?»

«Einer meiner Leute hat ihn an jenem letzten Tag gesehen, wie er in einem Fischerboot den Fluß nach Cleute hinuntergefahren ist.»

«Was kann er dort wollen?»

«Für einen Burschen wie ihn gibt's dort keine Arbeit. Vielleicht ist er nach Bristol, aber ob Sie ihn dort finden – ich weiß nicht . . .»

«Ja, da haben Sie recht. Danke.»

Sie gingen zum Wagen zurück und stiegen ein, und der Alte saß eine Zeitlang mit den Zügeln in der Hand auf dem Bock.

«Ich frage mich», sagte er langsam, «ob der Junge nicht auf dem Weg nach Hause ist.»

«Wenn er doch die andere Richtung eingeschlagen hat», sagte Eliza.

«Ja, aber vielleicht wollte er seine Verfolger nur täuschen. Ich bin sicher, er wollte auf einem Umweg nach Hause.»

Und so fuhren sie auf der Suche nach einer Unterkunft in die Stadtmitte zurück.

Eliza dachte dabei an ihren Vater. Er hatte oft von Spailes erzählt. «Das ist ein ganz komisches Städtchen, ganz alt», hatte er gesagt. «Es ist nicht ganz walisisch, und es ist auch nicht ganz englisch, und vielleicht kommt es einem deshalb so eigen, so fremdartig vor.» Als Eliza aus ihrem Fenster über die kleine Stadt sah, hatte sie genau dieses Gefühl des Fremdartigen. Die vom Mondschein erhellten Straßen hatten etwas Schimmerndes, Abwartendes, wie Straßen auf einem alten Bild, und die dunklen Häuser sahen aus, als wären sie voller Geheimnisse. «Spailes», so hatte ihr Vater oft gesagt, «ist wirklich ein ganz merkwürdiger Ort, und er läßt einen noch im Traum nicht los.»

Im Wirtshaus Talbot, auf der anderen Straßenseite, unterhalb der verfallenen Mauern des alten Schlosses, war ihm einmal sein Geld gestohlen worden, und er hatte anderthalb Tage für Kost und Logis im Stall arbeiten müssen. Ein Stück weiter unten hatte er einmal einen dicken Fuhrmann einen Vierliterkrug Bier auf einen Zug austrinken sehen, und dieser Fuhrmann hatte sich, obwohl in Hosen und Kittel, schließlich als Frau entpuppt. Und irgendwo da draußen am Westrand der Stadt, wo die Viehtreiberstraße nach Wales hinüberführte, war die Stelle, wo ein Kesselflicker mit einem Messer auf der Lauer gelegen und Passanten angefallen und sie beschuldigt hatte, ihm die Frau weggenommen zu haben. Ihr Vater hatte sich fast eine Stunde lang mit ihm geschlagen, dann war der Mann davongerannt. Eliza erinnerte sich, wie ihre Mutter geweint hatte, als sie die Wunden ihres Vaters sah, und wie sie ihn flehentlich gebeten hatte, nie mehr nach Spailes zu fahren. Aber er war natürlich immer wieder hingefahren, denn die walisischen Pferde waren besser als alle anderen, wie er sagte, und außerdem übte Spailes einen seltsamen Reiz auf ihn aus. «Das ist ein Ort, der läßt einen noch im Traum nicht los.» Und als er das nächste Mal von dort heimkam, schwor er Stein und Bein, ein Schäfer habe den Kesselflicker tot in den Bergen aufgefunden.

In jener Nacht also stand Eliza an ihrem Fenster und blickte über die schlafende Stadt. Licht fiel nur noch aus dem Wirtshaus Talbot, rauchig-dämmrig drang es aus der Tür, gerade das Schild darüber erhellend, und das einzige Geräusch war der Lärm der Zecher, von denen einer «Mein Lieb ist ein Mädchen» zu singen versuchte.

«Mein Lieb ist ein Mädchen
Ist Täubchen genannt
Und Täubchen ist Engel
Vom Himmel gesandt.»

Die letzten heiseren Töne gingen in einem Chor von spöttisch-lustigen Zurufen unter. Dann war es still. Auf einmal hörte man eine Harmonika spielen, und eine andere Stimme begann zu singen.

«Ein Bursch und 'ne Dirn gingen angeln
An 'nem milden Morgen im Mai
Im Scarne-Tal am Ufer des Naff
Wo's schön ist dort dicht bei Copley.»

Eliza trat vom Fenster zurück und setzte sich aufs Bett. Selbst aus dieser Entfernung hatte sie die Stimme genau erkannt: Es war Kit Maddox. Sie stand auf und öffnete die Tür. Im Haus schliefen alle, leises Schnarchen drang durch die Türen. Unten hörte das Singen auf, nur die Harmonika spielte weiter, ein anderes Lied jetzt, «Gans und Ganter». Sie zog ihr Kleid an und warf sich einen Schal um den Kopf. Dann schlich sie nach unten und hinaus aus dem Haus.

Die Tür des Wirtshauses war wie eine Stalltür gezimmert.

Die obere Hälfte stand weit offen. Drinnen, im trüben Schein einer rußigen Laterne, drängten sich ein Dutzend Männer um eine Vogelscheuche von einem Mann, der zu den Klängen der Harmonika herumtanzte, daß seine ausgefransten Rockschöße flatterten und die Schuhe über den sandbestreuten Boden scharrten. Als Eliza hineinsah, wurde sie von zwei Schafzüchtern in mittleren Jahren, die zusammen mit ihren Hunden gleich hinter der Tür standen, angesprochen.

«Komm rein! Ich spendier dir ein Glas», sagte der eine. «Hast eins verdient, schon weil du so ganz anders aussiehst als das mickrige Weibervolk von Frau und Töchtern, das mich zu Hause erwartet.»

«Oder wenn du deinen Vater suchst», meinte der andere, «brauchst's uns nur zu sagen. Wir holen ihn dir.»

«Nein, ich such nicht meinen Vater», sagte Eliza. «Ich suche den, der da gerade gesungen hat.» Sie beugte sich nach vorn, und der Geruch von Schweiß, Bier und billigem Knaster nahm ihr fast den Atem. «Den dort», sagte sie, «den mit dem blauen Halstuch.»

«Den?» sagte der eine Schafzüchter. «Das muß der Teufel selber sein, wie er aussieht. Aber wenn du ihn magst . . .»

Und gleich darauf drehte sich Kit, ein wenig schwankend, um und starrte durch den Qualm zur Tür. Es dauerte einige Sekunden, bis er Eliza erkannte, dann schüttelte er, verwundert lächelnd, den Kopf und schob sich durch das Gedränge.

«Das kann doch nicht sein!» sagte er. «Ich träum wohl.»

«Nein, du träumst nicht. Kommst du einen Augenblick heraus?»

«Warum kommst du nicht herein?»

«Bei dem Lärm kann man nicht in Ruhe reden.»

Er kam heraus, zog die Halbtür wieder zu, lehnte sich dagegen und blickte sie noch immer mit verwundert-benommenem Lächeln an.

«Was machst du denn hier in Spailes? Suchst du vielleicht nach mir? Das wär ja was!»

«Mein Großvater hatte sich das in den Kopf gesetzt, nicht ich», sagte Eliza. «Wir waren heut nachmittag in der Abtei.»

«Dann habt ihr ja die Sache mit Joel Watkin erfahren.»

«Ja. Wir haben sogar erfahren, du wärst schon auf dem Weg zum Atlantik.»

«Hätte auch sein können, nur mein Boot ist mir ein Stück weiter unten an einer Brücke zu Bruch gegangen. Und da bin ich dann wieder nach Spailes zurück.»

«Hast du keine Angst vor den Zimmerleuten, wo du einen so zugerichtet hast?»

«Ach die! Die kommen nie in das Viertel hier. Und außerdem hab ich keine Angst vor ihnen.»

«Du kannst, scheint's, nicht ohne Streit leben», sagte Eliza. «Mußtest du den Mann denn fast umbringen?»

«Ich hab ihn kaum angefaßt. War nicht meine Schuld, daß er vom Gerüst gefallen ist. Aber was ist mit dir und dem Meister?»

«Wir wohnen da drüben.» Eliza deutete auf die andere Straßenseite. «Über dem Metzgerladen. Mein Großvater schläft schon. Ich hab nur zum Fenster hinausgeschaut und dich singen hören.»

«Na, wenn das nur Zufall ist! Das muß doch so was wie Vorsehung sein, oder?»

«Mein Großvater glaubt, du bist auf dem Weg nach Haus.»

«Wie kommt er darauf?»

«Er mag dich. Und er glaubt, was ihm in den Kram paßt. Aber es sieht so aus, als hätte er sich getäuscht. Du willst doch nicht nach Haus.»

«Na ja, das kommt drauf an», sagte Kit. «Komm, laß uns ein paar Schritte zusammen gehen! Da drin machen sie sowieso gleich Schluß, und dann stolpern alle über uns weg.»

Sie gingen die Straße entlang bis zum Pferdetrog, wo Kit die Hände ins Wasser tauchte und sich das Gesicht bespritzte. Er trocknete sich in aller Ruhe mit seinem Halstuch ab.

«Also, daß du da drüben beim Metzger wohnst!» sagte er. «Ich kann das noch gar nicht fassen. Welches ist dein Fenster? Das da, das über der Toreinfahrt offensteht? Herrgott, da muß doch was mitspielen, daß du mich da grad heut abend singen hörst.»

Ein paar Männer torkelten aus dem Wirtshaus, ihre Stimmen hallten von den Mauern wider. Dann kamen die beiden Schafzüchter, und als sie am Pferdetrog vorübergingen, blieb der eine stehen, sah sie beide an und zog dann Eliza beiseite.

«Alles in Ordnung mit euch beiden? Kein Ärger? Brauchst nur ein Wort zu sagen.»

«Nein, alles in Ordnung», sagte Eliza.

«Der Bursche da scheint mir nicht ganz geheuer. Mußt aufpassen. Such dir lieber einen andern. Einen, der 'n bißchen mehr Herz hat.»

Der Mann ging weiter, seinen Hund zu sich pfeifend, und Kit lachte leise.

«Total besoffen. Blau wie ein Veilchen!»

«Kommst du nun mit mir und meinem Großvater nach Hause oder nicht?» fragte Eliza. «Ich warte auf eine Antwort.»

«Ich hab dir doch gesagt, es kommt drauf an!» Sein Blick hatte jetzt nichts Verschwommenes mehr, er sah sie klar und wach an. «Wenn du meine Frau wirst und mich zum Kompagnon machst, wie dein Großvater das vorhat, komme ich sofort mit.»

«Du bist dumm. Du solltest inzwischen wissen, daß ich nicht zu denen gehöre, die ihre Meinung ändern. Aber mein Großvater möchte gern, daß du zurückkommst.»

«Wenn dir dein Großvater lieb wär, würdst du mich heiraten.»

«Ich will dich aber nicht heiraten.»

«Dann komm ich auch nicht mit», sagte Kit. «Vielleicht geh ich nach Cornwall. Da bauen sie eine neue Kathedrale, und vielleicht brauchen sie Tischler.»

«Warum bist du dann noch hier in Spailes?»

«Mein Werkzeug ist in den Ennen gefallen, und ich bleib hier, bis ich genug Geld habe, um mir neues zu kaufen. Wird nicht lang dauern, ich arbeite hier im Sägewerk für guten Lohn.»

«Und den gibst du im Wirtshaus aus.»

«Nein. Ich verdien mir, was ich trinke, mit Singen, und dabei bleibt auch noch was übrig.» Er griff in seine Tasche und ließ das Geld klimpern.

«Dann kommst du also nicht heim?»

«Eines Tages vielleicht.» Er grinste. «Als reicher Mann, mit einer hübschen kleinen Frau aus Cornwall, und dann wird's dir leid tun, daß du die Gelegenheit verpaßt hast.»

«Ich glaube, das wer ich überleben.» Eliza wandte sich um.

«Was, willst du schon gehn? Ich weiß ja noch gar nicht, was es Neues zu Hause gibt.»

«Ich bin müde, ich will schlafen.»

Sie überquerte die Straße, öffnete die Tür neben dem Metzgerladen und ging leise hinauf in ihr Zimmer. Während sie sich auskleidete, klirrten ein paar Steinchen gegen ihr Fenster, und als sie hinaussah, stand Kit unten. Er rief leise zu ihr hinauf:

«Was macht meine Großmutter? Geht's ihr gut?»

«Ganz gut für ihr Alter», sagte Eliza. «Sie hat Billy Ratchet als Mieter bei sich aufgenommen.»

«Na, dann brauch ich mir keine Sorgen um sie zu machen.»

«Das hast du doch noch nie getan», erwiderte Eliza und schloß das Fenster.

Aus Spailes zurückgekehrt, verbrachte Großvater Tewke über eine Stunde damit, den Staub und die Spinnweben von Kits altem Platz an der Werkbank wegzufegen. Er räumte gründlich auf, schleppte die mit Schnitzwerk verzierte Eichentruhe heraus, die Kit halbfertig zurückgelassen hatte, und stellte sie auf die Arbeitsböcke. «Meine neue Truhe», sagte er, «meine neue Truhe, die Kit nach meinen Angaben angefangen hat. Scheint, ich krieg sie bald fertiggemacht.» Er erwartete Kit von einer Stunde zur andern.

Doch als dann Woche um Woche verging, wurde er ärgerlich und mürrisch. «Verdammt noch mal! Was bildet sich der Kerl denn ein! Verschwendet seine Zeit und zieht in der Gegend herum! Herrgott, wenn ich daran denke, daß wir ihn um nur drei Wochen verpaßt haben!»

Die Truhe blieb auf der Werkbank stehen, und der Staub sammelte sich wieder auf ihr. Die anderen durften sie nicht forträumen, und sie durften auch nicht Kits Arbeitsplatz benutzen. Und als sie nach einer Weile darüber Witze machten und von «unserem unsichtbaren Kumpel in der Ecke» sprachen, wurde Großvater Tewke wütend. «Kit kommt wieder!» versicherte er. «Kit kommt so sicher wie das Jüngste Gericht!»

Im Winter dieses Jahres wehten heftige Stürme, und von der Eiche draußen im Hof brach ein großer Ast ab und zerschlug das Werkstattdach. Zum Glück geschah das Unglück nachts. Mehrere Sparren, ein Querbalken und das Ofenrohr wurden zertrümmert.

Timothy Rolls meinte, es sei Zeit, die Eiche zu fällen, aber Großvater Tewke behauptete, der Baum sei kerngesund, nur der eine Ast sei krank gewesen, und beauftragte Jesse damit, die zersplitterte Stelle glatt abzusägen und mit Schwedenteer zu bestreichen.

Gleich am Morgen wurde mit den Reparaturarbeiten begonnen. Bis zum Mittag waren die Trümmer beseitigt, und bis zum Abend waren ein neuer Querbalken und neue Sparren eingezogen. Am nächsten Tag wurde das Dach gedeckt.

Es war bitter kalt, und ein eisiger Ostwind wehte. Als Eliza am Nachmittag auf den Hof hinausging, spürte sie die Kälte bis in die Knochen. Oben auf dem Dach arbeiteten die Männer. Die Ziegel blieben ihnen vor Reif fast an den Fingern kleben. Unter ihnen in der Werkstatt war es auch kalt, da Großvater Tewke mit dem neuen Ofenrohr noch nicht von der Schmiede zurückgekommen war.

«Recht kühl im Schatten, was?» sagte der junge Fred Lovage.

«Ja, man könnte fast meinen, es wäre Winter», pflichtete ihm Jesse bei.

«Ha! Ihr seid mir Witzbolde!» sagte Sam Lovage. «Ich finde, wir sollten aufhören.» Er wärmte sich die Hände in den Taschen. «Was meinst du, Timmy?»

«Ohne mich!» entgegnete Timmy. «Mir ist beim Arbeiten schon kalt genug, aber wenn ich jetzt aufhöre, erfrier ich auf der Stelle.»

«Jesus Christus!» sagte Sam. «Einen so kalten Wind hab ich ja noch nicht erlebt.»

«Ein sehr unhöflicher Wind», sagte Steve Hewish, den Mund voller Nägel. «Er geht keinem aus dem Weg.»

«Jesus Christus!» sagte Sam und beugte sich vor und zurück. «O du heiliger Jesus Christus!»

«Wird dir vom Fluchen vielleicht wärmer?» fragte Timmy. «Wir haben nämlich da unten weibliche Gesellschaft.»

Sam blickte hinunter und sah Eliza auf dem Hof stehen.

«Ich mein, wir sollten aufhören. Das hält man ja nicht aus bei dieser Kälte.»

«Ich glaub, er hat recht», sagte Eliza zu Timmy. «Ihr friert euch da oben zu Tode.»

«Wir sind bald soweit», sagte Timmy. «Wenn wir uns dranhalten, sind wir fertig, bis es dunkel wird.»

Eliza ging wieder ins Haus und holte drei Flaschen Branntwein aus dem Schrank ihres Großvaters unter der Treppe. Sie goß sie in einen großen irdenen Krug, den sie auf den Herd stellte. Dann tat sie den Saft und die Rinde von sechs Zitronen, geraspelte Muskatnuß, etwas Ingwer und ein paar Nelken dazu. Als das Ganze zu dampfen begann, rührte sie noch ein Pfund Kleeblütenhonig hinein.

«Willst du ein Glas von meinem Punsch, Mutter?»

«Ich? O nein! Das Zeug rühr ich nicht an!»

«Dann geh ich damit hinaus zu den Leuten, die es brauchen können.»

«Na ja, einen Schluck vielleicht, zum Probieren», sagte Kate rasch. «Es ist wirklich ein kalter Tag. Was zum Aufwärmen kann nichts schaden.»

Es wurde dunkel, und als Eliza den Punschkrug zusammen mit zwölf Bechern auf einem Tablett zur Werkstatt hinübertrug, waren die Männer alle vom Dach heruntergestiegen und stampften auf dem harten Boden herum und schlugen mit den Armen um sich.

«He, Eliza, was hast du denn da?» fragte Sam Lovage.

«Kommt rein und macht Licht.»

«Das riecht ja wie Weihnachten in Howsells Hall damals, wo ich als Junge zum Weihnachtsliedersingen war», sagte Bob Green.

Timothy kam und schnupperte an dem Krug. «Ist diese Bowle da für uns?»

«Ach, Eliza ist doch nicht ganz so herzlos», sagte Sam Lovage. «Was, Fred?»

Fred nickte nur. Er hatte die vor Kälte klappernden Zähne fest zusammengepreßt. Dann nahm er seinen heißen Becher in beide Hände, blies hinein und wärmte sich das Gesicht am aufsteigenden Dampf. Als Jesse an die Reihe kam, sagte er:

«Jesse ist zu jung für sowas. Er kippt uns um.»

Fred war mit seinen sechzehn Jahren zwar nur ein Jahr älter als Jesse, aber er spielte gern den großen Mann, an sich ein braver Junge, nur etwas eifersüchtig.

«Hast du eine Zitronenscheibe drin?» Er versuchte in Jesses Becher zu schauen.

«Ja – und ich geb sie auch nicht her.»

«Wie heißt dieses Gebräu?» fragte George Hopson und sah Eliza an.

«Punsch», sagte Eliza.

«Ich nenn's heiße Bowle», sagte Timothy Rolls.

«Ich nenn's Grog», sagte Liney.

«Bishop nennt man das», sagte Bob Grenn. «So hieß das damals in Howsells Hall.»

«Hier», sagte Fred und hielt Eliza seinen leeren Becher hin, «kann man noch was haben?»

«Ist das Dach fertig?» fragte Eliza.

«Alles fertig!» sagte Timothy. «Nur das Loch für das Ofenrohr muß verfugt werden.»

«Da fällt mir was ein!» sagte Fred. Er ergriff Hammer und

Stechbeitel seines Vater, stieg auf einen Hocker und begann Zeichen in den neuen Querbalken zu schlagen.

«Was machst du denn da, Fred?»

«Wirst's gleich sehn, Vater.»

«Paß auf, daß der Kram nicht noch mal einstürzt, um Gottes willen!»

«So!» sagte Fred, und er hob die Lampe hoch und zeigte ihnen das Datum, das er in das Holz gemeißelt hatte: *Jan : 15 : 1892*. «Na, wie sieht das aus? Ich bin kein so feiner Holzschnitzer wie Kit Maddox, Gott beschütze seine umherwandernde Seele, aber den Tag mit Jahreszahl hab ich doch ganz gut hingekriegt, oder?»

Sam schwieg, ebenso die anderen, denn Großvater Tewke war zur Tür hereingekommen.

«Allmächtiger! Was ist denn das? Dieser Geruch wirft einen ja um.»

«Nun ja», sagte Timmy mit leicht beschwipster Stimme, «sehn Sie, Meister, wir haben das Dach noch rechtzeitig fertiggemacht, und da hat die junge Miss sich gesagt, eine kleine Feier wär das Richtige.»

«Und ist das mein Branntwein, den ihr da so eifrig hinunterspült?»

«Ja, Meister, und ich jedenfalls hab noch keinen bessern getrunken.»

«Na ja, wenn das nicht zuviel verlangt ist», sagte Großvater Tewke, «kann ich bei der Feier vielleicht mitmachen?»

«Aber sicher, da ist schon Ihr Becher, Meister, und jetzt müssen Sie's uns nachtun – auf Ihren neuen Querbalken trinken und ihm ein langes Leben wünschen und daß viel gute Arbeit darunter getan wird.»

Der Alte freute sich und trank den Punsch mit Genuß, aber er warf zwischendurch immer wieder dem jungen Fred Lovage düstere Blicke zu, der so leichtfertig von Kit Maddox gesprochen hatte.

Sam stieß seinen Sohn an und flüsterte ihm zu: «He, Fred! Sag ein paar passende Worte, schnell.»

«Meister!» Fred hob mit einem lauten Schluckauf seinen

Becher hoch. «Auf Ihre Gesundheit und Hals- und Balkenbruch! Amen!»

In den kommenden Jahren, wenn es auf Mitte Januar zuging, machten die Männer Eliza jedesmal auf das Datum am Balken aufmerksam: «Wird bald wieder Zeit für unsere kleine Feier, nicht?» Und jedes Jahr bereitete Eliza ihren Krug Punsch zu. Großvater Tewke hatte zwar immer etwas zu brummeln, aber im Grunde machte ihm dieser einmal eingeführte Brauch Spaß, und er achtete darauf, daß er jedesmal dabei war. Alles, was nur irgend zeigte, wie stabil und gut sein Geschäft war, gefiel ihm. Er erwies sich auch gern seinen Arbeitern gegenüber großzügig, wie zum Beispiel im Frühjahr 1894, als Timothy Rolls ins Büro kam und eine Lohnerhöhung forderte.

«Lohnerhöhung? Du lieber Gott, Mann, ihr kriegt doch schon Spitzenlöhne. Von Nebeneinkünften ganz zu schweigen. Ihr kriegt jeden Herbst Pflaumen und Äpfel. Und dann ist da noch das Branntweintrinken jedes Jahr. Also kommt mir nicht mit Lohnerhöhung!»

Timothy ging hinaus, und Großvater Tewke sah Eliza stirnrunzelnd an, die gerade Eintragungen im Arbeitszeitbuch machte. Er griff nach einem Bleistift und begann ihn so wütend zu spitzen, daß die Schnipsel auf Elizas Blatt flogen.

«Und du», sagte er verärgert über ihr Schweigen, «du meinst sicher, ich sollte ihnen mehr zahlen, wie?»

«Nur, wenn du's dir leisten kannst», erwiderte Eliza. «Sonst wär's verrückt.» Sie blies die Anspitzschnipsel fort und schlug die Seite um. «Ich hoffe aber, sie erzählen's nicht überall rum, denn es ist nicht gut fürs Geschäft, wenn die Leute glauben, man ist in Schwierigkeiten.»

«In Schwierigkeiten? Wer sagt denn, daß wir in Schwierigkeiten sind? Ein gut geführtes Geschäft kommt nie in Schwierigkeiten.»

Er stand auf und ging hinaus, und Eliza hörte, wie er mit Timothy Rolls sprach.

«Wegen der Lohnerhöhung – sagen Sie den Leuten, ich will's mir überlegen.»

Als sie am nächsten Samstag im Büro ihren Lohn abholten, verkündete er seine Entscheidung: Jeder Geselle bekam von jetzt ab achtzehn Shilling und jeder Lehrjunge sieben Shilling sechs Pence. Und dann schob er stirnrunzelnd Münzen zu kleinen Stapeln zusammen.

«Das hatte ich nicht anders erwartet», sagte Timothy Rolls. «Ein ordentliches kleines Unternehmen wie Ihres muß sich um seine Leute kümmern.»

«Ich nehm an», sagte Sam Lovage, während er zusah, wie sein Geld hingezählt wurde, «alles geht auf Eliza über, wenn Sie mal nicht mehr da sind.»

«Kommt ganz drauf an, ob sie einen Mann findet.»

«Fred», sagte Sam, «da hast du Aussichten, Junge.» Und er schob ihn zum Tisch hin, wo Eliza das Lohnbuch führte. «Ich weiß, du hast was für die junge Miss übrig.»

Großvater Tewke beugte sich vor und klatschte Fred sein Geld in die Hand.

«Wenn du sie so weit kriegst, kannst du sie haben», sagte er. «Und meinen Segen dazu für euch beide.»

Als die Männer gegangen waren, klappte Eliza ihr Buch laut zu.

«Du weißt, ich mach mir nichts aus Fred Lovage. Warum redst du ihm da noch zu?»

«Weil ich lachen muß, wenn ich ihn mit seinen großen Schafsaugen sehe!» sagte der Alte.

«Mir ist er nur im Weg», erwiderte Eliza.

Immer wollte ihr Fred im Haus oder Garten helfen. «Ich klopf dir die Matten aus», sagte er etwa oder «Ich komme und geb deinen Kartoffeln Wasser». Doch als sie ihn bat, einen Nachschwarm Bienen einzufangen, der wild durch den Garten summte, sagte Fred bestürzt: «Bienen? Mit Bienen kenn ich mich nicht aus.» Und als sie einige Zeit später jemanden suchte, der den Ratten in den Wirtschaftsgebäuden den Garaus machte, trat Fred wiederum den Rückzug an. «Ratten?» sagte er. «Ich weiß nicht, wie ich das anfangen soll.»

Eliza ließ ihn ihre Verachtung spüren. «Dann muß ich wohl doch Jesse rufen.»

«Das ist auch alles, was er kann!» sagte Fred. «Er ist kein Tischler, wirklich nicht. Jesse Langsam nennen wir ihn in der Werkstatt, weil er so lahm ist wie ein Esel.»

«Zumindest hat er keine Angst vor Ratten!» erwiderte Eliza. «Und auch nicht vor Bienenstichen!»

Es stimmte: Jesse war kein großer Tischler und Zimmermann. Darin schlug er seinem Vater nach, und alle seine Finger waren Daumen, wie er selbst sagte. Er hatte kein Gefühl für Maße, und als er einmal einen Wäschestampfer für Eliza machen wollte, schnitzte er ihn auf der Drehbank kaputt. «Fred hat recht», sagte er dann wohl. «Aus mir wird nie mehr als ein kleiner Zimmerer, der auf Bauernhöfen ein paar Zäune zusammennageln kann.» Und Eliza, die seinen traurig erstaunten Gesichtsausdruck bemerkte, wenn ihm wieder einmal etwas unter den Händen kaputtging, mußte an sich halten, um nicht zu lachen. «Jemand muß auch diese Arbeiten tun, Zäune bauen und Tritte ausbessern und so», sagte sie. «Und was Fred angeht, der ist nur eifersüchtig, das weißt du doch.»

Fred war sogar eifersüchtig auf Jesses Körperkraft und forderte ihn immer wieder heraus: eine Leiter mit einem Arm hochheben, einen Ulmenstamm am Seil zur Säge schleifen. Jesse war inzwischen gewachsen, vor allem war er breit geworden. Mit seinen siebzehn Jahren war er nun der Stärkste in der Werkstatt, und wenn er diese Wettkämpfe, wie üblich, gewann, versuchte Fred das immer herunterzuspielen.

«Eben nichts als Muskeln! Muskeln und kein Hirn!»

Jesse nickte dazu nur. Niemand schaffte es, ihn zu provozieren.

«Ich bin durch deine Milch so stark geworden», sagte er mit einem leisen Lächeln zu Eliza.

Aber war Jesse auch wie sein Vater kein guter Tischler, so konnte er doch mit Bienen umgehen, und Eliza freute sich über seine Hilfe. Auch mit Tieren konnte er gut umgehen, und er hielt dem Pony den Kopf fest, wenn Eliza ihm eine Arznei einflößte, und entwöhnte ein störrisches Kalb von der Kuh.

Fred Lovage begriff nicht, was Eliza an Jesse fand.

«Warum gibst du dich mit so einem Blödian ab?»

«Weil er ein Dutzend von deinesgleichen wert ist», erwiderte Eliza einmal auf eine solche Frage. Fred grinste nur. Er verstand nicht, daß sie es ernst meinte.

In jenem Sommer, dem Sommer des Jahres 1894, kam Kit Maddox nach Huntlip zurück. Es war an einem frühen Morgen im Juli, und Eliza schliff gerade die Küchenmesser am Schleifstein auf dem Werkstatthof. Ein Schatten fiel über sie, und als sie sich umdrehte, stand Kit vor ihr, die Werkzeugtasche über der Schulter. Es war jetzt vier Jahre her, seit er Huntlip verlassen hatte, und sein Gesicht war inzwischen noch hagerer, noch zigeunerhafter geworden. Die Wangenknochen standen deutlich hervor, und selbst der Schnurrbart, den er sich hatte wachsen lassen, konnte die tiefen, bitteren Falten um seinen Mund nicht verbergen. Er war jetzt vierundzwanzig, sah aber viel älter aus.

«Na, freust du dich nicht, mich wiederzusehen?»

«Nein, aber ich kenne einen, der das tun wird, und das ist mein Großvater.»

«Hat auch allen Grund dazu. Ich komm von weither.»

Die Männer hatten ihn inzwischen bemerkt und kamen näher.

«Der unsichtbare Kumpel . . . das Gespenst in Fleisch und Blut . . .»

Der Alte trat in den Kreis, der sich gebildet hatte, musterte Kit von Kopf bis Fuß und zog dann langsam die Uhr aus der Tasche und verglich die Zeit mit der Werkstattuhr.

«Maddox!» sagte er. «Sie sind heute morgen etwa vier Jahre zu spät! Halten Sie sich dran, daß Sie die versäumte Zeit einholen!» Er steckte die Uhr umständlich wieder ein und wandte sich dann unmittelbar an Kit. «Und als erstes machen Sie mir diese Truhe fertig, die ich so dringend brauche!»

Wenn Eliza jetzt abends in den Garten ging, um die Hühner einzutreiben, wußte sie, daß Kit ihr irgendwo aus dem Dunkel der Bäume zusah. Manchmal hörte sie seinen leisen Schritt im hohen Gras, manchmal nahm sie aus dem Augenwinkel eine Bewegung wahr.

An diesem Abend war die Luft lau und feucht, und sie fühlte ihr Prickeln auf der Haut. Unter den Bäumen flatterten Falter und über ihnen segelten Fledermäuse mit kaum hörbaren, hohen Schreien. Sonst war es still. Und doch spürte sie Kits Gegenwart.

Sie scheuchte das letzte Huhn hinein und ließ das Türchen herunter. Sie nahm den Eierkorb und ging zurück, die Röcke vorm hohen Gras schürzend. Kurz vor dem Tor zum Hinterhof blieb sie stehen, um ein Ei zwischen die Nesseln zu legen, die längs der Wand des Kuhstalls wuchsen. Als sie sich bückte, hörte sie hinter sich leise Schritte. Sie richtete sich auf, wandte sich um, und als sie auf das Tor zuging, quietschte es und schwang langsam vor ihr auf.

«Kit?» sagte sie in scharfem Ton. «Bist du das?»

«Erraten», sagte er und trat aus dem Dunkel hervor. «Wozu legst du das Ei da hin?»

«Für die Ratten», sagte sie.

«Keine Fallen oder Gift oder so?»

«Eine Ratte wird argwöhnisch, wenn auf ihrem Weg plötzlich eine Falle ist. Aber sie denkt nicht daran, wenn sie einmal oder zweimal ein Ei findet.»

Sie ging über den Hinterhof in die Milchkammer. Sie suchte nach Streichhölzern und zündete die Kerze auf dem Halter an. Kit folgte ihr und beobachtete sie, während sie die Eier abwischte und in die irdenen Gefäße auf dem Kühlstein legte.

«Deine Hand zittert ja. Hab ich dich erschreckt, da draußen? Du brauchst doch keine Angst vor mir zu haben!»

«Nein?»

«Dann hast du tatsächlich Angst? So was! Daß du Angst hast! Das ist ja ein Wunder.»

«Was treibst du dich jeden Abend hier herum? Warum gehst du nicht und läßt mich in Ruhe?»

«Ich wollt's halt noch mal versuchen . . . Sehen, ob du dir's anders überlegt hast.»

Eliza trocknete sich die Hände ab und drehte sich um.

«Das hab ich nicht!»

«Das versteh ich nicht! Ein Mädchen wie du – und mit neunzehn noch nicht verheiratet!» Sein Blick wanderte an ihr rauf und runter. «Oder bist du vielleicht schon zwanzig? Ich weiß es nicht mehr genau.»

«Geh», sagte Eliza. «Ich will dich nicht haben. Kannst du das nicht begreifen?»

«Warte nur, gleich wirst du anders denken», sagte er. «Kein Mädchen ist ein Engel, auch du nicht.» Er griff an ihr vorbei und löschte die Kerze. «So ist es schon besser», sagte er. Er stand jetzt so dicht vor ihr, daß sein Atem ihr ins Gesicht wehte. «Bei so etwas ist es besser, wenn es dunkel ist.»

Eliza drehte sich um und rannte davon, aus der Milchkammer hinaus und über den Hinterhof. Doch er folgte ihr und zog sie an den Röcken zurück.

«Jetzt verlier ich aber die Geduld!» sagte er wütend. «Der Meister hat recht. Alles nur Zeitverschwendung. Dir muß man ein für allemal zeigen, was gut für dich ist!»

Er zog sie an sich und schleppte sie in die Scheune, wobei sie taumelnd um sich trat. Dort, im Dunkeln, stieß er ihr das Knie in den Rücken, so daß sie aufs Stroh fiel, und als sie sich umdrehte, um aufzustehen, warf er sich der Länge nach auf sie und bedeckte sie mit seinem Körper.

«Es hat noch kein Mädchen gegeben, das mich nicht haben wollte!» sagte er. «Du wirst schon sehn! Sei nur ruhig und lieg still, und du wirst bald merken, was du versäumt hast!»

«Ich bring dich um!» sagte Eliza. «Schwein! Du Schwein! Ich bring dich um, wenn du mich nicht losläßt!»

Sie bäumte sich auf, stieß ihn zur Seite und krallte ihre Hände in sein Gesicht. Doch seine Arme packten sie nur um so heftiger. Er war sehr stark und zwang sie wieder unter sich, sein Körper lastete schwer auf ihr. Mit seinen Stiefeln trat er nach ihren Füßen, um sie still zu halten. Dann legte er den Unterarm quer über ihren Hals und lehnte sich mit all seinem Gewicht auf sie. Nach einem langen Augenblick zog er den Arm wieder fort, und mit beiden Händen machte er sich unten an ihren Kleidern zu schaffen.

Sie wand sich hin und her, warf sich dann herum, aber schon legte sich sein Arm wieder über ihren Hals. Sie meinte, ersticken zu müssen. Doch während sie noch nach Luft rang, sah sie plötzlich ein gelbes Licht, das in dem Dunkel über ihr immer heller wurde. Das Licht beschien die Leiter, die zum Heuboden hinaufführte, und dort oben spähte jemand mit einer Laterne in der Hand durch die offene Falltür hinunter. Es war Jesse Izzard. Sie wandte unter Schmerzen den Kopf und versuchte zu schreien. Aber es war nur ein Wispern. Doch Jesse hörte es und rief zu ihr hinunter, er werde ihr helfen.

Kit sprang auf und stürzte auf die Leiter zu. Er rüttelte an ihr, zerrte sie von der Falltür fort und ließ sie fallen, als Jesse gerade auf halber Höhe war. Jesse schwankte, die Laterne flog in hohem Bogen durch die Luft und fiel ins Stroh. Eliza hob sie auf, bevor das Öl ausfließen konnte, und stellte sie auf einen Mauervorsprung. Als sie sich umdrehte, stand Jesse gerade vom Boden auf. Er war noch völlig benommen. Als Eliza ihm helfen wollte, sprang Kit, sie zur Seite stoßend, vor und trat mit dem Stiefel nach Jesses Kopf.

«Spionierst mir nach, was!» zischte er. «Ich werd dir helfen!» Er packte eine Holzbohle und schlug damit nach Jesses Kopf und Schultern. «Du dicker Mehlsack! Warst mir schon immer im Weg!»

Eliza wollte ihm wieder beispringen, aber Kit stieß sie wieder zurück und holte aus. Die Bohle zersplitterte auf Jesses Kopf. Doch jetzt war Jesse auf den Beinen und bewegte sich mit erhobenen Armen auf Kit zu. Er schlug unbeholfen auf ihn ein, mit beiden Fäusten auf einmal. Kit taumelte und fiel gegen einen Stapel alter Holzgeräte, der über ihn zusammenstürzte. Als er aufstand, hielt er einen altmodischen, verrosteten, aber scharfen Schälstock in der Hand, mit einer Spitze vorne dran.

«Du!» sagte er. «Du kotzt mich an, wie du da angekrochen kommst und dich von ihr als Fußabstreifer benutzen läßt!» Er ging auf Jesse zu, den Schälstock mit der Spitze auf Jesses Gesicht gerichtet. «Du wirst mir nicht noch einmal in die Quere kommen!»

Eliza griff nach der Heugabel, die im Stroh steckte, holte damit aus und schlug Kit den Schälstock aus der Hand. Sie ging auf ihn zu, die Gabelzinken auf seine Brust gerichtet.

«Hinaus!» sagte sie. «Eh ich dich aufspieße wie eine Schabe!»

Kit rieb sich die aufgeschundenen Finger und sah sie mit von Schmerz und Haß verzerrtem Gesicht an. Es war das Schlimmste für ihn, wenn seine Handwerkerhände verletzt wurden.

«Ich mein's ernst!» sagte Eliza. «Sofort hinaus oder ich stoß zu!»

«Glaubst du vielleicht, ich würde noch bleiben?» sagte er mit schriller Stimme und spie im Vorbeigehen vor ihr zu Boden.

Sie holte Jodtinktur und Verbandszeug aus dem Büro und eine Schüssel Wasser von der Pumpe und kehrte in die Scheune zurück, wo Jesse wartete.

«Setz dich hierher unters Licht», sagte sie.

Sie kniete vor ihm nieder und reinigte ihm das Gesicht, indem sie ihm mit einem Stück feuchten Leinen das Blut von Stirn, Augen, Lippen und Backenknochen wischte.

«Kannst du noch sehen?» fragte sie ihn.

«Ja, so gerade eben», antwortete Jesse.

«Und kannst du atmen durch diese geschwollene Nase?»

«Es geht», sagte er schnüffelnd.

«Was hast du da oben auf dem Heuboden gemacht? Die

Rattenfallen aufgestellt? Warum so spät? Die Werkstatt ist doch längst geschlossen.»

«Ich hab in Anster gearbeitet und erst nach sieben Schluß gemacht. Dann bin ich noch schnell hierher, um vorm Heimgehen nach den Fallen zu sehen.»

«Es hat aber ganz schön lange gedauert, bis du dich da oben bemerkbar gemacht hast.»

«Na ja» – Jesse wich ihrem Blick aus – «der Meister hat solche Andeutungen gemacht, daß du bald Kits Frau wirst.»

«Und du hast das geglaubt? Wo du weißt, daß ich ihn noch nie leiden konnte?»

«Na ja . . . Mädchen überlegen sich's manchmal anders.»

«Ich nicht. Und jetzt beiß die Zähne zusammen, ich tu dir weh.» Sie begann, mit einem frischen Stück Leinen Jod auf seine Wunden zu tupfen.

«Schon gut. Mach nur.»

Als sie seine Hände sah, zuckte sie ein wenig zusammen. «Sie sehen ja schlimm aus.»

Unter Schmutz und geronnenem Blut sah man das rohe rote Fleisch der Knöchel. Die Haut blieb in Fetzen an dem Leinen hängen.

«Es wird Zeit, daß wir heiraten», sagte sie ruhig. «Ich hab immer irgendwie nach dir geschaut, seit ich mich erinnern kann. Da kann ich auch richtig deine Frau werden.»

Jesse blickte auf seine Hände. Sie lagen in den ihren. Er rührte sich nicht, und in seinen von blonden, fast farblosen Wimpern halb verborgenen Augen war kein Gedanke zu lesen.

«Hm», sagte Eliza, «du scheinst nicht gerade begeistert zu sein.» Sie krümmte seine Finger gegen die Handflächen zurück und schob sie ineinander. «Ein solches Schweigen hab ich mein Lebtag noch nicht gehört.»

«Du machst dich über mich lustig», sagte Jesse.

«Ich war schon immer für Späße!»

«Heiraten!» sagte er. «Ich glaub, ich träume.»

«Hast keine große Lust, wie? Na ja, das ist wohl ganz natürlich. Schließlich bist du noch ein grüner Junge. Du bist ja auch erst siebzehn.»

«Trotzdem bin ich ein Mann!»

«Siebzehn», sagte sie, während sie die Sachen wegräumte. «Das heißt, über zwei Jahre jünger als ich.»

«Das macht doch nichts, Eliza, oder?»

«Wenn du meinst!»

«Heiraten!» sagte er. «Wir waren immer gute Freunde, du und ich, aber daß wir heiraten, daran hab ich nie gedacht.»

«Dann denk jetzt mal dran», sagte sie kühl. «Ein besseres Angebot kriegst du vielleicht nicht mehr.»

«Ich begreif das nicht», sagte er. «Ein Mädchen wie du und mag einen Burschen wie mich . . .» Er sah ihr zu, wie sie die Wasserschüssel, die Jodflasche und das Päckchen Verbandszeug beiseite legte. «Eliza?» sagte er. «Ist das wahr? Magst du mich wirklich?»

«Also ist das denn möglich!» rief sie aus. «Dauert aber lange, bis der Groschen bei dir fällt! Als ob ich dich mögen könnte!»

«Ach ja, als ob!» sagte er traurig. «Ich hab ja gewußt, du machst dich über mich lustig.»

Mit einem halb ungeduldigen, halb wehmütigen Aufschrei neigte Eliza sich vor und zog seinen Kopf an ihre Brust. Sie hielt ihn fest an sich gepreßt und wiegte ihn heftig und doch zärtlich in den Armen wie eine Mutter ihr Kind. Dann ließ sie ihn los, lehnte sich an ihn und küßte ihn auf den Mund. Sie fühlte, wie er zitterte.

«He», sagte er mit tiefer Stimme. «So was darfst du nicht machen, da kommt einer ja auf Gedanken.»

«Freut mich zu hören. Ich dacht schon, du wärst aus Stein.»

«O nein! Ich bin schon ein Mann! Täusch dich da nicht!»

Er streckte die Hand aus und berührte mit den Fingerspitzen ihr Haar, ganz leicht, ganz scheu. Verwundert sah er sie an.

«Ja, tatsächlich . . . Ich glaub, die Sache ist ganz einfach . . . Und doch ist es eine große Überraschung für mich. Ich werd mit deinem Großvater reden müssen!»

«Jetzt nicht», sagte Eliza. «Laß mich erst mal machen.»

Kate sah auf, als Eliza in die Küche kam, und ließ ihre Näharbeit in den Schoß sinken.

«Du liebe Güte, Kind, wie siehst du denn aus? Was sind das für Flecken an deinem Hals?»

«Na, eben Flecken», sagte Eliza.

Ihr Großvater legte die Zeitung auf den Tisch und drehte sich um. Er musterte sie von Kopf bis Fuß.

«Hat wohl ein kleines Gerangel gegeben, was? Na ja, solang's so ausgeht, wie's soll . . . Hast du schon einen Tag ausgemacht?»

«Den Tag noch nicht. Nur den Mann.»

«Gut! Gut! Ich hatte Kit ja gesagt. Es wird Zeit, daß er dir den Kopf zurechtsetzt.»

«Ich heirate nicht Kit. Ich heirate Jesse Izzard.»

Das Gesicht des alten Mannes erstarrte, die dünnen Nasenflügel blähten sich, die schmalen Lippen preßten sich zusammen.

«Höre ich da recht?» fragte er drohend.

«Das tust du – und ich mein's ernst.»

«Dann änderst du entweder ganz schnell deine Meinung, oder du liegst dort gleich flach auf dem Boden. Hörst du, was ich sage?»

«Der Mann im Mond könnte dich hören, so wie du brüllst.»

«Weißt du, was ich heute morgen in Chepsworth gemacht habe? Ich war bei Baines. Er hat eine Urkunde ausgestellt. Kit wird mein Teilhaber. Ja, guck nur, Miss! Tewke und Maddox! Zwei gute Namen! Herrgott, das Geschäft bedeutet dir doch genausoviel wie mir! Das ist doch eine Sache von . . . von Familienstolz. Das kannst du doch nicht abstreiten.»

«Das tu ich auch nicht», sagte Eliza. «Aber warum nicht Tewke und Izzard? Jesse ist vielleicht kein geschickter Handwerker, aber er kennt sich in der Arbeit aus, und er ist ein ehrlicher Mensch. Und das rein Geschäftliche, das schaffe ich allein.»

«Du hast dir alles hübsch ausgedacht, wie ich sehe. Du zählst schon die Tage bis zu meinem Tod, wie?»

«Nein», sagte Eliza. «Von der Zukunft hast du angefangen, nicht ich.»

«Und ich bring's auch zu Ende! Jetzt geh ins Bett! Vielleicht bist du morgen früh bei klarerem Verstand.»

«Mir wär's lieber, wir reden jetzt darüber.»

«Ich sag nichts mehr heut abend. Geh ins Bett.»

«Ich werde meine Meinung nicht ändern. Ich werde Jesse heiraten, was auch geschieht.»

Eliza warf ihrer Mutter noch einen Blick zu und ging hinaus.

Beim Frühstück und Mittagessen am anderen Tag sagte Großvater Tewke kein Wort. Er stapfte herein, starrte vor sich auf seinen Teller und verließ dann wortlos den Raum.

Eliza ließ sich in der Werkstatt nicht blicken, um Kit Maddox nicht zu begegnen. Jesse arbeitete noch in Anster und würde erst am Abend kommen, um nach seinen Fallen zu sehen. Sie wollten sich dabei treffen. Als er abends nicht kam, ging sie in die Küche, wo Kate und der Alte schon beim Essen saßen.

«Arbeitet Jesse heut abend länger?»

Der Alte antwortete nicht.

«Er hat gesagt, er ist um sechs Uhr hier.»

Wieder schwieg der Alte, schob sich Kresse in den Mund und kaute ungerührt.

«Nun», sagte Eliza, «dann muß ich eben selbst nach Anster gehen und mich erkundigen.»

«Dort ist Izzard nicht mehr», sagte ihr Großvater. «Ich war dort und hab ihn ausbezahlt. Er ist entlassen. Er wird sich heute den ganzen Tag nach Arbeit umgesehen haben.»

Eliza stand vom Tisch auf.

«Wo willst du hin?» fragte er.

«Zum Mauthaus», sagte sie.

«Wenn du durch diese Tür gehst, Miss, gehst du für immer!»

«Dann soll's so sein», sagte Eliza.

«Eliza, das kannst du nicht tun!» flehte ihre Mutter. «Bitte, setz dich und überleg dir's noch mal.»

«Keine Angst!» sagte der Alte. «Sie weiß, was sie hier hat. Sie geht nicht.»

«Doch», sagte Eliza. «Ich hab keine andere Wahl. Ich pack meine Sachen.»

«Deine Sachen!» rief er. «Du nimmst nichts mit! Wenn du gehst, dann gehst du, wie du gekommen bist, mit leeren Händen und mit nichts in den Taschen!»

Eliza rührte sich einen Augenblick nicht. Dann ging sie zu ihrer Mutter und legte ihr die Hand auf die Schulter.

«O, Eliza!» sagte Kate weinend. «Geh nicht! Nicht so. Es kommt alles so plötzlich. Du mußt dir's genau überlegen.»

«Das hab ich längst getan. Schon seit langem, weil ich das hier kommen sah.»

«Sag wenigstens noch ein Wort zu deinem Großvater!»

«Keine Worte mehr!» sagte der Alte und starrte vor sich hin. «Laß sie gehn. Ich will nichts mehr von ihr hören.»

So verließ Eliza, stumm und ohne sich umzusehen, das Haus, das ihr acht Jahre Geborgenheit gegeben hatte. Sie nahm den kürzesten Weg über die Felder, überquerte den Derrent auf den Schrittsteinen und stieg den steilen Hang des Millery-Walds hinauf. Sie lief die Straße nach Norton entlang, bog in die alte Mautstraße ein und kam schließlich zu dem kleinen Mauthaus, das einsam am Rande des Ödlands stand. Die Strahlen der Abendsonne färbten die weißen Mauern rosa. Jesse harkte gerade im Garten.

«Ich hab den ganzen Tag an dich gedacht.»

«Bist du deshalb nicht zu mir gekommen?»

«Ich war völlig durcheinander», sagte er. «Der Meister ist nach Anster gekommen und hat mich vor die Tür gesetzt. Er hat gesagt, wenn ich noch mal zu dir komme, enterbt er dich. Ich sollt dich vergessen, denn du hättest es dir anders überlegt, hat er gesagt.»

«Oh, du Kleingläubiger!»

«Heißt das, wir heiraten trotzdem?»

«Ich sitze auf der Straße, wenn wir's nicht tun. Ich bin genauso fortgeschickt worden wie du.»

«Was? Dann hast du alles aufgegeben und bist zu mir gekommen?» Er stützte sich auf den Stiel seiner Harke und sah sie mit strahlenden Augen an. «Und das alles so einfach, wie wenn der Regen fällt oder die Sonne scheint!»

«Wir müssen miteinander reden», sagte Eliza. «Du und ich und Goody.»

Goody war gerade dabei, die Samen von Levkojen, Ringelblumen und Kapuzinerkraut einzusammeln, die im Garten hinterm Haus wuchsen.

«Oh, du bist das!» sagte sie und richtete sich auf. «War mir doch, als hörte ich Stimmen.» Ihre Stimme klang scharf. «Was gibt's schon wieder Neues von euch Tewkes?»

«Hat Jesse Ihnen gesagt, daß wir heiraten?»

«Ja, er hat mir so was gesagt», brummte sie.

«Sie scheinen sich nicht grad zu freuen!» sagte Eliza.

«Ich begreif das nicht, ein Junge wie Jesse, so arm wie eine Kirchenmaus und in eine Familie wie deine einheiraten! Wie soll das gutgehn? Dein Großvater hat nichts übrig für ihn. O nein, er bestimmt nicht! Er hat Jesse rausgeschmissen!»

«Mich hat er auch rausgeschmissen», sagte Eliza, «und ich besitze nur das, was ich auf dem Leib habe. Ich bin ärmer, als Sie je waren, Goody.»

«Das ist was anderes!» Goodys kleine, dunkle Augen musterten Eliza. «Dann bist du eine von uns. Dann komm rein und iß was zu Abend. Von jetzt an bist du hier zu Hause.»

In der Küche zündete sie die Lampe an und stellte sie auf den Tisch. Sie nahm einen Laib Brot, ein Stück Käse und eine Schale mit Pickles und stellte drei alte zerbeulte Becher und einen Krug mit Dünnbier dazu.

«Lang zu», sagte sie, während sie mit einem großen Messer das Brot anschnitt, «und iß dich satt.»

«Das werd ich tun», sagte Eliza, «ich hab seit Mittag nichts mehr gegessen.»

«Dann mußt du ja halb verhungert sein», sagte Jesse.

Und so saßen sie zu dritt im Schein der Lampe. Das knusprige Brot und der krümelige Käse waren das Beste, was Eliza je gegessen, und das dünne Bier das Beste, was sie je getrunken hatte, und sie sagte das auch, und Goody freute sich.

«Du schläfst fürs erste bei mir», sagte Goody. «Wenn ihr dann Mann und Frau seid, kriegt ihr das Bett oben, und ich nehm das hier unten.»

«Das möcht ich nicht, daß Sie Ihr Bett unseretwegen hergeben.»

«Ach, das ist mir ganz recht», sagte Goody. «Ich komm mir in dem Bett verloren vor, seit Walter nicht mehr da ist. Es hat ein gutes Federbett, das wir selbst gestopft haben damals, bei unserer Heirat. Wird Zeit, daß wieder zwei drin liegen.»

«Ich bringe nichts in diese Ehe mit, gar nichts.»

«Du bringst dich selbst mit und deine Kraft und Gesundheit. Ist das nichts? Und da gerade Erntezeit ist, gibt's für alle Arbeit. Jesse hat schon mit Mr. Yarby gesprochen. Er fängt gleich morgen in Checketts zusammen mit mir an. Und du kannst mitkommen. Du hast doch keine Angst vor Feldarbeit, oder?»

«Na! Eliza bestimmt nicht!» sagte Jesse. «Eliza hat vor nichts Angst.»

«Und vielleicht heiratet ihr so bald wie möglich. Ihr könnt morgen abend mit Pfarrer Chance sprechen.»

«Ich kann's noch gar nicht fassen», sagte Jesse. «Eliza und ich – Mann und Frau! Jemand wie ich, mit nichts dran und nichts drauf, und ich krieg eine Frau wie Eliza!»

«Was soll das heißen, jemand mit nichts dran und nichts drauf?» sagte Goody. «Du bist doch kein Zwerg, und du hast Arme und Beine und alles, was sonst noch dazugehört. Was kann eine Frau mehr wollen? Du hast ein richtiges Männergesicht, ein kräftiges Kinn, und du hast die hellen, blauen Augen deines Vaters! Und außerdem – wenn abends als letztes die Kerze gelöscht wird . . .»

«Du!» sagte Jesse, und er wurde dabei rot bis zu den Ohren. «Was du da für Sachen sagst, wo Eliza zuhört!»

«Du bist doch der, der die Umstände macht, Junge.»

«Na ja . . .» Jesses Blick wanderte überallhin, nur nicht zu Eliza. «Ihr Frauen steckt uns alle in die Tasche, wenn's ums letzte Wort geht.»

Der Pfarrer von Eastery-with-Scoate, Reverend Peter Chance, war dafür bekannt, daß er kein Blatt vor den Mund nahm. Er stand vor seinem Kamin, ein hochgewachsener Mann mit einem kräftigen braunen Gesicht, dichtem grauen Haar, und blickte streng zu Eliza und Jesse hinunter, die vor ihm saßen.

«Wie lange kennt ihr euch schon?» fragte er.

«Fast unser Leben lang», sagte Eliza.

«Und dieser Streit mit deinem Großvater? Wer trägt daran die Schuld? Du oder er?»

«Ich wahrscheinlich, weil ich den Mut hatte, mir selbst meinen Mann auszusuchen.»

«Jesse hat eine kluge Wahl getroffen», sagte der Pfarrer. «Eine Ehefrau, die kämpfen kann, ist Gold wert für einen schwer arbeitenden Mann.»

Jesse nickte feierlich. Er saß ganz vorn auf der Kante seines Stuhls, weil er Angst hatte, daß die zart geschwungenen Beine unter seiner Körperlast zerbrechen könnten.

«Solange sie nur nicht gegen mich kämpft!»

«Der Mensch kann nicht alles haben, Jesse, mein Junge. Jetzt sagt mir: Werdet ihr Kinder haben?»

«O ja, das hoffe ich», sagte Eliza.

«Ja, ja, natürlich», sagte Jesse. «Unbedingt.»

«Wie viele, was glaubt ihr?»

«Soviel eben kommen», erwiderte Eliza.

«Hm, ja», sagte Jesse und war dabei in Gedanken verloren.

«Gut, dann findet die Trauung statt», sagte der Pfarrer. «Noch ein guter Rat für euch beide. Hitzige Köpfe und hitzige Worte sollte man immer bis zur Schlafenszeit abkühlen lassen, besonders in der Ehe. Denkt daran.»

Auf dem Rückweg zum Mauthaus lachte Jesse auf einmal. «Von wegen hitzige Köpfe und hitzige Worte. Wie das ist, muß Pfarrer Chance selbst am besten wissen. Einmal hat er mit dem Kirchendiener einen schrecklichen Krach gehabt und gesagt, er läutet selbst zum Frühgottesdienst, und da hat er so wild am Seil gezogen, daß die Glocke gesprungen ist! Zu deiner Trauung wirst du nur Mißtöne hören!»

«Wir können uns ja die Ohren zustopfen.»

«Er ist schon einer, unser Pfarrer Chance. Bei der Vesper im letzten Winter hatten alle Schnupfen und Erkältung, und da hat er auf einmal mitten im Gebet gesagt: ‹Hab Mitleid, o Herr, mit diesen deinen Heimgesuchten, die hier versammelt sind, denn eine christliche Gemeinde, in der so schlimm geschneuzt und gerotzt wird habe ich noch nicht erlebt.› Hat er genau so gesagt, mit seiner Pfarrerstimme, als wär's die Heilige Schrift.»

«‹Gerotzt› hat er sicher nicht gesagt.»

«Doch, das hat er, ganz bestimmt! Du kannst Goody fragen.»

Jesse verstummte, und er schritt mit den Händen in den Taschen weiter und warf Eliza von der Seite einen Blick zu.

«Warum laufen wir so?» fragte er plötzlich und blieb stehen. «Wir sollten uns Zeit nehmen und uns kennenlernen, wie man so sagt.»

«Wir sind bald fürs ganze Leben verbunden. Da haben wir genug Zeit, uns kennenzulernen.»

«Trotzdem. Wie wär's mit einem kleinen Vorschuß?»

Eliza ließ sich in seine Arme nehmen und küssen. So standen sie eine Weile unter einem Dornbusch, und der Abendwind fuhr raschelnd durch das Laub. Sie standen da, eng und warm umschlungen, zwei klopfende Herzen, das Blut bewegt vom gleichen Gedanken. Dann löste sie sich von ihm.

«Jetzt gehen wir lieber. Goody wartet mit dem Abendessen.»

Es war Erntezeit. Vom ersten Sonnenstrahl an, wenn das taufeuchte Korn am kräftigsten duftete, arbeiteten sie auf dem Feld und blieben den brennend heißen Tag über bis nach Einbruch der Dunkelheit, wenn sich erneut der kühlende Tau herabsenkte und der große gelbe Mond ihre letzten Arbeiten begleitete.

Tag für Tag waren Elizas Ohren erfüllt von dem Rattern und Surren der Mähmaschinen, von den Rufen der Männer, vom scharfen Ziip-Zaap, wenn jemand sein Sensenblatt dengelte. Tag für Tag wanderte die Sonne ihre Bahn am Himmel entlang und beschien Stunde um Stunde Elizas Rücken, Hände, Arme und Haar.

Waren die Wagen holpernd davongefahren und war wieder ein Feld abgeerntet, kamen die Frauen und lasen die Ähren auf. Am Abend halfen manchmal die Männer mit, und dann arbeitete Jesse mit Eliza und Goody in einer Reihe.

«Lacht sie denn nie, Jesse, dein Mädchen da?» fragte Jimmy Winger dann wohl.

«Sie hat Angst», sagte Jesse, «es könnt so aussehen, als lacht sie dich aus.»

«Sie spricht wohl auch kein Englisch, wie? Gut möglich, wo sie aus Huntlip kommt, wie ich gehört hab.»

So flogen manchmal lustige Worte hin und her, doch nach einer Weile spürten alle, wie müde sie waren, und sie arbeiteten stumm gebeugt weiter, bis sie im letzten Abendlicht zu zweien und dreien das Feld verließen.

Ihre Trauung fand am dritten Sonntag im September statt. Kate war gekommen, um die Braut zu führen. Eine Festgemeinde gab es nicht. Doch beim ersten scheppernden Ton der Glocke kamen ein paar Leute aus Eastery, meistens Frauen und Kinder, und standen draußen auf dem Kirchhof, als Eliza und Jesse aus der Kirche traten.

Plötzlich hörte das mißtönende Gedröhn auf, und in der jähen Stille sah Goody den Pfarrer böse an.

«Was ist mit der Glocke los? Sie hört sich zwar nicht mehr gut an, aber ihr Läuten gehört doch wohl zu einer Hochzeit dazu.»

«Nur Geduld, liebe Frau», sagte der Pfarrer ruhig.

Goody, mit frischen Margeriten als Hutschmuck, starrte wütend durch ihren Schleier. Kate umklammerte ihr Gesangbuch und blickte sich unbehaglich um. Und Jesse, der sich in seinem Sonntagsstaat und seinem weißen Kragen fast wie ein Fremder vorkam, stand aufrecht neben Eliza.

«So», sagte der Pfarrer. «Jetzt hört mal genau zu!»

Angestrengt lauschten alle, und da klangen aus der Ferne leise, aber schön die Glocken von Huntlip über die Felder.

«Da», sagte Jesse flüsternd, «sie läuten für uns. Die Glokken von Huntlip.»

«Ja», sagte Eliza. «Ja, sie läuten für uns.»

«Und warum auch nicht?» meinte Goody. «Schließlich kommt die Braut aus Huntlip!»

«Pfarrer Wisdom und ich sind gut befreundet – wenn wir nicht gerade einen Streit haben», sagte Pfarrer Chance. «Wir hatten das Läuten als Überraschung abgesprochen. Und wenn die Hochzeitsgesellschaft jetzt vielleicht schon vorausgehen will. Ich komme gleich nach, muß nur noch mein Ornat ablegen.»

«Ja, gut», sagte Goody, «wir nehmen uns die Zeit.»

Arm in Arm schritten Eliza und Jesse voran und ließen sich von den Kindern links und rechts des Weges mit Reis- und Weizenkörnern bewerfen. Kate und Goody folgten. Doch als die kleine Gesellschaft am Tor angekommen war, das zum Feldweg hinausführte, sprangen drei Gestalten hinter den Bäumen hervor. Der eine war Kit Maddox, der andere Fred Lovage, und der dritte war der Dorfidiot von Huntlip, Jumper Lane, der einen dicken Sack über der Schulter trug.

«Was soll das?» sagte Goody. Sie schob sich vor Jesse und Eliza und trat auf Kit Maddox zu. «Geht aus dem Weg. Ihr seht mir nicht festlich genug aus für eine Hochzeit!»

«Doch», sagte Kit. «Wir konnten keinen Schornsteinfeger finden, da haben wir statt dessen das Nächstbeste mitgebracht. He, Jumper – gib mal den Sack!»

Ruß flog handvollweise durch die Luft, flog Jesse und Eliza ins Gesicht und setzte sich dann auf ihren Kleidern fest. Goody stürzte mit einem Wutschrei auf sie los und versetzte Jumper eine gewaltige Ohrfeige, daß er gegen Fred Lovage taumelte und der Sack mit Ruß hinfiel und aufplatzte.

«Ich werd euch lehren!» schrie Goody. «Hierherzukommen und anderen Leuten die Hochzeit zu verderben! Da! Und da! Jesse, nimm Eliza und ihre Mutter und geht. Ich werd mit diesem Hundepack schon fertig!»

Jesse faßte Eliza und Kate am Arm, aber Eliza weigerte sich mitzukommen.

«Nein! Du weißt doch, wie Kit ist! Er tut Goody was an, wenn er wütend ist!»

Kit und seine zwei Begleiter schaufelten mit den Händen Ruß vom Weg auf und warfen ihn Goody ins Gesicht. Sie war fast geblendet, und Jesse wollte ihr gerade zu Hilfe kommen, als der Reverend Peter Chance in wallendem Talar aus der Kirche gestürzt kam, den schweren Hirtenstab in der Hand schwenkend.

«Macht, daß ihr fortkommt!» brüllte er und schwang den eichenen Stab wie einen Knüppel. «Hinaus aus meinem Kirchhof! Oder wir graben euch ein Grab auf der Stelle! Hinaus, Gesindel!»

Das Kreuz blitzte in der Sonne, als der Stab erbarmungslos Köpfe und Schultern traf und die drei jungen Männer den Weg hinuntertrieb. Der Pfarrer hieb auf sie ein, bis sie endlich aufgaben und das Weite suchten, verfolgt von dem Gespött der Dörfler auf dem Kirchhof.

«Wir haben ihnen ganz schön was gegeben, nicht wahr, Goody?» sagte der Pfarrer, als er quer über die Gräber zurückkam. «Wie Horatius und Porsenna, was?»

«Aha», sagte Goody, während sie ihn aus rußgeschwärztem Gesicht durch ihren rußgeschwärzten Schleier ansah, «ja, ganz richtig!»

«Herr Pfarrer!» sagte der Kirchendiener, der mit langem Gesicht dabeistand. «Der Hirtenstab, Reverend!»

«Na und? Welch besserem Zweck könnte er dienen, als Wandalen aus einer christlichen Umfriedung zu vertreiben? Hier haben Sie ihn. Sie können ihn nehmen. Sie sind mir viel zu fromm.»

Und damit wandte sich der Pfarrer wieder an die Hochzeitsgesellschaft.

Auf dem blaukarierten Tischtuch war das Hochzeitsfrühstück schon gedeckt. Es gab Bauernkäse, reif und kräftig, und Quark, gewürzt mit Petersilie, Kerbel und Schnittlauch, Hühnerpastete, garniert mit Kresse, und Platten getürmt voll mit kleinen Johannisbeer- und Traubenkuchen. Und es gab

Brot, das Goody selbst gebacken hatte, mit salzig-würziger Butter von Checketts drüben. Und Starkbier und guten Wein.

«Du», sagte der Pfarrer und deutete dabei auf Eliza, «du bist die letzten drei Sonntage nicht in der Kirche gewesen.»

«Natürlich nicht», sagte Goody, ehe Eliza noch etwas erwidern konnte. «Es bringt einem Mädchen Unglück, wenn es sein eigenes Aufgebot hört.»

«Das ist purer Aberglaube, Goody Izzard.»

«Ach ja?» sagte Goody. «Ich schenk Ihnen gleich noch mal ein.»

«Dieser Kit Maddox», sagte Kate zu Eliza. «Mit dem nimmt es noch ein böses Ende.»

«Denk lieber dran, daß du dich von Großvater nicht ausnützen läßt, mit dem Kühemelken und so. Sieh zu, daß er dir ein Mädchen als Hilfe einstellt.»

«Meine Damen und Herren!» sagte Jesse. «Goody meint, ich muß nun ein paar Worte sprechen. Wahrscheinlich hat sie recht . . . aber ich weiß nicht . . . na ja, also da fang ich am besten mal an!» Er stand sehr gerade und steif am Tisch und zerbröselte einen Johannisbeerkuchen mit den Fingern. «Na ja», sagte er und räusperte sich. «Ich weiß eigentlich nicht recht, was ich sagen soll. Nur danke schön . . . von Eliza und mir . . . für uns beide, meine ich . . . Und Gott soll uns allen hier gnädig sein!»

«Bravo!» sagte der Pfarrer. «Und auch ich will ein Wort sprechen und mit diesem ausgezeichneten Bier auf eure Gesundheit trinken. Möge euer Krug nie leer sein und möget ihr ein gesegnetes Alter erleben!»

Als Kate und der Pfarrer gegangen waren, zogen sich Eliza und Jesse um und arbeiteten im Garten. Jesse grub die Winterkartoffeln aus und legte sie im Schuppen unter das Stroh. Dann grub er Karotten und Schalotten und Zwiebeln aus und legte sie zum Trocknen in die Sonne. Eliza pflückte währenddessen die letzten Feuerbohnen, behielt einen Teil als Saat und brachte den anderen Goody, die sie aufschnitt und in Salz einlegte. Sie arbeiteten so lange, bis Goody drinnen die kleine Lampe anzündete und sie zum Abendessen rief.

Auf dem Tisch standen die blauweißen Teller, die alten Becher und der irdene Krug. Der Schinken mit seiner Glasur aus braunem Zucker zerfiel in zarte rosige Scheiben, als Goody ihn mit ihrem großen scharfen Messer aufschnitt. Als Beilage gab es rote Rüben und frische grüne Kresse vom Brunnen, und zum Würzen standen Schalen mit Chutney und Chepsworth-Senf bereit.

«Meine Güte!» sagte Jesse, als er sich neben Eliza an den Tisch setzte. «Ein Festessen hatten wir doch heute morgen schon und heut abend schon wieder eins! Es lohnt sich tatsächlich zu heiraten, wenn man so was Gutes vorgesetzt kriegt.»

«Wenn das alles ist», sagte Goody, «was du von der Ehe erwartest, muß ich noch ein Wörtchen mit dir reden, Junge.»

«Schon gut!» Jesse errötete. «Schneid weiter den Schinken ab!»

«Jetzt hört euch diesen Ton an!» sagte Goody. «Kaum heiratet ein Mann, da kommandiert er schon rum.»

Um neun Uhr schickte sie beide ins Bett. Sie stiegen die steile Treppe zu dem Schlafzimmer unter dem Dach hinauf. Das Federbett war hoch aufgeschüttelt, und darüber war eine Flickendecke gebreitet. Auf dem einen Kopfkissen lag Elizas, auf dem anderen Jesses Nachthemd. Der kleine Raum hielt die Wärme und den süßen Geruch des Tages gefangen. Er duftete nach warmem Stroh.

Eliza trat an das offene Fenster und blickte auf die sternenhelle Nacht hinaus, und Jesse trat neben sie. Das Fenster war schmal. Sie mußten dicht nebeneinander stehen, Schulter an Schulter, Hüfte an Hüfte, und Eliza roch die saubere Wärme seines Körpers.

«Wirklich sonderbar», sagte er, «ich kann's kaum fassen, und gleichzeitig kommt mir alles so natürlich vor. Fühlst du das auch?»

«Jesse, leg deine Hand auf meine Brust», flüsterte sie.

Jesse bereitete der Anblick «seiner Frauen» jeden Tag aufs neue Wohlbehagen und Freude. «Meine zwei» nannte er sie, wenn er mit anderen Arbeitern von ihnen sprach. «Habt ihr meine zwei heute morgen schon gesehen?» sagte er beispielsweise oder: «Meine zwei kommen ein bißchen spät mit dem Essen. Muß mal ein energisches Wort mit ihnen reden.»

Im Winter arbeiteten sie in der Scheune an der Häckselmaschine, schnitzelten Steckrüben oder flickten Säcke. Im Frühjahr sammelten sie Steine von den umgepflügten Feldern auf, setzten die Kohl- und Zuckerrüben weiter auseinander oder harkten Unkraut zwischen dem in Reihen gesäten Getreide. Im Sommer machten sie Kartoffeln aus und gingen ins Heu. Manchmal traf er sie beide unverhofft, manchmal wußte er, daß sie da sein würden, doch stets war er freudig überrascht und das Herz schlug ihm schneller.

Eliza hob sich auf dem Feld von den anderen Frauen ab wie eine Ringeltaube von einem Schwarm Dohlen. Immer wenn er sie sah, irgendwo auf dem Feld, arbeitete sie ruhig und gelassen, und ihre Stimme war wie kühles Wasser. Dann durchlief ihn innerlich ein Beben, weil sie zu ihm gehörte. Er näherte sich ihr mit einem Gefühl des Stolzes. Doch darunter lag immer ein noch geheimerer Stolz auf all das, was nur er wußte und fühlte: Er hatte sie mit zerzaustem Haar gesehen, die Augen geschlossen und den Mund geöffnet, hatte sie vor Not und Lust aufschreien hören. Was immer er auch tat, wo immer er auch war, stets trug er die Berührung ihrer Hände, das Gefühl ihres Körpers mit sich.

Doch es gab auch Augenblicke, in denen er erschrak, wenn er sie bei der Feldarbeit sah. Er hätte sie dann am liebsten angefahren und fortgeschickt. Aber Goody sagte, er solle sie nur gewähren lassen.

Jeden Abend schickte Goody ihn jetzt hinaus, damit er im Garten Holz hackte.

«Fort mit dir!» sagte sie. «Du bist nur im Weg. Draußen ist genug zu tun. Wir brauchen Brennholz im Winter.»

«Sollten wir nicht vielleicht Mrs. Tewke holen?»

«Nein», sagte Eliza. «Meine Mutter taugt bei so etwas nicht. Ich will Goody bei mir haben. Sie weiß, was zu tun ist.»

Und so arbeitete Jesse Abend für Abend, bis das Brennholz an der Schuppenwand über das Dach hinauswuchs.

Die Herbsttage waren klar und mild. Die Erde war feucht, aber nicht naß, und es ließ sich leicht pflügen, besonders auf den Stoppelfeldern. So mild war das Wetter im Oktober, daß Jesse eines Tages noch drei Schwalben vorüberfliegen sah, viele Wochen nachdem sich der große Schwalbenzug nach Süden in Bewegung gesetzt hatte. Es war Freitag der fünfundzwanzigste.

Er pflügte für Mr. Yarby ein Feld, das in der Nähe des Mauthauses lag, und jedesmal wenn er die Höhe des Hangs erreicht hatte, hielt er inne, um dem Gespann eine kurze Pause zu gönnen und zum Mauthaus hinunterzublicken. Er konnte es trotz der Entfernung deutlich sehen. Rauch stieg aus dem Schornstein auf, Sonnenlicht spiegelte sich in den Fenstern, und doch schien ihm, als umgebe das Haus eine große Stille, wie es da so allein in seinem Gartenrechteck stand, zwischen der alten verlassenen Mautstraße und dem weiten Ödland. Er blickte eine Weile mit zusammengekniffenen Augen zum Haus hinunter, dann wandte er sich um und pflügte den Hang wieder hinunter.

Die Erde brach auf und zerbröckelte, und das helle Stoppelgestrüpp verschwand unter der dunklen Krume. Aus den Furchen stieg frischer Erdgeruch. Der Boden dampfte in der Sonne. Das Geschirr der beiden Pferde, Goldie und Jessamy, quietschte. Hinter sich hörte Jesse das Gekreisch der Kiebitze, die in dem umgepflügten Streifen auf Nahrungssuche gingen, und auf dem benachbarten Feld ein Stück weiter unten sang Jimmy Shodd ein bekanntes Lied:

«Bin nur ein armer Bauernknecht
Zur Heirat fehlt mir's Geld
Und doch hat mich ein Mädchen lieb
Dem's Strohbett hier gefällt.

Die Söhne müssen schuften erst
Die liebe Tochter dann
Eh ich die Mutter freien darf
Und ehrlich machen kann.»

Als Jesse unten ankam, sah Jimmy über die Hecke.

«Was zu sehen beim Mauthaus?»

«Nein, nichts», sagte Jesse.

«Noch alles in Ordnung mit dir? Keine Krämpfe oder so?»

«Nein, nichts», sagte Jesse. «Was glaubst du, wie lang's noch dauert?»

«So lang, wie deine Frau es hinziehen kann», sagte Jimmy. «Weiber können alles herrlich lang hinziehen.»

Jesse wandte sich um und pflügte den Hang wieder hinauf. Als er diesmal oben anlangte, flatterte im Garten des Mauthauses ein Tischtuch an der Wäscheleine. Es war Goodys Zeichen.

Einen Augenblick lang starrte er hin, dann stürzte er, ohne recht zu wissen, was er tat, durch die Hecke und rannte los. Als er in die Küche gestürmt kam, beugte sich Goody gerade über das Feuer, und sie wandte sich zornig um.

«Was soll das? Willst du dir Mr. Yarby auf den Hals hetzen?»

«Wie geht's ihr denn? Ist alles gut?»

«Du hast doch mein Zeichen gesehen, du großer Dickkopf! Das heißt, ihr geht's gut und deinem Töchterchen auch. Also marsch zurück zur Arbeit, sonst kannst du was erleben!»

Als Jesse drüben wieder zu pflügen anfing, sang Jimmy Shodd nicht mehr, sondern stapfte stumm seiner Furche hinterdrein. Als Jesse sich umblickte, wußte er warum: Mr. Yarby sah vom Tor seines Hofs aus zu.

Betony lag in der Wiege, die Jesse während des Sommers gezimmert hatte. Das Gesichtchen, das aus den Decken hervorsah, war rot und faltig. Der kleine Mund stand offen, die Augen waren geschlossen.

«Müßte sie nicht ein Kissen haben?»

«Goody sagt, nein.»

«Sie ist ein süßes kleines Baby, nicht?» sagte er. «So richtig runzlig und rosig . . . Auch ziemlich winzig, wenn man bedenkt.» Mit nervösen, unbeholfenen Fingern zog er die Dekke ein Stückchen zurück. «Was ist mit seinen Händchen? Die stecken ja in kleinen Eierwärmern! Es ist doch nichts mit ihren Händchen, oder?»

«Sie soll sich nur nicht mit den Nägeln kratzen. Weiter nichts.»

«Schon Nägel», sagte er mit einem leisen Lachen. «Stell dir das vor.»

Er tat die Kerze wieder an ihren Platz und setzte sich auf den Hocker neben dem Bett. Eliza bürstete und kämmte sich das Haar und drehte es zu einem goldblonden Zopf und steckte ihn hinten am Kopf auf. Dann ließ sie die Arme mit einem müden Seufzer fallen. Sie war blaß. Auf Oberlippe und Stirn standen Schweißperlen wie in kleinen Tautropfen.

«Geht's dir gut?» fragte Jesse. «Schön und gut, daß du so erhaben nickst, aber es war schlimm, das weiß ich.»

«Beim ersten Kind ist's oft schwer, sagt Goody. Aber das nächste Mal geht's schon leichter.»

«O Gott, es gibt doch wohl kein nächstes Mal, oder? Um Gottes willen, nein! Wir machen das doch nicht alles nochmal durch?»

Indem er beklommen ihr Gesicht beobachtete, fing sie an zu lächeln.

«Wir haben unsere Sache doch gut gemacht, oder?» sagte er. «Wir haben da ein feines kleines Baby. Ich glaube, damit machen wir Schluß.»

Goody kam ins Schlafzimmer herauf und trat an die Wiege. Über die Schulter hinweg fragte sie:

«Willst du eigentlich heut was zu Abend essen, Junge?»

«Ich hab keinen großen Hunger. Ich hab heute beim Pflügen drei Schwalben gesehen. Schwalben, überlegt mal, am fünfundzwanzigsten Oktober? Das bedeutet doch was, oder?»

«Das bedeutet, daß sie zu spät dran sind», sagte Goody. «Wo fliegen sie hin? Nach Afrika, nicht wahr?»

«Ich dacht, es könnt ein Vorzeichen sein», sagte er.

Er karrte Dung auf das Feld oberhalb des Hofs. Es war zehn Morgen groß. Das Wetter war noch warm, obwohl man schon Ende November schrieb, und er schwitzte noch in Hemdsärmeln.

Goldie, die Stute, mochte keine Fremden. Als auf dem Nachbarfeld ein Reiter angetrabt kam, legte sie die Ohren zurück und begann zwischen den Deichselstangen unruhig zu werden. Jesse sprang herunter, nahm ihren Kopf an seine Brust und versuchte, sie zu besänftigen.

Das Nachbarfeld war ein schmaler Streifen von drei Morgen und erst vor kurzem mit Frühjahrskohl bepflanzt worden. Jesse erkannte den Reiter zunächst nicht. Doch als die Gestalt auf der schwarzen Stute rücksichtslos mitten durch die Kohlköpfe näherkam, sah er, daß es eine Frau war. Es war Mrs. Lannam von Scoate.

Sie hielt in einiger Entfernung an und blieb stumm im Sattel sitzen. Sie hatte ein schmales, bleiches Gesicht, eigenartige, fast gelbe Augen, die unter nachgezogenen Brauen weit auseinander standen.

«Was ist mit der Stute? Ist sie störrisch?»

«Nein, Ma'am. Sie mag nur keine Fremden.»

«Sie sind selbst ein Fremder. Für mich zumindest.»

«Ich bin kein Fremder, Ma'am. Ich wohne mein Leben lang im Mauthaus.»

«Ach! Dann sind Sie Goody Izzards Sohn Jesse. Ja, jetzt erkenne ich Sie wieder. Seit ich Sie das letzte Mal gesehen habe, sind Sie ein richtiger Mann geworden!» Und sie musterte ihn mit ihrem bleich-glänzenden Blick. «Ich höre, Sie haben geheiratet?»

«Ja, vor vierzehn Monaten jetzt», sagte Jesse. «Und ich habe auch schon eine kleine Tochter.»

«Du liebe Güte!» rief sie aus. «Sie sagen das, als wäre sowas ein Wunder, Mann!»

Jesse blinzelte und sah dann in eine andere Richtung. Ihren Tonfall und ihren spöttischen Blick mochte er nicht.

«Ich muß Ihre Frau mal besuchen, demnächst», sagte sie und ritt davon.

Beim Verlassen des Felds traf er Jimmy Shodd, der ebenfalls mit einem leeren Dungkarren zurückkam. Sie fuhren nebeneinander den Hang hinunter.

«Du hast ja Gesellschaft gehabt, Jesse. Aber paß auf, sonst kriegst du Ärger.»

«Ärger? Wieso das?»

«Na! Mrs. Lannam! Die ist doch eine! Vor der muß man sich in acht nehmen!»

«Blödsinn! Du willst dich nur wichtig tun.»

«Ich nicht. Glaub mir. Sie hat's auf dich abgesehn.»

«Hör auf», sagte Jesse, wobei er spürte, wie ihm heiß wurde. «Mrs. Lannam ist doch eine Lady!»

«Gefällt sie dir, Jesse?»

«Nein, könnt ich nicht sagen. Leute, die einfach so über bestellte Felder reiten, mag ich sowieso nicht. Und wenn ich Mr. Yarby wäre, würd ich ein Wörtchen mit ihr reden.»

«Ha, das wagt der nicht. Er ist ihr Pächter.»

«Bin froh, daß ich das nicht bin», sagte Jesse.

Als sie zum Hof zurückkamen, stand Mr. Yarby auf der Mauer um den Misthaufen und beobachtete das Kommen und Gehen seiner Leute.

«Izzard!» sagte er. «Sie sind zehn Minuten vor Shodd losgefahren. Wie kommt es, daß Sie beide zur gleichen Zeit zurückkommen?»

«Keine Ahnung», sagte Jesse verblüfft.

«Das war Mrs. Lannam», sagte Jimmy. «Sie hat mit ihm gesprochen, und das hat ihn aufgehalten.»

«Mrs. Lannam!» sagte Mr. Yarby spöttisch. «Dann halten Sie's also mit den reichen Leuten, Izzard, was?»

Jesse fuhr seinen Karren rückwärts an den Misthaufen heran und begann ihn abermals vollzugabeln. Jimmy, der dicht neben ihm stand, flüsterte ihm zu:

«Er ist heut nicht in Stimmung. Ist wohl mit dem falschen Bein aufgestanden. Oder seine Frau lag ihm wieder wegen dieses Orientteppichs in den Ohren.»

«Orientteppich?» wiederholte Jesse etwas zu laut. Mr. Yarby drehte sich um und blickte ihn böse an.

Als er vollgeladen hatte, steckte Jesse die Gabel in den Misthaufen und kletterte auf den Karren. Er schnickte mit den Zügeln, und Goldie zog ruckartig an. Doch der Karren drehte sich nur um sich selbst, die Achse quietschte, und die Räder rutschten in der glitschigen Gosse aus.

«Hoha!» rief Jesse. «Nur mit der Ruhe, Goldie! Versuchen wir's nochmal.»

Goldie entkrampfte sich, trat zur Seite auf der Suche nach trockenerem Boden. Der Karren aber rutschte nur noch weiter zurück. Das linke Rad stieß gegen die Umfassungsmauer, und als Jesse sich umblickte, sah er gerade, wie Mr. Yarby kopfüber in den Mist fiel.

«Verdammt!» murmelte Jimmy. «Jetzt hast du's geschafft!»

«Weiß Gott!» brüllte Mr. Yarby, bis über die Stiefel im Mist umherstapfend. «Das haben Sie absichtlich getan!»

«Nein!» sagte Jesse. «Wirklich nicht!»

«Sie Esel! Ich hab genug von Ihnen! Sie glauben, ich habe keine Augen im Kopf, aber ich hab genau gesehen, wie Sie vor ein paar Wochen die Pferde beim Pflügen haben stehen lassen!»

«Das war an dem Tag, als meine Tochter zur Welt kam. Ich war nur ein paar Augenblicke fort.»

«Sie waren zwölf Minuten fort, ich habe selbst auf die Uhr gesehen. Ich habe Goodys wegen ein Auge zugedrückt, aber jetzt ist Schluß! Sie sind entlassen!»

«Das kann doch nicht Ihr Ernst sein, Mr. Yarby?»

«Gehen Sie auf der Stelle!»

«He!» sagte Jimmy. «Das ist aber nicht gerecht, Bauer . . .»

«Sie halten den Mund oder können auch gleich gehen!»

«Das können Sie nicht ernst meinen», sagte Jesse. «Dann verlier ich meine Arbeit! Wo krieg ich um diese Jahreszeit eine neue?»

«Das ist Ihre Sache! Verlassen Sie meinen Hof! Vielleicht kümmert sich Mrs. Lannam um Sie, wo Sie ein so guter Freund von ihr sind!»

«Was ist mit meinem Lohn?»

«Den zahle ich Goody am Samstag aus.»

Benommen stieg Jesse vom Wagen herunter. Einen Augenblick lang stand er wie betäubt da, die Hand auf Goldies Hals. Dann wandte er sich ab und griff nach seiner Jacke.

«Geh zu Awner in Noak», flüsterte Jimmy ihm zu. «Der gibt dir Arbeit.»

«Danke», sagte Jesse.

Er lief quer über die Felder und folgte dann der alten Mautstraße, bis er nach Noak Hall kam. Der Bauer säuberte gerade einen Graben auf der Hausweide.

«Yarby wieder mal in schlechter Laune, wie? Na ja, er ist ein geplagter Mann. Wenn man's den Großen gleichtun will, das kostet eine Stange Geld. Deshalb heißt es ja auch:

Sohn lernt Latein, oh
Töchter Tüll fein, oh
Frau am Klavier, oh
Und so weh mir, oh.»

Awner, ein Mann mit Menschenkenntnis und einer fröhlichen Art, aber eisenhartem Geschäftssinn, war bereit, Jesse einzustellen.

«Aber ich kann Ihnen nicht mehr versprechen als so ein bißchen Gräbenausbessern. Und kommt drauf an, was ich Ihnen zahlen muß. Ist Ihnen ein Shilling pro Tag recht?»

«Ich denke schon.»

«Gut. Wann können Sie anfangen?»

«Jetzt sofort. Geben Sie mir nur den Spaten.»

Dieser Tag war der letzte, an dem schönes Wetter war. Am nächsten wehte ein kalter Wind. Der lange, milde Herbst war vorüber. Ihm folgte der Winter mit dem ersten Frost.

Jeden Abend auf dem Heimweg durch den Wald sammelte Jesse heruntergefallene Äste auf und brachte sie nach Hause, denn Goody hatte recht: Sie brauchten in diesem Winter viel Wärme, und ihr Brennholz war schon um die Hälfte weniger geworden. Und sie brauchten so viel Eßbares, wie sie bekommen konnten, denn das Schwein war in diesem Jahr an Lungenentzündung eingegangen.

Eines Abends, als er einen morschen Eichenast aus einem Dickicht herauszog, flog dicht vor ihm ein Fasan auf. Instinktiv sprang er mit ausgestreckten Armen vorwärts, und mit einer einzigen Bewegung hatte er den Vogel an der Brust gepackt. Mit einer zweiten Bewegung hatte er ihm den Hals herumgedreht. Das Gefühl des warmen Körpers, der noch in seinen Händen zuckte und dann erschlaffte, erfüllte ihn mit Entsetzen, was sich jedoch legte, als das Tier still war. Der Tod war etwas Schreckliches, aber schrecklicher war das Sterben.

Er trug den Vogel unter der Jacke nach Hause. Goody rupfte ihn, bereitete ihn noch am gleichen Abend zu, und sie achtete peinlich darauf, daß alle Federn verbrannten.

«Ich hätt mir gern eine oder zwei für meinen Hut aufgehoben», sagte sie, «aber Fasanenfedern sind zu verräterisch.» Und sie fügte hinzu: «Wildern ist schlimm, Junge, besonders hier, wo die Wildhüter wie die Teufel sind.»

«Vater hat immer gesagt, ein Vogel oder Kaninchen gehört niemandem, bis es geschnappt ist.»

«Na ja», sagte Goody und klopfte sich auf den Bauch, «jedenfalls gehört ein Stück davon jetzt mir.»

Jesse arbeitete die ganze Woche in Noak und verdiente fünf Shilling sechs Pence. Goody arbeitete fünf lange Vormittage in Checketts und verdiente fünf Shilling. Trotzdem könnten sie ganz zufrieden sein, meinte Goody, denn sie seien alle gesund, besäßen einen Garten, der ihnen vieles lieferte, und brauchten für das Mauthaus keine Miete zu zahlen. Und Jesse, wenn er durch die Kälte und das Dunkel jener Winterabende heimkam zu seinen zwei Frauen und dem winzigen Töchterchen, empfand tatsächlich so etwas wie Zufriedenheit.

Behaglichkeit und Wärme herrschten in der kleinen Küche. Ein Eintopf wartete auf ihn: eingedickt mit Hafermehl, gewürzt mit Thymian, angereichert mit Zwiebeln, Karotten, Pastinaken, mit Kartoffeln noch in ihrer schmackhaften Schale und mit Klößchen, die jedes eine Überraschung enthielten, etwa einen Löffelvoll Pilzketchup oder einen kleinen Würfel Hirn. Und danach saßen sie noch vorm Schlafengehen für ein Stündchen am Feuer zusammen: er und Eliza auf der Sitzbank, Goody im Schaukelstuhl und zwischen ihnen Betony in ihrer Wiege. Manchmal erzählte Goody dann von den alten Zeiten, von ihrer Kindheit in Springs und von ihren Geschwistern: von Bob, der nach Australien gegangen war, von William und Perce, die nach Neuseeland ausgewandert waren, von Gret, die den Kutscher eines Fürsten geheiratet hatte und in einem Schloß in Rußland lebte, von Lennard, der zwei Frauen zuviel gehabt hatte und mit dem Gesetz in Konflikt gekommen war, und von Thomas, ihrem liebsten Bruder, der bei dem ersten Steinbruchunglück im Jahre 1851 umgekommen war.

«Thomas hättest du bestimmt gemocht», sagte Jesse zu Eliza. «Er war der beste von allen.»

«Aber du hast ihn doch gar nicht mehr gekannt. Er ist doch schon vor deiner Geburt gestorben.»

«Ja, schon, aber ich kenn ihn trotzdem. Ich kenn sie alle, als ob sie jetzt bei uns säßen.» Er sah Elizas Lächeln. «Jetzt lachst du mich wieder aus, nicht wahr? Doch, das tust du! Ich hab's genau gesehn.»

«Manchmal muß ich wirklich über dich lachen.»

«Ja, deshalb hast du mich wohl auch geheiratet, damit du was zum Lachen hast.»

Er sah sie gern lächeln und lachen, denn dann fühlte er sich von innen heraus glücklich und zufrieden. Ihr Lächeln hatte etwas Besonderes. Vielleicht weil es so selten war. Es überraschte ihn immer wieder, und er beobachtete sie dabei, bis es verschwand.

Manchmal jedoch war er besorgt, weil er keine regelmäßige Arbeit hatte, weil der schlimmste Teil des Winters noch bevorstand. Nun, da der Boden gefroren war, bezahlte Awner ihn nur nach dem Stück Graben, das er aushub, aber er wagte nicht aufzubegehren, denn bald würde es sogar mit dieser Arbeit vorbei sein. Goody meinte, er solle sich nicht sorgen. «Wir verhungern schon nicht! Wir sind gesund, wir müssen uns nur überall umsehen, wo wir etwas Eßbares finden.»

Es wurde immer kälter. An dem Tag, als Awner ihn auszahlte, wanderte Jesse zwanzig Meilen von einer Farm zur anderen, aber nirgendwo machte man ihm Hoffnungen. Am nächsten Tag besuchte er seinen Freund Charley Bailey, der in einer Hütte auf der Allmende von Norton wohnte. Als er ihn verließ, hatte er ein Frettchen und zehn Netze bei sich.

In der Abenddämmerung ging er zu einer alten Eiche im Wald von Scoate und legte Netze über sieben Löcher, die zwischen den Wurzeln und Furchen in die Erde hinunterführten. Er setzte das Frettchen in das achte Loch und verstopfte die Öffnung mit einem Erdklumpen. Dann ging er in die Hocke und wartete.

Unter ihm lief ein leises Zittern durch den Boden, er spürte es in einer der Wurzeln zu seinen Füßen. Er beugte sich vor, und schon taumelte das Kaninchen ins Netz, tobte darin herum, zog die Schnüre hinter sich zu und riß die Festhaltepflökke aus der Erde. Jesse tötete das Tier mit einem einzigen Handkantenschlag gegen seinen Hals. Er nahm es aus dem Netz und schob es in seine Manteltasche.

Das Frettchen tauchte im Loch auf, schnuppernd, witternd, doch als Jesse es packen wollte, machte es kehrt und verschwand wieder in der Erde. Und so spannte er das Netz erneut aus und wartete wieder.

Ein zweites Kaninchen sprang ins Netz. Er tötete es ebenso rasch und steckte es in die andere Tasche. Beide Kaninchen waren Weibchen. Er war mit seiner Beute zufrieden, denn

Weibchen waren nicht nur größer, sondern auch besser im Geschmack als Männchen.

Das Frettchen jedoch blieb verschwunden. Hatte es sich eingenistet? Er ließ sich auf die Knie fallen, hielt den Mund an das nächstgelegene Loch und stieß ein paar leise, aber schrille Töne aus. Das Frettchen kam hervor und schnupperte in das Netz hinein. Jesse packte es sofort hinter den Vorderläufen und tat es rasch in seinen Beutel. Die Netze samt den Pflökken steckte er in seine Taschen. Dann machte er sich auf den Heimweg.

Jesse lehnte stumm mit dem Rücken an einem Baum, als McNab, der Wildhüter, die Lichtung überquerte, die doppelläufige Flinte unter dem Arm, gefolgt von seinem Springerspaniel. Er wartete, bis er von eins bis fünfzig gezählt hatte, und schlich dann langsam und so lautlos wie möglich davon.

«Stehenbleiben!» hörte er McNab irgendwo hinter ihm rufen. «Kommen Sie sofort auf die Lichtung!»

Jesse aber rannte los, fort von der Stimme des Wildhüters und hinein in den dichten Wald. Der Wildhüter rief jetzt lauter. Sein Hund bellte. Man hörte trampelnde Füße, knackendes morsches Holz. Jesse fiel in ein Dorngestrüpp, als der Wildhüter zum erstenmal feuerte. Die Schrotkugeln trafen ihn ins Bein, vom Knöchel bis hinauf ins Gesäß. Er kroch weiter, tiefer ins Dickicht hinein, und lag dann ganz still, mit dem Gesicht auf trockenem Laub und Dornen.

«Stehenbleiben!» rief der Wildhüter. «Ich seh dich ganz deutlich, Bursche, also rühr dich nicht von der Stelle!»

Er schoß noch einmal, aber irgendwohin zwischen die Bäume, und da wußte Jesse, daß der Mann nur bluffte. So vertraute er auf sein Glück und rührte sich nicht. Er hörte, wie McNab seine Büchse lud, und er hörte, wie er davonging, wie er den Hund rief. Der Hund aber schnüffelte in das Dickicht hinein, das Jesse verbarg. Er fühlte, wie ein kalter Körper an ihm entlangstreifte und dann die warme Zunge des Tieres sein Gesicht beleckte.

«Floss?» rief McNab. «Floss, wo bist du? Verdammt noch mal! Kannst du nicht kommen, wenn ich dich rufe?»

McNab kam zurück. Jesse hörte seine Schritte. Er wußte, der Hund würde ihn verraten. Das Tier wedelte mit dem Schwanz. Das trockene Laub im Gestrüpp raschelte. Jesse versuchte, den Hund loszuwerden, doch er stieß jetzt mit der Schnauze nach dem Frettchen, das in dem Beutel neben ihm zappelte.

«Floss?» rief der Wildhüter noch einmal. «Hast du seine Spur, ja? Wo bist du denn, Floss?»

Die Stimme des Wildhüters kam immer näher. Stiefel knirschten über das Reisig vor dem Dickicht. Er stieß mit der Büchse in das Gestrüpp, aber er wagte wegen des Hundes nicht zu schießen.

«Verdammter Kerl!» sagte er mit seiner rauhen schottischen Stimme. «Bist du wieder hinter Kaninchen her, du dummes Vieh?»

Jesse legte den Arm um den Hund und drückte ihn an sich. Mit der anderen Hand ließ er das Frettchen los. Das Tierchen, plötzlich in Freiheit gesetzt, richtete sich zunächst auf seinen kleinen Hinterläufen auf und schnupperte neugierig in der Luft. Es blieb so dicht bei ihm, daß es mit seinen Barthaaren Jesses Gesicht kitzelte. Dann huschte es rasch davon. Der Spaniel wand sich winselnd in seiner Umklammerung, und nach ein paar Sekunden ließ Jesse ihn los. Er schoß sofort unter den Beinen des Wildhüters aus dem Dickicht hinaus, dem Frettchen hinterdrein. Jesse hörte, wie er die festgefrorene Erde eines Kaninchenlochs aufkratzte, wo das Frettchen sich in Sicherheit gebracht hatte, und er hörte ihn aufjaulen, als der Wildhüter mit dem Fuß nach ihm trat.

«Komm raus da, du bist ja zu nichts nutze!»

Jesse wartete. Erst als Wildhüter und Hund durch den Wald davongegangen waren, kroch er aus dem Dickicht hervor und richtete sich auf. Seine Beine waren ganz steif und taub, doch als er sie vorsichtig bewegte, wich allmählich das taube Gefühl. Die Schrotstücke begannen in dem einen Bein wie Feuerklümpchen zu pochen und zu klopfen, und einige schabten wie Kiesel gegen seinen Knöchel.

Als er das alte Waldstück hinter sich hatte und in die junge Fichtenschonung kam, konnte er schneller laufen. Er ging direkt auf die alte Mautstraße zu. Der Mond war inzwischen aufgegangen, weiß und strahlend in seinem dritten Viertel, und so sah er, als er die Straße erreichte, daß dort ein Hüter stand, der die Waldgrenze abpatrouillierte.

Jesse ließ sich flach auf den Boden fallen und kroch in den Straßengraben. Der Boden des Grabens war mit einer Eisschicht bedeckt. Er lag der ganzen Länge nach darauf, und die gefrorenen Grashalme ragten über ihn hinaus. Das Eis tat ihm gut. Die Kälte drang durch die Kleider, verlangsamte seinen Pulsschlag, dämpfte die kleinen Feuer, die in seinem Fleisch brannten, und schläferte seinen ganzen Körper ein. Und mit seinem Körper schlief auch sein Denken ein. Er verlor das Bewußtsein.

Als er aufwachte, schien der Mond voll vom Himmel herab. Er richtete sich mühsam auf seinen betäubten Armen auf und spähte durch das Gras, das den Graben säumte. Die Straße war frei, der Hüter war fort.

Er versuchte, auf die Beine zu kommen. Aber etwas stimmte mit seinen Beinen nicht. Er spürte sie nicht mehr. Auch mit seinem Kopf stimmte etwas nicht. Er ließ sich wieder fallen, zurück in den kalten, tiefen Schlaf. Doch jetzt hörte er Schritte die frostklirrende Straße entlangkommen. Stimmen riefen seinen Namen. Und dann legten sich Arme um seinen Körper, hoben ihn auf, trugen ihn fort. Er wollte fragen, wer und wohin, als plötzlich sein Kopf zurücksank, und der weiße Mond erlosch.

Ihm war brennend heiß, dann wieder brennend kalt. Sein Körper war schwer, lastete wie ein Sack auf seiner Seele. Dann war er federleicht, schwebte in der Luft. Ihn beunruhigte es, daß der Mond einfach so erlosch, weil Goody so gern die Wäsche bei Mondlicht hinaushing, damit sie schön weiß wurde, und was würde geschehen, wenn . . .

Er hörte Stimmen . . . Es waren die Stimmen von Eliza und Goody . . . Sie redeten ganz ruhig, weit, weit fort, kamen näher. Kühle Worte wie Hände, die ihn kühl berührten, ihm die Decke vom Gesicht zogen.

«Goody?» hörte er Eliza sagen, und ihre Stimme klang auf einmal sehr nah. «Er wird doch nicht sterben, Goody?»

Er wollte sprechen, wollte sie trösten, aber seine Zunge war wie festgeklebt. Er hatte keine Stimme. Und was hätte er sagen können, wo er selber die Antwort nicht wußte?

«Ha!» sagte Goody. «Eine Handvoll Schrot und ein bißchen Kälte bringen den Jungen schon nicht um!»

«O nein», sagte er tief in sich, drinnen in der brennenden Kälte und dem Dunkel, «ich will nicht sterben. Nein, wirklich nicht!»

Und bevor er wieder in das Dunkel der Bewußtlosigkeit versank, hörte er wieder dicht neben sich Elizas Stimme.

«Goody», sagte sie, *«ich hab ihn lächeln sehn!»*

Als es ihm besser ging und er aufstehen konnte, sah er zu seinem Erstaunen, daß ringsum hoher Schnee lag. Er hatte das Gefühl, daß Jahrhunderte vergangen sein müßten – dabei waren es nur zehn Tage gewesen.

«Schnee», sagte er immer wieder. «Es hatte doch nur gefroren, als ich das letzte Mal hinaussah! Mir ist, als hätt ich ein Stück meines Lebens verloren!»

«Das hast du nicht», sagte Goody und ging zum Kaminsims, nahm eine Dose herunter, in der einmal Tabak gewesen war, hielt sie ihm vors Gesicht und schüttelte sie. «Aber das sind ganz hübsche Stücke Schrot, die wir mit viel Mühe aus dir herausgeklaubt haben. Wenn du noch einmal mit so einer Ladung heimkommst, dann gibt's was!»

«Keine Angst, ich tu's nicht wieder.»

«Wenn dieser Wildhüter hier herumschnüffeln kommt, schmeiß ich ihm den ganzen Schrotkram ins Gesicht!» sagte Goody.

Jesse hinkte beim Gehen, denn zwei Schrotstücke waren ihm in den Fuß gedrungen, und obwohl Goody sie entfernt hatte und die Stelle gut verheilt war, blieb im Spann eine Muskelschwäche zurück, als wäre der Knochen verschoben worden.

«Du mußt Geduld haben», sagte Eliza. «Nimm dir Zeit mit dem Gehen. Du hast im Haus genug zu tun.»

«O ja, ich bin sehr beschäftigt! Sieh, was ich für meine Tochter gemacht hab aus diesen Holzstückchen. Das ist eine Kuh. Das ist ein Pferd. Und das hier wird ein Schwein werden, wenn ich den Rüssel richtig hinbekommen hab.»

«Gut, daß du mir das sagst», erwiderte Eliza. «Ich hätte geglaubt, das seien alles Kartoffeln auf Beinen.»

«Na ja, aber Betony hat mir zugeschaut. Sie weiß, daß das ein Schwein sein soll. Sie hat es angegrunzt.»

Sobald er einigermaßen wieder laufen konnte, ging er nach Noak und fragte nach Arbeit. Awner hatte einen Weizenstapel, den er gedroschen haben wollte. Er bot Jesse zehn Pence pro Tag an.

«Zehn Pence!» sagte Jesse. «Das ist ungerecht, eigentlich müßten Sie einen Shilling sechs Pence zahlen.»

Er war selbst überrascht, daß er so kühne Worte fand. So hatte er bis jetzt noch nie geredet.

«Sie können ja nein sagen.»

«Das kann ich mir nicht leisten, Mr. Awner, das wissen Sie genau. Und deshalb ist es ungerecht.»

Danach war er wieder ohne Arbeit. Es schneite erneut, und er half Goody jeden Morgen, einen Weg freizuschaufeln.

Eines Tages sammelte er Reisig am Waldrand, als Mrs. Lannam auf ihrer schwarzen Stute angeritten kam.

«Wissen Sie, daß das verboten ist, was Sie da tun?»

«Verzeihen Sie, Ma'am, aber wir haben das Recht, in diesen Wäldern Brennholz zu sammeln, solange ich denken kann.»

«Na schön, wenn Sie die Bäume nicht beschädigen ... oder Tieren nachstellen ...»

«Tieren? Oh, das wäre ja wildern!»

«Ja, mein hübscher Bursche! Reißen Sie die Augen ruhig weit auf. Meine Wildhüter haben euch junge Männer hier auf den Höfen in Verdacht.»

«Wildhüter haben jeden in Verdacht. Dafür werden sie bezahlt. Und das ist ihre Natur, vor allem, wenn sie Schotten sind.»

«Ich habe McNab nicht mit Namen erwähnt.»

«Ich auch nicht», sagte Jesse.

Er bückte sich und steckte ein paar Tannäpfel und Zweige in seinen Sack. Als er sich wieder aufrichtete, beobachtete sie ihn noch immer mit hell-glänzenden Augen.

«Ich sehe, Sie hinken. Wie kommt das?»

«Ich bin in einen Nagel getreten», sagte Jesse.

«Sie sind nicht sehr höflich, junger Mann. Sie könnten ruhig die Mütze abnehmen, wenn Sie mit besseren Leuten sprechen.»

«Nicht bei einem so kalten Wind, Ma'am.»

«Sie sind unverschämt!» sagte sie lachend. «Ich sollte Sie meine Peitsche spüren lassen, aber es wäre schade um das hübsche Gesicht.»

Jesse bückte sich wieder und las weiter Reisig auf. Er packte einige dicke Äste, zerbrach sie über dem gekrümmten Knie und steckte die Stücke in den Sack. Es fiel ihm schwer, die Frau direkt anzusehen. Ihre Augen waren zu hell und ihr Blick zu forschend. Und auch ihr Lachen war eigenartig. Es hatte etwas Heiseres, Rauhes, Schneidendes.

«Sie sind ja ganz hübsch kräftig!» sagte sie und tat so, als bewundere sie die Art, wie er die morschen Äste zerbrach. «Schade, daß ein so starker junger Mann wie Sie so gut wie nichts tut. Ich nehme an, Sie sind wegen des Schnees arbeitslos?»

«Ja, so ungefähr.»

«Kommen Sie morgen früh nach Scoate», sagte sie. «Vielleicht braucht McNab einen Gehilfen.»

Jesse warf sich den Sack über die Schulter und richtete sich kerzengerade auf, während er sich zwang, ihr in die Augen zu blicken.

«Ich glaube, ich warte lieber noch», sagte er, «und probier's weiter auf den Höfen. Aber ich danke Ihnen für das Angebot.»

Sie war überrascht und saß einen Moment sehr steif im Sattel, während sie ihn weiter mit ihrem glänzenden Blick beobachtete, wenngleich ihr Lächeln erstarrt war.

«Ich frage mich, was Sie denken, wenn Sie mich so fest und blauäugig ansehen.»

«Ma'am, ich denke, Sie sollten die Stute nicht so lange ruhig in dieser Kälte stehen lassen.»

«Ich glaube Ihnen nicht. Sie machen mir was vor. Ein Mann wie Sie . . .! Ich gäbe was drum, könnte ich Ihre Gedanken lesen.»

Sie riß das Pferd jäh herum, ritt durch den Schnee davon und spähte im Vorüberkommen beim Mauthaus durch das Fenster.

Als Jesse in die Küche kam, backte Eliza gerade Brot. Betony weinte vor sich hin. Ohne den Mantel auszuziehen, ging Jesse sofort zu ihr und beugte sich über die Wiege.

«Was hat denn mein Schatz? Ist es vielleicht naß?»

«Nein», sagte Eliza. «Sie hat nur mal ihre Nörgelstunde, wie wir sie alle haben.»

«Dann hat sie wohl Hunger?»

«Nein, ich hab sie erst vor zwanzig Minuten gefüttert.»

«Na, ich weiß nicht! Wie sie so die Lippen vorschiebt – vielleicht will sie noch was haben.»

«Dann mach du das, ich hab keine Zeit.»

«Ah, da hast du mich drangekriegt, was?»

Er nahm Betony in die Arme und lehnte sie an seine Schulter. Das Wimmern hörte auf. Sie begann zu lächeln. Er drückte seine Lippen gegen ihr Bäckchen und blies prustend darauf, und sie lachte und brabbelte und drückte ihr Gesicht gegen das seine, und ihre Haut war weich und warm und roch nach Milch.

«Du bist ein Racker», sagte er. «Du bist nicht hungrig, und du bist auch nicht naß, du bist genau wie du sein sollst.»

«Ich hab dich mit Mrs. Lannam reden sehen», sagte Eliza. «Was hat sie von dir gewollt?»

«Wie? Sie von mir gewollt? Ach, nichts, eigentlich.»

«Aber sie muß doch über etwas gesprochen haben.»

«Na ja, übers Wetter. Über den Schnee und so. Und daß es auf dem Hof keine Arbeit mehr gibt.»

«Zu schade, daß sie nicht auf den Gedanken kommt, dir Arbeit zu geben.»

«Oh, auf den Gedanken ist sie gekommen, gewissermaßen», erwiderte Jesse. «Aber ich hab nein gesagt.»

«Was hast du gesagt?» rief Eliza.

«Na ja, sie hat gemeint, ich könnte vielleicht bei McNab Gehilfe werden, weißt du. Aber die Arbeit paßt mir nicht. Ich tu ja alles, aber Wildhüter – nein!»

«Du hättest aber damit doch Geld verdient! Das ist besser, als auf der faulen Haut zu liegen.»

«Vielleicht. Vielleicht auch nicht.» Er legte Betony wieder in die Wiege und trat ans Fenster und sah hinaus. «Ich geh jedenfalls nicht hin.»

«So, du gehst also nicht hin? Weil es dir nicht paßt? Weil es nicht genau das ist, was du willst? Du gehst also lieber wildern und läßt dich mit Schrot vollschießen!»

«Ja, lieber als daß ich einer von denen bin, die auf die anderen schießen. Und außerdem –»

«Außerdem, was?»

«Ach, nichts», sagte er. «Nur so.»

«Das macht dir wohl noch Spaß, dieses Herumlaufen und Nichtstun? Hände in den Taschen und kommen und gehen, wann du willst?»

«Ja», sagte er und starrte in den weißen Schnee hinaus. «Macht mir großen Spaß.»

«Dann geh!» sagte Eliza. «Ich könnte platzen, wenn ich dran denke, daß Goody jeden Tag nach Checketts arbeiten geht, während du hier wie ein kleiner Lord herumspazierst. Ich würd mich schämen an deiner Stelle! Also geh, ehe ich was Häßliches sage!»

«Schon gut, ich geh ja schon.» Jesse stapfte zur Tür. «Ich geh sofort, keine Angst!»

Die Welt draußen war sehr still. Alles lag voller Schnee. Nur in der Ferne vernahm Jesse den Klang einer Axt. Er ging dem Geräusch nach und entdeckte bald, daß es aus einem Wald von Eschen und Kastanien kam, wo zwei Männer beschäftigt waren. Es schienen Zwillingsbrüder zu sein, denn beide hatten eine Hakennase, dunkle Bärte und waren gleich groß und stark.

«Gibt's hier Arbeit?» fragte Jesse.

«Nein», antworteten beide gemeinsam.

«Ich hab auch schon Bäume gefällt, nicht viele, aber immerhin. Ich hab bei William Tewke in Huntlip gearbeitet.»

«Trotzdem – nichts zu machen», sagte der eine Mann. «Also pack dich.»

«An eurer Stelle hätt ich ein paar Äste gestutzt. Der Baum reißt doch alles mögliche mit, wenn er runterkommt.»

Die zwei Männer hörten mit der Arbeit auf und sahen sich an. Dann wandte der eine sich um und schwang die Axt zwischen den Händen hoch, bis die Klinge flach auf seiner Handfläche lag.

«Mach, daß du fortkommst», sagte er, «oder ich hau dich entzwei von Kopf bis Fuß.»

Jesse ging weiter, hinter ihm setzten die Axthiebe wieder ein. Die Welt war noch immer still und kahl und voller Schnee. Er ging von Strutts zum Deery Hill, vom Palmer's Cross zum Big Man Stone, von der Plug Lane nach Litchett und Wadhill, ohne einer Menschenseele zu begegnen.

Bei Wadhill hatten Zigeuner unter dem Mergelbruch ihr Lager aufgeschlagen. Ihr Zelt stand auf einem Stück Land, das sie von Schnee freigekratzt und mit Matten bedeckt hatten. Es war offen. Jesse sah ein Baby in einem Korb im Zelt liegen. Die Mutter säuberte ein Flanellhemd, indem sie es mit ihren Fingerknöcheln im Schnee rieb. Der Vater saß auf einem Holzklotz beim Feuer und rauchte eine Tonpfeife. Und die Kinder, ein Mädchen und zwei Jungen, hockten nah am Feuer und wärmten sich die nackten Knie. Über dem Feuer hing auf einem Dreifuß ein schwarzer, dampfender Topf.

Jesse blieb stehen und grüßte sie mit der offenen Hand, so wie sein Vater immer Zigeuner gegrüßt hatte. Aber die dunklen, glänzenden Augen in den dunklen, hageren Gesichtern starrten ihn nur an, bis er sich abwandte und weiterging.

Der Tag wurde immer dunstiger, und um drei Uhr begann es erneut zu schneien, rasch und beinah fröhlich zuerst, dann sanft und langsam. Große fedrige Flocken, die den Himmel füllten und die Abenddämmerung beschleunigten.

Als Jesse den Weg nach Checketts entlangging, kam er ganz

dicht an Mr. Yarby vorüber, der stehenblieb, eine dunkle Gestalt im wehenden Schnee, und seinen Namen rief.

«Izzard? Sind Sie es? Bleiben Sie stehen, Mann, ich hab Ihnen was zu sagen!»

Aber Jesse hatte keine Lust stehenzubleiben und stapfte weiter, die Fäuste in den Taschen, den Kopf eingezogen, während der Schnee fiel und die Erde begrub.

Daß sie ihn so angriff, so mit ihm sprach. Und ihn mit so funkelnden Augen ansah. Sie kannte ihn doch und verstand ihn. Daß sie sich so von ihm abwandte und ihn so traurig machte! Er würde nie wieder so zu ihr sein können wie früher. Etwas zwischen ihnen war für immer zerrissen.

Er ging nach Hause, weil er sonst nirgendwo hingehen konnte, und weil sein Töchterchen dort war und er sich nach ihm sehnte. Aber in Zukunft würde er für sich allein leben müssen. Eliza würde ihn nicht mehr erreichen können.

Irgendwo auf der langen alten Mautstraße begegnete er Goody, und sie betraten zusammen die Küche. Die plötzliche Wärme jagte ihm eine Gänsehaut über den ganzen Körper, machte ihn durch und durch zittern. Er stellte sich vors Feuer, Eliza gegenüber blind und gleichgültig. Er beobachtete Goody, die unter ihren Röcken das Netz hervorholte, das sie versteckt um den Leib trug und in dem sie immer «alles mögliche» vom Hof mit nach Hause brachte.

«Eine Kohlrübe, ein paar Krautblätter und ein paar Kornähren, die ich aus der Miete herausgezogen habe. Und wie ist es dir heut ergangen, Junge?»

«Na, ich hab heut morgen einen Sack Brennholz geholt.»

«Ja, das hast du!» sagte Eliza und stellte sich empört, die Hände in den Hüften, vor ihn hin. «Und das muß dich völlig erledigt haben!»

«Was ist denn mit dir?» fragte Goody.

«Er soll sich nur schonen», sagte Eliza. «Ich möchte nicht, daß er sich überarbeitet.»

Goody schnaubte leise und wandte sich an Jesse, der unbeweglich vorm Feuer stand.

«Mr. Yarby läßt dir bestellen, du kannst wieder anfangen, sobald das Wetter besser wird.»

«Ach ja?» sagte Jesse. «Na, also.»

«Das klingt ja nicht grad begeistert.»

«Vielleicht paßt ihm die Arbeit nicht!» sagte Eliza über die Schulter.

«He!» sagte Goody. «Was ist denn los mit dir, Kind?»

«Frag deinen feinen Jesse da! Er scheint sich zum Arbeiten zu gut zu sein. Mrs. Lannam hat ihm Arbeit angeboten, und er hat nur großartig die Nase gerümpft!»

«Was für Arbeit?» wollte Goody wissen.

«Wildhüten», murmelte Jesse.

«Na», sagte Goody und setzte sich auf die Sitzbank, die Hände im Schoß. «Da mußt du verrückt sein, Jesse Izzard. Du könntest ein herrliches Leben haben drüben in Scoate. Brauchtest nicht viel mehr zu tun, als Mrs. Lannam das Bett zu wärmen.»

«He?» rief Eliza. «Was sagst du da?»

«Ach, seid still», sagte Jesse. «Ihr beide! Seid doch still!»

«Mrs. Lannam?» sagte Eliza. «Mrs. Lannam soll ein Auge auf Jesse geworfen haben? Das glaub ich nicht.»

«Warum nicht? Du hast ja auch ein Auge auf ihn geworfen.»

«Aber sie ist doch eine Frau von Stand.»

«Leute von Stand sind da nicht anders.»

«Sie ist aber doch verheiratet!»

«Mr. Lannam ist über siebzig und so wacklig wie eine alte Kommode. Es heißt, er verläßt im Winter nie sein Zimmer und kommt nur im Sommer mal raus, um ein paar Schmetterlinge zu fangen mit seinem Netz.»

«Das glaub ich nicht», sagte Eliza. «Eine Frau wie sie! Und einem Mann wie Jesse nachlaufen!»

«O ja! Mancher junge Bursch hat schon eine Stellung fürs Leben gefunden, der in Scoate gearbeitet hat – und nicht deswegen, weil er McNab aufpassen geholfen hat, das kann ich dir versichern. Frag nur deinen Mann, er wird ein paar Geschichten gehört haben, die man sich so erzählt.»

«Mit mir brauchst du nicht zu sprechen», sagte Jesse. «Ich hör gar nicht zu.»

«Dann geh mir aus dem Weg», sagte Eliza. «Wie kann ich kochen, wenn du vorm Feuer stehst!»

Jesse setzte sich an den Tisch. Er wartete stumm, bis Eliza ihm seinen Teller brachte, und er sprach auch während des Essens kein Wort. Er hatte keinen Appetit. Er aß nur, um die Kälte zu betäuben, die in ihn hineingekrochen war. Er sah Eliza nicht an, während sie hin und her ging, als wäre nichts geschehen. Er wich ihrem Blick aus, als sie sich ihm gegenüber setzte. Aber er konnte sich nicht die Ohren verstopfen, wenn sie sprach, und unter dem Klang ihrer Stimme, mit der sie Goody so lebhaft und fröhlich erzählte, was im Laufe des Tages geschehen war, zog er sich immer mehr in sich selbst zurück, verhärtete sich gegen sie, wurde wie Stein.

Und als er abends im Bett lag in der kleinen Kammer unterm Dach, die nur erhellt war vom Widerschein des Schnees draußen, sah er nicht einmal ihren Schatten, als sie sich auskleidete, sondern lag auf dem Rücken, kalt und starr, und rührte sich nicht, als sie zitternd das Deckbett über sich zog.

«Noch immer böse?» sagte sie, neben ihm liegend.

«Ja. Kann man sagen.»

«Was du doch für ein großer Tolpatsch bist!»

«Wenn du's sagst – du mußt's ja wissen.»

«Du willst es mir nur zeigen, mit diesem Schmollen», sagte sie. «Du bist mir bös, und du willst es mir heimzahlen.»

Da er nicht wußte, was er antworten sollte, schwieg er. Nein, er war ihr nicht wirklich und richtig böse, aber sie hatte ihn tief getroffen, seinen Stolz. Jenes schöne Vertrauen zwischen ihnen war für ihn zerstört.

«Jesse, mir ist kalt», sagte sie zitternd.

«Ja», sagte er, «es ist kalt.»

«Jesse, es tut mir leid!» Und die Worte klangen wie die eines kleinen Kindes.

«Ja, hm, du hast auch Grund dazu!» sagte er barsch.

«Ich bin mit dem Reden immer schnell bei der Hand. Das weißt du. Und du könntest manchmal einen Hiob zur Verzweiflung bringen . . . Aber jetzt hab ich's doch gesagt, es tut mir leid – wirklich!»

Er drehte sich zu ihr um, und eine große Wärme durchströmte ihn und schmolz das Eis in seinem Körper. Er stützte sich auf den einen Ellenbogen und beugte sich zu ihr hinüber. Seine Hand strich über sie und fuhr in die Wärme ihrer Achselhöhle, und sie zog ihn an sich und drückte seinen Kopf an ihre Brust.

«Das werden wir ja sehen!» sagte er.

Ein gepflügtes Feld war für Jesse der schönste Anblick auf der Welt, und hatte er es selbst gepflügt, war die Freude um so größer. Ein frisch bestelltes Feld hatte für ihn etwas Ordentliches, Sauberes. Jesse hatte nie den Ehrgeiz, das Wettpflügen in Chepsworth Park zu gewinnen, im Gegensatz zu Jimmy Shodd. Seine Arbeit war es, die ihn mit stolzer Zufriedenheit erfüllte, wenn er den Griff des Pflugs in seinen Händen fühlte und die Bewegung spürte, mit der der Pflug die Furche zog. Es genügte ihm zu wissen, daß er gute Arbeit verrichtete, zwei gute Pferde hatte und auf den weiten Feldern in den beiden schönsten Jahreszeiten allein sein konnte.

«Ich bin zwar nicht sehr geschickt», sagte er zu Eliza, «aber Pflügen ist was, das ich ganz gut kann.»

Als Betony größer wurde, setzte er sie sich oft auf die Schultern und ging mit ihr über die Felder, zeigte ihr die Vögel auf dem umgepflügten Land, den Ackersenf, der gelb zwischen dem Getreide stand, den Samen, der von einem blühenden Grasfeld herüberwehte, die Spuren eines Hasen unter der Zaunhecke. Und Betony, die kleinen Beinchen auf seinen Schultern, die pummeligen Händchen in seinem Haar, saß aufrecht da und blickte ernst in die Welt, so als verstünde sie jedes Wort.

Eliza lachte oft darüber, wie er mit Betony redete. «Du tust so, als wär sie schon hundert Jahre alt!» Doch eines Tages lachte sie nicht mehr, sondern machte ihm Vorwürfe, sich mehr um Betony als um das jüngste Töchterchen zu kümmern.

«Wirklich?» fragte er schuldbewußt. «Ich dachte nur, Janie ist doch noch so klein. Aber wenn sie mitkommen will . . . Ich hab ja zwei Schultern.» Und er hob beide nacheinander hoch, setzte die eine auf die eine, die andere auf die andere Schulter, jede von seiner großen, breiten Hand sicher festgehalten.

«Da seht mal! Euer Vater ist jetzt ein richtiger Lastesel, nicht wahr? Und was machen wir, wenn ihr noch ein kleines Brüderchen oder Schwesterchen bekommt? Drei schaff ich nicht. Da muß ich euch ein Wägelchen bauen!»

Jesse stand gerade auf der Leiter und weißte die Wände des Mauthauses neu, als er auf der Straße von Norton eine Staubwolke näherkommen sah. Er hielt in der Arbeit inne: Es war eine Kutsche mit einem Pony davor, und sie bog in die Mautstraße ein und hielt dann vor dem Haus. Er ließ den Pinsel in den Eimer fallen und kletterte rasch die Leiter hinunter und rannte zu «seinen Frauen», die gerade beim Kartoffelpflanzen waren.

«Wir kriegen Besuch!» rief er. «Dein Großvater kommt!»

Eliza, die mit ihrem dritten Kind schwanger war, richtete sich langsam auf, die eine Hand in die Seite gestemmt, und blickte zum Gartentor hinüber.

«Ja, tatsächlich», sagte sie ruhig.

«Du liebe Güte!» sagte Goody, mit der Schürze voller Saatkartoffeln näherkommend. «Lord Sägemehl persönlich!»

Der Alte kam durch das Tor herangestapft, mit hochgezogenen Schultern und hocherhobenem Kopf, den Hut tief in die Stirn gezogen. Er blieb vor ihnen stehen, die Hände auf den Knauf seines Stocks gestützt, und musterte sie der Reihe nach.

«Na, da hab ich euch ja alle zusammen erwischt! Habt mich wohl nicht gerade erwartet, wie?»

Er wandte sich zu den beiden kleinen Mädchen um: Betony starrte ihn aus den Johannisbeersträuchern heraus an. Janie krabbelte auf dem Weg herum.

«Ich hab ja schon immer gesagt, daß du bald Kinder kriegst. Aber warum nur Mädchen? Aber, wie ich sehe, ist's ja bald wieder so weit. Vielleicht ist es dann ein Junge.»

«Vielleicht», erwiderte Eliza.

«Du fragst dich wohl, weshalb ich gekommen bin, hm? Ich hab dir einen Vorschlag zu machen. Nein, ich komm nicht mit ins Haus, ich bleib lieber hier stehen und krieg's hinter mich.»

«Wie du willst.»

«Ich möchte, daß du nach Cobbs zurückkommst», sagte er. «Du und dein Mann. Ich mache ihn zu meinem Teilhaber – ist alles schon von Baines, dem Anwalt, aufgesetzt, und sein Name soll von mir aus aufs Geschäftsschild und die Wagen geschrieben werden – Tewke und Izzard, so wie du es von Anfang an gewollt hast.»

«Warum hast du so plötzlich deine Meinung geändert?»

«Das ist gar nicht so plötzlich gekommen. Ich werde alt, und jemand soll mal das Geschäft übernehmen, also hab ich keine andere Wahl – wenn der Prophet nicht zum Berg kommt . . .»

«Was ist mit Kit Maddox?» fragte Eliza. «Ist er in Ungnade gefallen?»

Ihr Großvater warf ihr einen Blick zu.

«Bekommst du nicht von deiner Mutter alles brühwarm erzählt? Sie besucht dich doch oft genug.»

«Sie hat nur gesagt, Kit trinkt – wenn du das meinst.»

«Er trinkt nicht, er säuft! Der Junge hat sich völlig ruiniert. Und er hatte solche Hände! Und solches Augenmaß! Alles dahin jetzt durch dieses Trinken und diese Herumtreiberei. Er wohnt mit einem Mädchen zusammen, das er aus Chepsworth mitgebracht hat, und er hat ein Kind, wenn's auch keiner zu Gesicht bekommt. Ach, es ist ein Jammer mit dem Jungen. Also, was ist – was sagst du zu meinem Vorschlag?»

«Ich kann jetzt nicht so einfach darauf antworten. Ich muß mit Goody und Jesse darüber sprechen.»

«Was? Na, vielleicht hast du ja recht. Es hat auch keine Eile. Überhaupt keine! Besprich die Sache und sag mir Bescheid.» Der Alte wandte sich an Jesse. «Du siehst ja recht stramm aus, junger Mann, und meine Enkelin auch. Es scheint ihr nicht geschadet zu haben, daß sie dich geheiratet hat. Dann gib mir also die Hand – alles Vergangene zwischen uns soll vergessen sein.»

Jesse wischte sich die Hand an der Hose ab und reichte sie dem Alten. Er wollte etwas sagen, kam aber nicht dazu.

«Und jetzt zu Ihnen, Goody Izzard! Sie brauchen nicht allein in diesem Spielzeughaus hier zu wohnen. In Cobbs ist genug Platz für Sie. Aber jetzt muß ich weiter. Überlegt euch die Sache. Ich erwarte so bald wie möglich Bescheid.»

«Alte Klapperschlange!» murmelte Goody, während sie ihm nachsahen, wie er davonfuhr.

«Was», sagte Jesse, «nun sollen wir uns einfach so mit den Wurzeln aus dem Boden ziehen?»

«Ich jedenfalls nicht!» sagte Goody. «Ich geh auf keinen Fall aus meinem ‹Spielzeughaus› raus, wie er's genannt hat. Aber das hat nichts mit euch zu tun.»

«Wir können dich doch nicht allein lassen», sagte Eliza.

«Unsinn. Ihr müßt an euch denken, nicht an mich.»

«Dann hängt also alles von Jesse ab», sagte Eliza. «Aber du liebe Güte, du siehst ja aus, als hättest du Brennesseln verschluckt!»

«Ja, hm», sagte Jesse und blickte in seinen Eimer mit Tünche. «Du verlangst also, daß ich das Pflügen aufgebe, ja?»

«Wann hab ich das verlangt? Ich kann mich nicht erinnern.»

«Aber du meinst doch, wir sollten nach Cobbs ziehen, ja?»

«Nicht, wenn du nicht willst. Dann schlagen wir uns die Sache aus dem Kopf und geben meinem Großvater entsprechend Bescheid.»

«Ich hab ja gar nicht gesagt, daß ich *nicht* hin will.»

«Du lieber Gott!» sagte Eliza. «Wie soll man wissen, was du willst, wo du so herumdruckst! Das Beste ist, du streichst das Haus fertig an und wirst dir inzwischen klar darüber. Dann wissen wir, woran wir sind.»

«Gut», sagte Jesse und ging zu seiner Leiter zurück.

Als die Wände wieder blendend weiß strahlten und Jesse sich unter der Pumpe gewaschen hatte, rief Goody ihn zum Abendessen. Er setzte sich an den Tisch und sah zu, wie Eliza das Brot abschnitt.

«Ich hab nachgedacht», sagte er, nachdem er vergeblich darauf gewartet hatte, daß sie ihn danach fragte. «Ich hab nachgedacht, und ich glaub, wir sollten nach Cobbs ziehen. Ich hab mir alles im einzelnen genau überlegt.»

«Na, wunderbar. Erzähl mal.»

«Hm – erstens kriegt ein Zimmermann fast doppelt soviel wie ein Taglöhner.»

«Stimmt. Wir wären fast reiche Leute.»

«Zweitens wäre ich in Cobbs nie ohne Arbeit wie hier in Checketts, bei schlechtem Wetter und im Winter.»

«Stimmt genauso. Hast wirklich nachgedacht.»

«Und dann – falls unser drittes Kind ein Sohn ist, na, das ist doch etwas Großartiges, als Junge in so einem Betrieb aufzuwachsen.»

«Stimmt auch. Noch mehr?»

«Nein, eigentlich nicht.» Jesse spielte mit einem Messer auf dem Tisch. «Nur daß mir dein Großvater die Hand gegeben hat.»

«Das hat er allerdings! War nicht zu übersehen.»

«Ja, lach du nur, wo ich so feierlich daherrede, aber stell dir das doch vor! Teilhaber in einem richtigen Geschäft! Tewke und Izzard hat dein Großvater gesagt. Stell dir das vor! Ich finde, die Namen passen ganz gut zueinander, nicht?»

«Wie Stew und Suppenklöße!» sagte Goody und stellte scheppernd die Teekanne neben ihm auf den Tisch. «Wie Hase und Igel! Herrlich! Und jetzt rutsch mal rüber, Tewke und Izzard, daß ich mich setzen kann.»

«Goody», sagte Eliza. «Macht es dir wirklich nichts aus, wenn wir dich verlassen?»

«Was soll mir das ausmachen? Da krieg ich endlich mein Federbett wieder und werde nicht mehr von Babygeschrei geweckt.»

Sie warf klappernd einen Löffel auf den Tisch, hob den Wärmer von der Kanne und sah zuerst Eliza, dann Jesse an.

«Ihr besucht mich aber doch ab und zu in meinem Spielzeughaus und bringt die Kinder mit, ja? Gut, dann zimmert euch euer Leben zurecht, wie ihr's wollt, und kümmert euch nicht um mich. Also wirklich: Ich kann's kaum erwarten, bis ihr fort seid!»

Jesse hatte das Wohnhaus in Cobbs noch nie von innen gesehen, und insgeheim fand er es unheimlich. Da gab es zu viele Zimmer, zu viele Gänge und zu viele Treppen. Anfangs verirrte er sich oft, und Kate, die ihn in der Vorratskammer oder auf dem Flur zum Keller aufstöberte, mußte fast glauben, er sei nicht ganz richtig im Kopf.

«Aber na ja!» sagte sie in seiner Gegenwart zu Eliza. «Er ist ein solches Haus eben nicht gewöhnt. Wir müssen Geduld mit ihm haben.»

Er hatte vor Kate fast ein wenig Angst: Sie gebrauchte so viele ihm ungewohnte Worte. Das Mobiliar im Mauthaus war einfach gewesen, hatte einfache Namen gehabt: Anrichte, Schrank, Hocker. Hier gab es nun auf einmal Möbelstücke, die hießen Chiffoniere oder Etagere oder Couch.

«Deine Mutter ist verflixt vornehm», flüsterte er Eliza zu, als er mit ihr an dem Sonntag, an dem sie einzogen, vor dem Tee im Wohnzimmer allein war. «Sie ist eine richtige Lady, so wie sie redet.»

«Das macht das Haus», erwiderte Eliza. «Sie hat vornehme Ideen bekommen, als sie selber hier eingezogen ist, und das ist inzwischen noch schlimmer geworden.»

Kates größte Freude waren die Kinder, Betony und Janie, und sie stürzte immer wieder auf sie zu und gab ihnen Süßigkeiten. Auch Großvater Tewke kümmerte sich um sie, und sie durften auf seinem Schoß sitzen und die silberne Uhrkette bewundern, die Münzen daran mit dem Kopf von König William IV. und die Uhr selbst mit ihren beiden kleinen Deckeln und der hübschen Gravierung. Dann ließ er sie von den Knien herunterrutschen und beobachtete sie, wie sie zu Eliza gingen. «Ich habe nichts gegen Mädchen, sie sind nützlich, aber ich rechne doch mit diesem Jungen da. Sehr sogar!»

«Und wenn's wieder ein Mädchen ist?»

«Ach, geh! Niemand kriegt dauernd Mädchen. Nein, das dritte wird ein Junge, das spür ich in den Knochen.»

Jesses schlimmster Augenblick kam, als er am Montagmorgen den Werkstatthof betrat und an den Gesichtern der Männer sah, daß sie von seiner Rückkehr nichts wußten.

«Mein Schwiegerenkel», sagte Großvater Tewke, «mein Schwiegerenkel ist zurückgekommen, wie ihr seht, und er ist von jetzt ab mein Teilhaber und meine rechte Hand.»

Alle schwiegen. Einige tauschten Blicke. Steve Hewish hatte sich an die Werkstattwand gelehnt. Er nahm die Pfeife aus dem Mund und blickte nachdenklich in den Pfeifenkopf.

«Dann nennen wir ihn jetzt lieber Mister Izzard?»

«Ach nein!» sagte Jesse. «Ich bin hier immer nur Jesse gewesen, und was anderes werd ich auch nie sein.»

«Für uns warst du immer Jesse Langsam», sagte Sam Lovage. «Aber jetzt bist du wohl Jesse Hinkebein. Was ist denn passiert? Hat dir eine Kuh auf den Fuß getreten?»

«Wir haben gehört, du bist wieder aufs Land gegangen», sagte Steve. «Warum hast du da aufgehört. Geistig zu anstrengende Arbeit, was?»

«Genug damit jetzt!» sagte Großvater Tewke scharf. «Jesse wird mit dem gehörigen Respekt behandelt, ist das klar?»

«Gehöriger Respekt – ja, sicher», sagte Sam. «Schließlich hat er Eliza geheiratet.»

«Ha!» sagte Kit Maddox. «Wir wissen alle, warum sie ihn sich ausgesucht hat. Weil sie ihren eigenen Kopf hat. Sie wollte einen Mann haben, der wie Wachs in ihren Händen ist.»

Kit hatte sich verändert. Mit seinem herabhängenden Schnurrbart und den grauen Strähnen im Haar wirkte er alt, obwohl er noch keine dreißig war. Tiefe Falten liefen von den Augen zum Mund. Er war noch immer auffällig gekleidet und trug einen dicken grünen Ledergürtel mit silbernen Schnallen und Abzeichen daran, aber alles war nicht mehr so adrett wie früher, sondern schmutzig, voller Risse und zu klein.

«Na?» sagte er. «Stimmt doch, oder? Vielleicht reden wir mal ganz offen darüber, Jesse Hinkebein!»

«Mir ist es eigentlich gleich, *warum* sie mich geheiratet hat», sagte Jesse. «Sie hat's getan, und darauf kommt's an.»

«Du hast's jedenfalls dadurch zu was gebracht! Teilhaber? Ha! Daß ich nicht lache! Ohne Eliza wärst du gar nichts.»

«Maddox!» sagte Großvater Tewke warnend. «Ich will nicht, daß Sie so mit Jesse reden, merken Sie sich das, oder Sie sind entlassen!»

Kit zuckte die Achseln. Er sagte nichts mehr, sondern ging zur Hecke am Rand des Hofs, öffnete seine Hose und ließ Wasser.

Der erste Tag in der Werkstatt schien Jesse der längste seines Lebens zu sein, und es folgten noch viele solcher Tage. Nach so langer Zeit stellte er sich bei der Arbeit noch ungeschickter an als früher, und Großvater Tewke warf ihm ständig vor, er verschwende Zeit, Holz und Nägel.

«Gott, Meister», sagte Steve Hewish dann, «Ihre rechte Hand ist eben doch nur eine linke.»

Die Männer hatten sich schon immer über Jesse lustig gemacht, doch nun, da sein Name draußen auf dem Firmenschild stand, machte der Neid sie gehässig. Sie ließen ihn an einem Stück ruhig drauflos arbeiten, bis er etwas falsch gemacht hatte, und wiesen erst dann auf den Fehler hin, wenn der Alte zuhörte, und stets mit vorgetäuschter Höflichkeit.

«Mister Izzard – oder Jesse, wenn ich Sie so nennen darf – haben Sie das Dingsda wirklich verkehrt herum einsetzen wollen?»

Einmal, als er eine Querstange für einen Schafspferch abschälte, stützte er sich so schwerfällig auf sein Ziehmesser, daß mit lautem Knall die Klinge brach. Er sah, daß alle um ihn her grinsten, und hörte Bob Green etwas sagen. Aber keiner sprach ihn direkt an. Sie warteten wie immer darauf, daß der Alte ihm die Leviten las. Doch da fiel, als er sich mit einem Gefühl wachsender Bitterkeit über seine Werkzeugtasche beugte, ein Schatten über den Boden, und ein neues Ziehmesser wurde neben ihn auf den Hocker gelegt. Er blickte auf, und da ging George Hopson, der verdrießlichste und schweigsamste Arbeiter in der Werkstatt, schon wieder davon, ohne auf ein Wort des Dankes zu warten.

Kit war von Anfang an sein erklärter Feind und versuchte, ihn immer wieder herauszufordern, indem er Jesse anrempelte, ihm Holz auf die Füße fallen ließ oder eine Bemerkung über Eliza machte.

«Ich hab die junge Frau heut morgen im Garten gesehn. Sie hat so getan, als ob ich Luft wäre. Da mußt ich lachen, weil sie mich mal ganz gern gemocht hat.»

Jesse schwieg und arbeitete weiter.

Anfang Mai waren sie alle draußen in Middening und fällten einen Eichenwald – hochgewachsene, gerade, dicke Stämme. Die Arbeit begann morgens um sieben und endete erst wenn es dunkelte. Jeden Tag wurde auf der Mitte der Lichtung ein Feuer angezündet, und der Geruch des Rauchs trieb scharf und kräftig durch die vom Regen reingewaschene Luft. Und Jesse trug diesen Geruch mit sich heim, in seinen Kleidern, seinem Haar und an seinen Händen waren die braunen Flecke der Eichenrinde. «Ich rieche wie ein Räucherschinken», sagte er zu Eliza. «Oder wie ein Räucherhering, ich weiß es nicht genau.»

Während dieser Tage im Wald fühlte er sich zum erstenmal wohl seit seiner Rückkehr nach Cobbs. Es waren schöne Tage, und er arbeitete gut. Er wurde mit dem Gewicht und Schwung seiner Axt vertraut, mit dem Gefühl des glatten Hickorystiels, der so genau in seine Hände paßte, als wäre er ein Stück von ihm. Die Arbeit tat ihm gut, ihr Rhythmus ging ihm über ins Blut und machte ihn irgendwie frei, und sein Blick wurde klarer.

Auch den andern machte die neue Umgebung und die Abwechslung in der Arbeit Spaß. Alle waren guter Laune, und Timothy Rolls, der mit Jesse zusammen einen gefällten Baum schälte, unterhielt sich freundschaftlich mit ihm.

«Dieser Holzgeruch tut einem wirklich gut. Das ist nicht

nur so dahergeredet. Im Ernst. Man riecht so richtig die Säfte. Das macht einem die Lungen sauber!»

Allmorgendlich war es nun Jesses Aufgabe, die zwei Pferde aus Anster zu holen und Großvater Tewke in den Wald zu folgen. Doch eines Morgens, an einem Mittwoch im Mai, kam Kate ihm über die Felder nachgerannt.

«Eliza ist auf den Rücken gefallen!» sagte sie. «Im Schlafzimmer!»

«O Gott! Hat sie sich weh getan?»

«Nein, nein, aber die Wehen haben eingesetzt, und sie sagt, Goody soll kommen.»

Jesse ließ die Pferde stehen und lief mit Kate zum Haus zurück.

«Ich nehm den Einspänner, das geht schneller. Kümmer du dich inzwischen um sie.»

Um halb elf durfte er hinauf ins Schlafzimmer, und da kam Goody ihm schon mit dem Kind auf den Armen entgegen.

«Du hast einen Sohn bekommen, und wie ich höre, soll er William Walter heißen.»

Er nahm das Bündel und trat an das Bett. Alles drehte sich ihm vor Augen: Er wollte gleichzeitig seine Frau und seinen Sohn ansehen. Eliza lag sehr still da und blickte ihn an, die Augen waren ganz hell, als hätten ihnen Schock und Schmerzen alle Farbe ausgewaschen. Aber ihr Blick war so klar und ruhig wie immer.

«Ist alles gut?» fragte er leise.

«Alles», sagte sie flüsternd.

«Goody?» fragte er. «Sagt sie die Wahrheit?»

«Ihr geht's so gut, wie es einem geht, wenn man auf der Matte da ein paar Purzelbäume geschlagen hat», meinte Goody. «Aber sie muß sich schon eine Zeitlang schonen.»

«Und meinem Sohn? Geht's ihm auch gut?»

«Es ist alles dran, falls du das meinst. Er ist noch ein bißchen still, aber das ist nicht weiter verwunderlich, da ihn seine Mutter zu früh zur Welt gebracht hat, ehe er sagen konnte, er sei soweit. Aber er macht sich schon, keine Angst.»

«Du hast mir aber auch einen Schrecken eingejagt», sagte er.

«Du mußt jetzt gehen. Mein Großvater wird sich schon fragen, wo du bleibst.»

«Ja, muß ich wohl. Hab die Pferde irgendwo stehenlassen. Hier – wer nimmt mir meinen Jungen ab?»

Als er im Wald ankam, hatten die Männer gerade Frühstückspause gemacht. Timothy Rolls saß auf einem Baumstamm und röstete ein Stück Käse am Feuer, und Fred Lovage wärmte seinen Becher Tee auf.

«Wo hast du denn gesteckt?» fragte Großvater Tewke, als Jesse mit den Pferden ankam. «Wir haben kaum mehr Platz hier vor lauter Stämmen.»

«Eliza ist hingefallen», sagte Jesse, «und da ist das Baby schneller gekommen, als wir dachten.»

«Gott der Allmächtige! Warum hast du das nicht gleich gesagt? Geht's ihr gut, ja? Und was ist mit ihm?»

«Ja, es ist ein Junge, und es geht ihm gut, sagt Goody. Und er wird William Walter heißen, nach dir und meinem Vater.»

«Habt ihr das alle gehört? Ja? Ich habe einen Urenkel – William Walter wird er heißen –, der einmal das Geschäft erbt, wenn ich nicht mehr bin.» Und Großvater Tewke ging von einem zum andern und klopfte jedem auf den Rücken. «Herrgott! Da geht doch endlich mal was so, wie ich's will. Ein Urenkel . . .!»

«Herzlichen Glückwunsch, Meister», sagte Steve Hewish. «Obwohl eigentlich Jesse dabei die Arbeit getan hat.»

«Ah ja, hätt ich ihm gar nicht zugetraut», sagte Sam Lovage.

«Jesse», sagte Fred, «kannst von meinem Tee haben.»

«Und von meinem Röstkäse», sagte Timothy Rolls. «Aber ich mein, das ist doch eine Feier wert. Womit feiern wir denn diesen Tag, Meister?»

«Wir feiern diesen Tag, indem wir bei der Arbeit kräftig zupacken. Urenkel hin, Urenkel her, es ist schon genug getrödelt worden für heute. Also eßt eure Brote zu Ende und dann los! Ich nehme die Pferde, und dann geht's ab mit den Stämmen.»

Alle außer Kit Maddox hatten Jesse inzwischen die Hand geschüttelt. Jetzt kam Kit zum erstenmal näher.

«Lustig, was, wie wir so verschieden sind. Ich hab meiner Frau nicht die Hand gehalten, als mein Sohn geboren wurde.»

Die anderen verstummten. Die meisten schlichen sich langsam davon.

«Jesse Hinkebein!» sagte Kit. «Ich red mit dir!»

«Ja, und du spuckst dabei.» Jesse wischte sich mit der Hand über die Augen.

«Na und? Macht das was?»

«Hör zu», sagte Jesse, «ich weiß, daß du eifersüchtig auf mich bist, aber fang keinen Streit an. Da mach ich nicht mit.»

«Eifersüchtig! Warum sollt ich auf dich eifersüchtig sein?»

«Na, dann um so besser. Dann können wir ja wieder mit der Arbeit anfangen.»

«Ich brauch keinen, der mir das sagt!»

«Ich hab dir doch gesagt, ich streit mich nicht – also was soll das alles?»

«Wenn ich dich jetzt schlag, würdst du dann wieder schlagen?»

«Vielleicht», sagte Jesse. «Vielleicht auch nicht. Ich weiß es nicht. Aber ich hab keine Angst vor dir, falls du das meinst, denn ich bin größer und stärker als du, und meine Hände zittern auch nicht so wie deine. Also laß mich in Ruhe, und dann laß ich auch dich in Ruhe.»

Er wandte sich um und ging zu der Kiste, in der über Nacht das Werkzeug aufbewahrt wurde. Er nahm seine Knieschützer heraus, seine beiden Beile und den Wetzstein und seine große amerikanische Axt mit dem gekrümmten Stiel. Er beugte sich vor, um die Knieschützer anzuziehen.

Er dachte an Eliza und seinen gerade geborenen Jungen. Da hörte er plötzlich einen warnenden Schrei, zwei, drei stießen ihn gleichzeitig aus, und als er sich umblickte, noch immer gebückt, die eine Schnur festziehend, sah er, daß Kit einen brennenden Ast aus dem Feuer gerissen hatte und damit über die Lichtung gerannt kam. Jesse reagierte zu langsam. Der brennende Ast schlug auf seinen Nacken und wurde einen Augenblick fest daraufgedrückt, bevor er sich befreien konnte. Die anderen kamen herbeigerannt und standen in einem Kreis beisammen, in sicherer Entfernung von Kit, der sie mit dem brennenden Ast bedrohte. Doch Großvater Tewke stürzte sich wütend auf Kit, riß ihm den Ast aus der Hand und warf ihn wieder aufs Feuer.

«Sie sind entlassen!» sagte er. «Verlassen Sie den Holzschlag, eh ich Sie auspeitsche, wie Sie es verdient hätten!»

«Entlassen?» wiederholte Kit. «Das können Sie nicht, ohne mir vorher zu kündigen. Das laß ich mir nicht gefallen!»

«Wenn Sie nicht gehen, ruf ich die Polizei, und dann wandern Sie ins Gefängnis wegen Körperverletzung, mein Junge!»

«Und was ist mit meinem Lohn? Sie schulden mir drei Tage!»

«Machen Sie, daß Sie fortkommen», sagte der Alte, «und lassen Sie sich nicht mehr blicken!»

Jesse krümmte sich währenddessen vor Schmerzen auf dem Boden und kämpfte gegen eine Welle von Übelkeit. Er sah verschwommen, daß Kit sein Werkzeug einpackte und ging.

«Jesse?» sagte Großvater Tewke genau über ihm. «Hörst du mich, Jesse? Timmy tut dir jetzt Wegerichblätter auf die Wunde. Dann schaffen wir dich nach Hause. Hörst du mich?»

«Ja», sagte Jesse. «Ich kann noch hören.»

Er spürte Timmys Finger wie glühende Eisenzangen am Hals und biß die Zähne zusammen, als der Hemdkragen von seinem verbrannten Fleisch abgelöst wurde. Er sog noch einmal zwischen den zusammengebissenen Zähnen Luft ein und fiel dann ohnmächtig vornüber.

Sie brachten ihn nach Cobbs, wo Goody die Wunde mit Wasser und Seife reinigte und sie verband. Dann ruhte er sich eine Weile im Wohnzimmer aus, und erst dann ging er hinauf zu Eliza.

«Wie gefall ich dir so?» sagte er und setzte sich mit steifem Nacken neben ihr ans Bett.

«Du hättst wissen müssen, daß du Kit Maddox nicht den Rücken kehren darfst.»

«Was wird jetzt mit ihm, wo ihn dein Großvater rausgeworfen hat?»

«Darum sorg dich nicht!» sagte Eliza.

Während der nächsten Tage wurde ständig über Kit Maddox geredet, und Liney, der Säger, der bei Collow Ford wohnte, wußte jeden Morgen etwas Neues zu berichten.

«Er hat seine Miete nicht bezahlt, und als der alte Trigg am Montag bei ihm war, hat Kit ihn den Steg hinaufgejagt und in den Bach geworfen.»

«Kit hat noch immer keine Arbeit», sagte Bert Minchin. «Er spielt auf seiner Harmonika jeden Abend in der Kneipe und geht dann mit dem Hut rum. Aber er kriegt dabei nicht viel, die Leute wollen nichts von ihm wissen.»

«Ich hab gehört, seine Frau ist genauso schlimm wie er», sagte Sam Lovage. «Na ja, ich sag Frau anstandshalber, wie soll ich sie sonst nennen, aber es scheint bei ihnen zu Hause schreckliche Kräche zu geben . . .»

Kate schüttelte über solche Geschichten nur den Kopf und meinte, es sei gut, daß die alte Großmutter Maddox nicht mehr lebe. Und Goody, die noch in Cobbs war, um sich um Eliza und das Baby zu kümmern, sagte in dem gleichen Ton: «Ich muß immer an Kits Kleinen denken. Was für ein Leben hat er zu erwarten, verglichen mit eurem William Walter!»

Eine Woche danach begann Jesse damit, die Eichenrinde aus dem Wald zur Gerberei in Chepsworth Bridge zu fahren. Am ersten Tag machte er drei Fuhren, und als er am Abend durch Huntlip kam, hörte er, daß bei Collow Ford etwas los war. Er sprang vom Wagen und eilte hin.

Vor Kits Häuschen hatten sich etwa dreißig Leute versammelt. Einige rüttelten an der Tür und schlugen gegen die geschlossenen Fensterläden und riefen, Kit solle herauskommen. Andere trugen Laternen, in deren Lichtschein Jesse sah, daß vorne Emery Preston stand, der junge Wirt der Krone. Jesse fragte Will Pentland, den Schmied, der vor seiner Tür stand, was denn los sei.

«Ha!» sagte Will grimmig. «Der Bursche ist in die Krone gegangen und hat die alte Mrs. Preston gegen die Wand gestoßen, weil sie ihm nichts auf Kredit zu trinken geben wollte. Und sie ist fast dreiundachtzig! Ich würd ihn gehörig verprügeln, wenn ich ihn erwischte, aber das ist Emerys Vorrecht, und das läßt er sich auch nicht nehmen.»

Jemand hatte einen Balken gebracht und ihn Emery gegeben. Er sagte den anderen, sie sollten zurücktreten und versuchte dann damit, die Tür einzurammen. Gleich nach dem ersten Stoß verstummte die Menge. Mit dem zweiten Stoß zersplitterte er die Tür, der Balken blieb mitten darin stecken. Als Emery ihn herausziehen wollte, wurde oben das Fenster aufgerissen, und Kit beugte sich hinaus.

«Ich komm nicht raus, und ihr kommt nicht rein, dafür sorg ich!»

Er wandte sich ab, kam aber gleich zurück und beugte sich über die Fensterbank. In seinen Händen hielt er seinen zwölf Monate alten Sohn.

«Noch einen Stoß gegen die Tür, und ich werf den Jungen auf die Pflastersteine! Verlaßt euch drauf, ich tu's! Und dann bist du schuld dran, Emery Preston, laß dir's gesagt sein!»

Plötzlich waren alle still. Auf den Gesichtern, die nach oben blickten, breitete sich Entsetzen aus. Der Kleine strampelte mit den nackten Füßen und wedelte mit den dünnen Ärmchen. Im Licht der Laternen schien das Gesicht nur aus dunklen, tiefliegenden Augen zu bestehen, die auf die Menge hinunterstarrten. Sein Mund zuckte, und als sein Vater ihn mit einem Ruck noch höher hob, stieß er einen ganz hohen, lang anhaltenden Schrei aus.

«Na, was ist?» rief Kit. «Geht ihr nun und laßt mich in Ruhe oder muß ich ihn runterwerfen?»

«Unsinn!» meinte einer im Hintergrund. «Das macht er doch nicht! Nicht mit seinem eigenen Kind! Stoß ruhig die Tür ein, Emery Preston!»

«Nein, ich nicht!» sagte Emery und ließ den Balken fallen. »Ich hab genug, ich geh nach Hause!»

«Ich auch», sagte Martin Coyle.

«Und ich auch», sagte Oliver Rye.

«Wir gehn jetzt!» rief Billy Ratchet. «Also hol den Kleinen

wieder rein – und mög der Herr dich dafür strafen, was du ihm antust!»

«Mach, daß du fortkommst, du scheinheiliges altes Schwein! Und ihr alle miteinander! Fort von meiner Tür, oder ich werf ihn doch noch runter!»

Die Menge zerstreute sich, und als Jesse sich noch einmal umblickte, sah er in dem dunklen Zimmer hinter Kit eine schattenhafte Gestalt und die weißen Arme einer Frau, die nach dem Kind griffen. Da erschien Kit noch einmal am Fenster.

«He, du! Jesse Langsam! Sag dem alten Tewke, er schuldet mir noch meinen Lohn. Für drei Tage! Den will ich bald haben, richt ihm das aus!»

«Ja, das tu ich», sagte Jesse.

Als Jesse am Samstag an Kits Häuschen klopfte, war das Fenster noch immer verrammelt, und das Loch in der Tür war mit Sackleinen verstopft. Nach einer Weile hörte man, wie drinnen Möbel weggerückt wurden. Dann wurde die Sackleinwand herausgezogen, und hinter dem Loch erschien das Gesicht einer Frau. Jesse, der sich bücken mußte, um mit ihr sprechen zu können, sah nur einen blassen Mund und ein kleines, spitzes Kinn.

«Ich bringe Kits Lohn. Ist er da?»

«Ja, er ist da. Liegt oben im Bett. Aber er will keinen sehen.»

«Dann geben Sie ihm das», sagte Jesse und reichte ihr das Geld durch das Loch. «Wie geht's Ihrem Kleinen?»

«Ganz gut.»

«Hat sich Kit immer noch eingeschlossen? Das ist nicht gut für Sie und Ihr Baby, so lange im Dunkeln. Und für Kit auch nicht.»

«Das weiß ich!» erwiderte sie. «Ich sag's ihm ja dauernd, aber ich darf weder Tür noch Fenster aufmachen. Wir kriegen schon bald keine Luft mehr. Ich werd noch verrückt dabei. Bin's schon fast, so wie Kit!»

«Kann ich Ihnen irgendwie helfen?»

«Nein – das heißt –»

«Was?»

«Beten Sie für mich und den Jungen», sagte sie und steckte die Sackleinwand wieder in das Loch.

Am nächsten Montag war die Frau tot, und Kit war mit dem Kind verschwunden. Liney Carr kam als erster mit der Nachricht in die Werkstatt, und von den anderen, die nach ihm eintrafen, wußte jeder noch etwas mehr. Will Pentland, der Schmied, hatte gegen fünf Uhr morgens festgestellt, daß sich Kits Tür hatte öffnen lassen. Drinnen hatte die Frau auf dem Fußboden gelegen, mit dem Kopf am offenen Herd, schrecklich zugerichtet an Hals und Stirn. Kit mußte sich während der Nacht davongestohlen und den Jungen mitgenommen haben. Doch obwohl viele Leute den ganzen Distrikt abgesucht hatten, war keine Spur von ihm gefunden worden, und jetzt hatte ein Polizist aus Chepsworth den Fall übernommen.

Jesse erwachte aus tiefem Schlaf und sah, daß Eliza neben ihm im Bett aufsaß.

«Was ist?»

«Ich hab draußen im Hof ein Geräusch gehört.»

«Ach, das ist der Regen. Horch nur, wie er gegen das Fenster prasselt.»

«Nein», sagte sie. «Es hat sich angehört, als würd jemand Holz herumrücken. Da! Hörst du's?»

Jesse lauschte, aber er hörte nur den Regen.

«Du hast bessere Ohren als ich», sagte er und stieg aus dem Bett, «also geh ich mal runter und seh nach.»

Er zog seine Hose an und ging in die Küche hinunter. Dort zündete er eine Laterne an und stapfte damit hinaus auf den Werkstatthof. Dichter Regen fiel, er spritzte vom Boden auf. Schon nach ein paar Schritten war er naß bis auf die Haut.

«Ist da jemand?» rief er mit lauter Stimme.

Dann ging er weiter, zwischen den hohen Bretterstapeln hindurch, bis zu dem freien Hofraum vor der Werkstatt. Er hielt die Laterne dicht über dem Boden, ging leicht gebückt vorwärts und suchte nach Fußspuren. Da hörte er ein Geräusch hinter sich und drehte sich herum, aber es war Großvater Tewke, der in Ölhaut, Südwester und Gummistiefeln durch den Schlamm nähergestapft kam, in einem Arm seine altmodische Schrotflinte.

«Eliza hat mich geweckt. Sie sagt, wir haben Einbrecher. Na, die können was erleben! Hast du schon was gesehn?»

«Jemand war hier», sagte Jesse. «In dem weichen Boden sind Fußspuren.»

Er drehte sich wieder um und ging ein paar Schritte weiter. Dann richtete er sich auf, um in das regnerische Dunkel hinauszuspähen, und als er die Laterne höher hob, baumelten plötzlich zwei Stiefel vor seinen Augen. Sein Arm zitterte, und die Flamme in der Laterne flackerte unruhig. Als der Alte hinter ihm stand, hob er die Laterne noch höher – und da sahen sie Kit, der sich an der großen Eiche erhängt hatte.

Eine Leiter stand an den Ast gelehnt. Jesse stieg hinauf, schnitt das Seil ab und holte den Toten herunter. An dem schlaffen Baumeln des Kopfes erkannte er, daß der Halswirbel gebrochen war, und als die toten Hände gegen seinen Körper klatschten, zuckte er innerlich zusammen.

Großvater Tewke hatte die Laterne genommen und schon die Tür zur Werkstatt geöffnet. Jesse trug Kit hinein und legte ihn auf einen Schragentisch. Er zwang sich dazu, dem Toten die Schlinge vom Hals zu nehmen, das Haar aus der Stirn zu streichen, den Regen vom kalten Gesicht zu wischen und ihm die Hände über der Brust zu falten.

Großvater Tewke hielt das Licht in die Höhe und blickte zornig und mit gerunzelter Stirn auf Kit. Er sah zu, wie Jesse den Leichnam mit Sackleinen zudeckte, und begann dann in der Werkstatt umherzugehen.

«Das Türschloß war aufgebrochen», sagte er. «Kit war hier drin. Aber weshalb? Ah, dacht ich mir's doch! Komm und sieh dir das an.»

Er stand vor Kits altem Platz an der Werkbank, und dort hatte Kit seinen kleinen Jungen hingelegt, fest eingewickelt in einen Schal, der mit einer zinnernen Brosche zugesteckt war.

Das Kind lag unnatürlich still da, die Augen geschlossen, die Lippen geöffnet, und schien kaum noch zu atmen.

«Er lebt grad noch, der Kleine», sagte der Alte und bückte sich, um am Mund des Kindes zu riechen. «Er ist mit einem Schluck Brandy eingeschläfert worden. Tragen wir ihn rein.»

Jesse hob das Kind auf und trug es rasch ins Haus. Alle drei Frauen waren in der Küche, und Kate fachte mit dem Blasebalg das Feuer an.

«Kit hat sich draußen an der Eiche erhängt», sagte der Alte. «Wir haben ihn in der Werkstatt aufgebahrt.»

«O Gott!» sagte Goody, als sie das Kind sah. «Ist der kleine Wurm auch tot?»

«Tot nicht, aber betrunken!» antwortete der Alte. «Sein Vater hat ihn früh eingeweiht.»

«Gebt ihn mir», sagte Goody. «Ach, was für ein kleines Kerlchen! Wer weiß, was er in den letzten Tagen alles mitgemacht hat!»

Sie setzte sich mit dem Kind auf dem Schoß dicht an den Herd, in dem jetzt ein kleines Feuer brannte. Sie löste die Brosche und schlug den Schal auf. Ein Blatt Papier fiel zu Boden.

«Ein Zettel», sagte sie. «Lest mal, was draufsteht.» Sie hielt das Kind an sich gepreßt und begann die kleinen Arme und Beine zu reiben. «Na, Jesse? Was hat Kit Maddox in seinem Testament geschrieben?»

Jesse runzelte die Stirn, er wurde nicht schlau aus dem Gekritzel und reichte Eliza den Zettel, die damit an das Lampenlicht trat.

«Es dreht sich nur um das Kind. Hier steht: ‹Mein Sohn soll nicht ins Waisenhaus.›»

«Das wird er auch nicht!» rief Goody aus. «Von wegen Waisenhaus! Er ist zu uns gekommen und bei uns bleibt er, so wahr ich Goody Izzard heiße. Hier, Jesse – stell mal die Milch da aufs Feuer. Ich glaub, der Kleine wacht auf.»

Das Kind öffnete tatsächlich ganz langsam die Augen. Vor dem Licht verbarg es zuerst das Gesicht an Goodys Brust, doch dann drehte es den Kopf herum auf ihrem Arm und blickte sich mit verschleierten, unsteten Augen um.

«Betrunken, tatsächlich», sagte Goody und griff nach einer Tasse warmer Milch und hielt sie dem Kind an die Lippen. «So, jetzt trink mal, das treibt das Gift schnell aus dir raus.»

Danach wusch Goody dem Kleinen zärtlich das Gesicht, das Haar, den Körper, die hageren Arme und Beine. Dann trocknete sie ihn ab, salbte seine wunden Stellen ein und zog ihm saubere, warme Sachen an, die Eliza und Kate inzwischen gebracht hatten. Und während all dieser Zeit war er ganz ruhig, ganz still, lag ganz schlaff in ihren Armen. Doch wenigstens war jetzt ein wenig Farbe in seine Wangen gekommen, als er im Feuerschein auf ihrem Schoß saß. Seine Augen verloren allmählich den verschleierten Blick und begannen Goodys Bewegungen zu folgen.

Sie waren so tief und dunkel, diese Augen, daß sie an die Augen eines traurigen Schneemanns erinnerten: leer in die Welt blickend, ausdruckslos wie Kohlestücke, nichts erhoffend, doch andererseits wachsam in einer stillen, tiefgründigen Weise, so als wären sie Hüter eines unerforschten Wissens.

«Sollen wir ihn dann bei uns behalten?» fragte Jesse. «Zusammen mit unseren Kindern aufziehen?»

«Nein», sagte Goody. «Ihr habt schon drei, das genügt. Das Kerlchen hier gehört mir und soll mir im Mauthaus Gesellschaft leisten.»

«Wird man dir das aber erlauben?» fragte Jesse.

«Ich spreche mit Pfarrer Chance, der erledigt das schon für mich.»

«Gut», sagte Eliza und lächelte Goody zu, die das Kind in den Armen wiegte.

«Wie heißt er eigentlich?» fragte Goody.

«Ich hab keine Ahnung», sagte Jesse.

«Ich auch nicht», sagte Großvater Tewke. «Der verflixte Kleine! – so hat Maddox ihn immer nur genannt. Und ich weiß, als Pfarrer Wisdom im März dort war, um Kit und die Frau an die Taufe des Jungen zu erinnern, da haben sie ihm ins Gesicht gelacht und gesagt, sie hätten noch keinen Namen für ihn.»

Goody drückte das Kind fest an sich und wiegte es sanft, das faltige braune Gesicht voller Zorn und Mitleid. Ein über zwölf Monate altes Kind und noch ohne Namen! Da war ja ein Hund oder eine Katze besser dran. So etwas hatte sie in ihrem Leben noch nicht gehört. Endlich beruhigte sie sich wieder.

«Ich geh gleich morgen früh zu Pfarrer Chance, und dann feiern wir ganz bald eine Taufe.» Sie stellte das Kind auf ihrem Schoß auf die Beine, hielt es hoch und sah ihm in die tiefen, dunklen Augen. «Ich werde ihn Thomas nennen, nach meinem verstorbenen Bruder», sagte sie. «Nach einem besseren Menschen könnt er nicht heißen. Das soll alles ausgleichen, was er mitgemacht hat.»

Eines Tages war Betony, gerade viereinhalb Jahre alt, verschwunden. Man konnte sie nirgends finden, weder im Haus noch im Garten, weder auf den Feldern noch bei der Werkstatt. Eliza meinte, sie müsse zur Straße hinausgelaufen sein, und Jesse, der sich ausmalte, wie leicht ein so kleines Kind in den Derrent fallen konnte, rannte das Ufer entlang bis zum Dorf. Aber Betony war keineswegs etwas zugestoßen. Sie sah zusammen mit anderen zu, wie Soldaten auf dem Dorfanger exerzierten.

Es war der erste Sommer des Krieges in Südafrika. Die Soldaten, die zu der in Capleton Wick stationierten Three Counties Infantry gehörten, waren auf dem Marsch nach Süden und warben unterwegs Freiwillige an, und Betony, die das Trommeln gehört hatte, war ihnen bis zum Dorfanger gefolgt. Sie beachtete Jesse kaum, als er sich unter die Neugierigen mischte. Sie hatte nur Augen und Ohren für den großen Sergeanten, die marschierenden Soldaten und den kleinen Trommler mit dem rotblitzenden Helm und roter Schärpe. Und Jesse, der sie auf die Arme hob, sah auch gern ein Weilchen zu.

Ein letztes Kommando ertönte, und die Kolonne hielt in Viererreihen an. Der Sergeant wandte sich zu den Schaulustigen um. Da fiel sein Blick auf Jesse.

«Ah! Sie sind genau der Mann, den wir brauchen!»

«Was, ich?» Jesse war rot geworden im Gesicht. «Ich taug doch nicht zum Soldaten!»

«Sie lieben aber doch sicher Ihre Königin und Ihr Vaterland, junger Mann, oder nicht?»

«Ja, ja, natürlich, aber –»

«Jesse könnt ihr nicht brauchen», sagte Oliver Rye. «Er hat einen lahmen Fuß.»

«Oh! Das ist was anderes. Dann nützt er uns nichts. Und keiner erwartet von einem Lahmen, daß er sich freiwillig meldet.»

Der Sergeant blickte sich gerade nach anderen Kandidaten um, als der alte Dr. Mellow, der einmal in Oxford ein großer Gelehrter gewesen war, jetzt aber wie ein ganz einfacher Mann auf dem Dorfanger von Huntlip lebte, sich nach vorn drängte und laut sagte:

«Warum soll überhaupt ein Mensch, ob lahm oder nicht, in einem Krieg kämpfen, der ihn nichts angeht und der überhaupt nicht hätte angefangen werden dürfen?»

«Warum?» sagte der Sergeant. «Nun, jeder Mann in England muß doch den Wunsch haben, seine Interessen gegen die diebischen Buren zu verteidigen!»

«Wessen Interessen sind denn das?» fragte der Doktor und wandte sich an den neben ihm stehenden Mattie Makepiece. «Haben Sie eine Goldmine in der Kapprovinz?»

«Nur, wenn mir mein Onkel Albert eine in seinem Testament vermacht hat», sagte Mattie, «und das ist höchst unwahrscheinlich.»

«Und Sie?» fragte der Doktor den alten Straßenarbeiter Mark Jervers auf der anderen Seite. «Haben Sie eine Diamantmine in Kimberley?»

«Leider nicht mehr», sagte Mark traurig. «Mußt sie verkaufen, um meine Stiefel bezahlen zu können.»

«Also, Sergeant, für wessen Interessen sollen die Männer hier im Dorf kämpfen?»

«Englands Interessen sind die Ihren wie die meinen, Sir!» erwiderte der Sergeant zornig. «Sie sind es, die uns reich machen.»

«Reich?» rief Billy Ratchet. «Hier besitzt keiner große Reichtümer! Die, denen die Goldminen und das alles gehören, die sollen auch da runtergehen und kämpfen, wenn sie Lust haben! Nicht unsere Jungen hier!»

Die Leute klatschten Beifall, und ein paar Frauen begannen, den Sergeanten zu beschimpfen, der sich daraufhin unvermittelt zu seinen Soldaten umdrehte. Beim ersten Kommando standen sie stramm. Beim zweiten wandten sie sich rechtsum, zur Straße hin. Doch der Sergeant hielt inne. Er spürte, daß er den Zuschauern noch eine letzte Bemerkung schuldig war.

«Ich hätte nie gedacht, in England ein Dorf zu finden, das nicht seinen Teil zu diesem Krieg beitragen will!»

«Macht, daß ihr fortkommt!» sagte Annie Wilkes. «Mein ältester Junge ist schon von Anfang an dabei!»

«Und mein Dave auch», sagte Queenie Lovage.

«Und meine beiden auch», sagte der alte Jim Minchin. «Und das sind nicht die einzigen.»

«Dann hoffe ich nur, sie sterben nicht wegen mangelnder Unterstützung aus der Heimat», sagte der Sergeant, und in dem Schweigen, das auf seine Worte folgte, gab er das Zeichen zum Aufbruch. Der Trommler schwang seine Schlegel, und die Soldaten marschierten stramm davon.

Jesse stellte Betony wieder auf den Boden, nahm sie bei der Hand und wollte sich auf den Heimweg machen. Aber sie hielt ihn immer wieder zurück, weil sie den Soldaten nachschauen wollte, und als sie verschwunden waren, brach sie plötzlich in Tränen aus.

«Fort!» sagte sie schluchzend. «Soldaten sind alle fort!»

«Ja, ja», sagte Jesse, während er niederkniete und sie an sich zog. «Sie konnten doch nicht immer hier auf dem Anger bleiben.»

«Ich will auch fort!»

«Was und dein armer Papa? Soll er dann ganz allein bleiben?»

«Nein!» sagte sie und schluckte und schluckte noch herzzerbrechender als zuvor.

«Ach Gott», sagte Jesse, «so darfst du nicht weinen, mein Schatz. Sieh nur den Star da drüben, der dich aus Mrs. Merrys Garten heraus anschaut.»

«Will nicht hinsehen.»

«Das ist schade, denn man sieht nicht oft einen rosa Star, der da einfach so sitzt und einen anschaut.»

«Ein rosa Star?» Sie hatte das Weinen vergessen. «Wo? Ist er wirklich rosa?»

«Ja, da, auf dem Fliederbusch. Ach, zu dumm, grad ist er fortgeflogen!»

«War er wirklich rosa?»

«So rosa wie ein Ferkel», sagte er und wischte ihr die Augen mit einem Zipfel ihrer Schürze trocken. «Und er hatte eine kleine Brille auf der Nase, um besser sehen zu können.»

«Nein, das hat er nicht gehabt!» sagte sie und klopfte ihm mit ihren kleinen Fäusten gegen die Brust. «Das ist nicht wahr!»

«Wie willst du das wissen, wenn du ihn nicht gesehen hast? Weißt du, was ich glaube? Dieser rosa Star ist nach Cobbs geflogen. Ich hab ihn in diese Richtung fliegen sehen. Und wenn wir nach Hause kommen, sitzt er bestimmt oben auf dem Werkstattdach. Paß mal auf!»

Einige Tage darauf war Betony schon wieder verschwunden. Dieses Mal fand Jesse sie in der Schule, eine Tafel auf dem Schoß und ein Stück Kreide in der Hand, als sie gerade mit verzücktem Gesicht unter Anleitung der acht Jahre alten Agatha Mance einen großen Kesselhaken malte. Als sie Jesse sah, zog sie sofort ihre Stirn kraus und klemmte ihre Beine zwischen die Bank. Miss Likeness, die Lehrerin, meinte, sie solle ruhig bleiben, und Jesse gab schließlich nach.

Es gab einige Kinder in der Schulklasse, die noch jünger waren als Betony mit ihren viereinhalb Jahren. Trotzdem hielt Jesse sie für zu jung, um schon zur Schule zu gehen. Er hatte Angst, sie könnte ihm verlorengehen. Und er stahl sich immer wieder heimlich fort, um sie auf dem Rückweg über die Felder abzupassen. Doch seine Angst war unbegründet. Mochte Betony auch ihr neues Leben genießen, sie war ihm so nah wie eh und je. Sie mußte ihm jeden Tag alles erzählen, alle Freuden und alle Kümmernisse. Er mußte alles wissen.

Die Gewohnheit, sie nach der Schule zu treffen, behielt er eine lange Zeit bei, auch dann noch, als er sich nicht mehr um sie ängstigte. Es war beiden ein Bedürfnis, außerhalb des gewohnten Tagesablaufs Zeit füreinander allein zu haben, und der Weg über die Felder von Anster verwob sich allmählich mit den kleineren und größeren Ereignissen in Betonys Leben.

Hier, am Zaun von Tommy Trennams Häuschen, überraschte Jesse sie mit der Nachricht von Rogers Geburt. Hier, neben dem Birken- und Ebereschendickicht, zog er sie aus einer Schneewehe heraus während des plötzlich einsetzenden Schneesturms im April 1901. Hier, auf dem Feld, das Big Piece hieß, sahen sie die Stute Flounce, wie sie gerade das Fohlen Jingle zur Welt brachte, und sie schauten nur aus der Ferne, durch die Hecke hindurch, zu, um sie nicht zu stören. Und hier, bei der Schlüsselblumenwiese, weinte Betony an seiner Schulter nach einem Streit mit drei Kindern von Middening Bank, weil sie sich über die Spitznamen geärgert hatte, die die Leute des einen Dorfs den Leuten aus dem Nachbardorf gaben, wobei diese vom jeweiligen Namen des Dorfs abgeleitet wurden. Doch Jesse konnte sie beruhigen, indem er ihr andere Spitznamen aus anderen Dörfern nannte, und Betony lachte wieder. Ihre Kümmernisse waren in jenen Tagen leicht zu beseitigen. Aber Betony war neugierig geworden.

«Und was habt ihr noch gesagt über die Leute aus anderen Dörfern?»

«Na ja, da ist Eastery, wo ich her bin. Das ist ganz klein, weißt du, und da hat's einen Vers gegeben, der hieß ‹Die

Eastery-Leut', die haben so wenig, wer's verkauft, der kriegt dafür nur 'nen Pfennig›.»

«Und was noch?»

«Hm – da ist Chepsworth, wo der Senf gemacht wird. Die Leute dort sollen dumm sein, und wenn wir einen aus Chepsworth trafen, haben wir ihn gefragt, wer auf den Senf geblasen hat, um ihn abzukühlen.»

«Aber das reimt sich doch nicht!» sagte Betony.

«Nein, natürlich nicht. Ist nur so eine Redensart – so wie man von den Leuten von Scarne sagt, sie hauen die Birnbäume um, damit sie an die Birnen herankommen.»

«Und was noch?»

«Du liebe Güte, jetzt weiß ich nichts mehr.»

Als Betony älter wurde, wollte sie immer wieder wissen, was jenseits der Berge war oder auf der anderen Seite des Flusses oder am Ende der Landstraßen. Sie fuhr mit Jesse überall hin: Wenn er am Landeplatz in Porsham Holz abholte, wenn er auf den Höfen Tore und Zaunteile ablieferte, wenn er in Chepsworth Werkzeug, Nägel und Scharniere kaufte. Ihren Urgroßvater Tewke wollte sie nie begleiten, zu welch fernen und aufregend klingenden Orten er auch fuhr. Sie wollte nur bei ihrem Vater sein. Ohne ihn waren alle Abenteuer langweilig.

«Wenn ich jetzt losgehe und immer weiter und weiter gehe, wo komme ich dann am Ende hin?»

«Ja, hm», sagte er, «das kommt auf die Richtung an.»

«Nach Süden natürlich! Wer geht denn schon nach Norden!»

«Ja, dann kommst du nach Gloucestershire», sagte er.

«Und danach?»

«Nach Wiltshire.»

«Und danach?»

«Ach, das mußt du in der Schule fragen.»

«Aber jetzt sind doch Ferien», sagte sie. «Und außerdem frag ich *dich*. Weißt du's denn nicht?» Ihre Stimme klang überrascht und ein klein wenig geringschätzig. «Weißt du nicht, was nach Wiltshire kommt?»

«Dorset!» sagte er triumphierend. «Da kommst du hin,

wenn du von Wiltshire weitergehst! Und dann mußt du aufpassen, mein Schatz, wenn du weiter so drauflosgehst, marschierst du schnurstracks ins Meer hinein.»

«Ins Meer? Aber wir waren doch noch gar nicht in London!»

«Stimmt, da waren wir nicht.»

«Aber wo ist das dann?» fragte sie stirnrunzelnd.

«Ich weiß es nicht. Irgendwo da unten. Mußt deine Mutter fragen.»

«Ist das Meer sehr groß?»

«Ziemlich», sagte er. «Doch ja, ziemlich groß, alles in allem.»

«Hast du das Meer gesehen?»

«Nein», sagte er, «aber deine Mutter hat's mal gesehen, glaub ich. Frag sie mal, sie kann dir alles über das Meer erzählen.»

Aber Betony sprach selten mit ihrer Mutter. Auch wenn sie seine Antworten nicht befriedigten, fragte sie lieber ihren Vater.

Als auch die Geschwister nacheinander zur Schule gingen, holte er sie nur noch manchmal ab, wenn sie über die Felder zurückkamen. Jetzt war sie mit den anderen zusammen, jetzt brauchte sie ihn nicht mehr.

Janie, ein Jahr jünger als Betony, war zunächst eine ergebene Sklavin ihrer Schwester. Sie war in ihrem ganzen Denken, Fühlen und Wünschen allein auf sie ausgerichtet. Die beiden waren wie Mond und Sonne. Doch später, als Betony immer nur befehlen wollte, zog sich Janie von ihr zurück und schloß sich enger an William an, und Jesse, der das beobachtete, fürchtete, Betony werde das schmerzen. Sie war so anders als die anderen. Sie nahm sich alles so zu Herzen. Doch seine Sorgen waren umsonst: Für die jüngeren vier war und blieb Betony das Oberhaupt.

Sie hielten zusammen, um stark sein zu können, zumal sie alle anders waren als Betony. Trotzdem verließen sie sich darauf, daß sie ihnen half, sie beschützte, ihnen bei den Schulaufgaben behilflich war und sie manchmal bei ihren Spielen dabei war. Nur wenn sie befehlen wollte, zogen sie sich von ihr zurück und wiesen sie ab. Es kam selten vor, daß sie unfreundlich zu ihr waren.

An einem regnerischen Samstag im Winter, als Jesse ganz allein in der Werkstatt an einem Sarg arbeitete, sah er Betony plötzlich mit weißem Gesicht vor sich stehen.

«Ich mag nicht, daß du Särge machst!»

«Jemand muß sie aber doch machen», sagte er.

«Aber nicht du! Versprich mir, daß du nie mehr Särge machst!»

«Das kann ich dir nicht versprechen», sagte er lächelnd.

Betony wandte sich um und rannte hinaus. Doch gleich darauf, als er gerade die Werkbank aufräumte, kam sie mit ihren vier Geschwistern zurück und führte sie zu dem fertigen Sarg.

«Da, schaut euch das an!» sagte sie zu ihnen. «Das ist für die arme alte Mrs. Sharpey, die tot in ihrem Haus in Blagg liegt. Man legt sie da hinein, nagelt das Ding zu und läßt sie in ein Loch im Boden hinunter, damit die Würmer und Maden sie fressen!»

Janie und William wandten sich ab. Roger wurde ganz weiß, und Dicky, der Jüngste, begann zu weinen.

«Das ist noch gar nichts!» sagte Betony. «Wartet, was ich euch gleich noch zeige!»

Sie nahm Dicky an der Hand und dirigierte die anderen drei vor sich her.

«Wo willst du mit ihnen hin?» Jesse trat ihnen in den Weg.

«Ich zeig ihnen das Loch, das sie für Mrs. Sharpey ausgehoben haben.»

«Nein, das tust du nicht!» sagte Jesse und machte ihre Hand von Dickys Arm los. Er schickte die Kleinen ins Haus zurück, und dann nahm er Betony, hob sie hoch und setzte sie auf die Werkbank.

«Schämst du dich nicht, mein Schatz, deiner Schwester und deinen Brüdern einen solchen Schrecken einzujagen?»

«Nein!»

«Und Dicky zum Weinen zu bringen?»

«Nein!»

«Nun, dann schäme ich mich für dich, wenn du dich selbst nicht schämst! Ein großes Mädchen von neun Jahren macht einem so kleinen Kerlchen wie Dicky solche Angst . . . Ich schäme mich für dich mehr, als ich sagen kann.»

«Das macht mir nichts aus!»

«Nein?» sagte er. «Dann ist es besser, du gehst, denn wenn du so bist, hab ich dich nicht mehr lieb.»

Er begann, mit einem Handbesen die Späne von der Werkbank zu fegen, aber er sah, daß Betony noch immer dort saß, wo er sie hingesetzt hatte, die Hände im Schoß, Kopf und Schulter nach vorn gebeugt und das Kinn auf der Brust. Er sah, daß auf ihren zusammengepreßten Lippen und an den geblähten Nasenflügeln noch ein letzter Trotz lauerte.

«Was, du bist noch nicht fort?» sagte er und tat, als ob er überrascht sei. «Hat gar keinen Zweck, daß du da noch herumsitzt, weißt du. Das war mein Ernst – ich hab dich nicht lieb, wenn du bös bist. Also, was ist? Soll ich dir runterhelfen?»

Er streckte die Arme aus, aber ohne sie zu berühren. Er wartete, daß sie sich bewegte. Und da begann es, in ihrem kleinen Gesicht zu zucken. Die Lippen bebten, ihre Augen schlossen sich ganz fest, und sie wurde beinah winzig und drängte sich mit ihrem Gesichtchen und dem ganzen Körper an ihn und umschlang seinen Hals.

«Schon gut, schon gut, mußt nicht weinen», murmelte er und wiegte sie behutsam in den Armen. «Natürlich hat dich dein Papa lieb. Er liebt dich so zärtlich, wie man nur jemand lieben kann!»

Er hob sie auf und trug sie herum und hielt sie an sich gepreßt und wollte das klopfende Herzeleid von ihr zu sich hinüberziehen. Denn *er* war der Schuldige. Er war es, der hätte leiden, dem das Herz hätte brechen sollen.

«So, so! Ist ja schon gut . . . Komm, seien wir wieder vernünftig, wir beide, eh' uns jemand so sieht – ja?»

Die Ursache des Kummers war vergessen. Ihm ging es nur noch darum, das Kind zu trösten und die tränennassen blauen

Augen wieder zum Leuchten zu bringen. Und so war es immer, wenn es zwischen ihnen Streit gegeben hatte.

Einmal oder zweimal im Monat fuhr Jesse sonntags zu Goody hinaus. Eliza gab ihm Honig und Marmelade mit, und er packte sein Werkzeug ein, um am Mauthaus dies und das auszubessern. Und manchmal begleitete ihn Betony dabei.

Als Betony noch klein war, liebte sie das Mauthaus, weil es so winzig war. Sie mochte die steile Treppe, die eher einer Leiter glich, das kleine Fenster unter dem Dachfirst, wo man im Frühling die Spatzen beobachten konnte, wie sie Halme aus dem Stroh herauszupften, und die Schwalben, die darunter ihre Nester bauten. Sie mochte auch die eigenartige Form des Hauses mit den zwei abgeflachten Ecken zur Straße hin und der lustigen Vertiefung, wo einst eine Tafel mit den Mautgebühren gehangen hatte.

«Warum mußten die Leute Geld bezahlen?»

«Weil die Straße Mr. Lannam gehörte und er sie instand halten mußte», antwortete Jesse.

«Warum muß man jetzt kein Geld mehr bezahlen?»

«Ja, weißt du, inzwischen ist eine neue Straße gebaut worden, über Hallows, und da wird diese Straße hier kaum noch benutzt.»

«Wieviel hat das gekostet für einen Einspänner?»

«Sechs Pence», sagte er.

«Dann werden wir zahlen, genau wie die Leute früher.»

Und so kam Goody zum Tor, während Betony noch in der Kutsche sitzenblieb, so tat, als suchte sie in ihrem kleinen Geldbeutel, und schließlich eine von ihren Fingern feucht gewordene Sechs-Pence-Münze in Goodys ausgestreckte Hand fallen ließ.

«Guten Tag, Mrs. Izzard», sagte sie in geziertem Ton. «Schönes Wetter für diese Jahreszeit. Ich hoffe, Ihr Kohl wächst gut?»

Betony liebte den Garten beim Mauthaus wegen seiner vielen Gerüche. Lavendel, Rosmarin, Salbei, Thymian, alles wuchs hier zwischen den Erbsen, Bohnen, Karotten und Kürbissen. Da gab es streng durftende Ringelblumen, süß duftende Nelken und einen Strauch Eberraute, dessen Blätter, zwischen den Fingern zerrieben, herb und süß zugleich dufteten.

Anfangs ließ sich Tom nie blicken, wenn Jesse und Betony zu Besuch kamen. Sobald er von weitem ihre Kutsche sah, rannte er in den Wald. Es war immer das gleiche, wie Goody sagte: Wenn jemand kam, war Tom verschwunden. Sein einziger Freund war Charley Bailey, der in einer Hütte auf der Allmende von Norton lebte und dem er viel zu erzählen hatte.

Tom weckte Betonys Neugierde, und sie stellte Goody immer wieder Fragen.

«Er kann doch gar nicht dein Enkel sein, denn er heißt Maddox und nicht Izzard. Warum nennt er dich dann Großmama?»

«Tom ist adoptiert», sagte Goody. «Wie sollte er mich sonst nennen?»

«Geht er zur Schule?»

«Ja, in Norton. Tom ist ein guter Junge. Er arbeitet gern auf dem Bauernhof zusammen mit mir, und er lernt viel, wenn auch nicht alles in Büchern steht.»

Als Jesse und Betony an einem Sonntag im Winter zum Mauthaus hinausfuhren, setzte plötzlich ein kalter Regenschauer ein. Jesse zog das Verdeck hoch, damit sie nicht naß wurden. Als er sah, daß Tom wie gewöhnlich nur in Hemd und Hose in den Wald rannte, machte er sich Sorgen.

«Der Junge holt sich den Tod», sagte er zu Goody. «Geh du mit Betony ins Haus. Ich will versuchen, ihn zu erwischen.»

Es war kalt und naß auch unter den hohen Tannen, denn der Regen fiel dicht und prasselnd durch die Äste auf den Nadelteppich. Jesse fand den Jungen schließlich unter einem Baum sitzend, den Rücken an den Stamm gelehnt. Die Kälte schien ihn nicht zu kümmern, auch nicht, daß er von Kopf bis Fuß durchnäßt war, daß ihm das Haar in die Augen fiel und das Hemd ihm wie ein Lappen um die Schultern hing. Er saß still da, zusammengeduckt, ohne zu zittern, und starrte in den Wald.

Als Jesse ihn anredete, fuhr er hoch wie ein Reh, und er wäre davongerannt, hätte Jesse ihn nicht am Arm gepackt.

«Du brauchst nicht vor mir davonzulaufen. Ich kenn dich schon als Baby. Damals hattst du keine Angst vor mir, also brauchst du jetzt auch keine zu haben – oder?»

«Nein», murmelte Tom, doch sein Arm blieb steif und abwehrend.

«Komm jetzt mit nach Hause und trockne dich ab, sonst erkältest du dich.»

«Nein. Ich will nicht. Mir ist wohl so.»

«Ach! Und ich hatt gehofft, was Neues von Charley Bailey zu hören. Ich hab gehört, er ist ein Freund von dir. Ich kenn ihn auch, noch von meiner Zeit im Mauthaus her.»

«Ich weiß», sagte Tom. «Er spricht manchmal von dir.»

Und dann stand er auf und ging mit Jesse zum Mauthaus zurück. Als er Betony auf der Sitzbank sitzen sah, wäre er am liebsten wieder davongerannt, doch Goody schickte ihn gleich zum Umziehen nach oben, und als er auf ihr Rufen zögernd wieder herunterkam, deckte sie ihm ein Tuch über den Kopf, schob ihn auf den Hocker beim Feuer und hielt ihn dort an sich gepreßt, während sie ihm das Haar trocknete.

Eliza hatte ihnen ein Paket für Goody mitgegeben. Es enthielt einen Obstkuchen, eine Flasche Branntwein, etwas Schnupftabak und eine große Dose mit Kakao, von dem Goody gleich für jeden einen großen Bechervoll zubereitete. Tom kauerte auf seinem Hocker, das Tuch noch über dem Kopf, den dampfenden Becher in den Händen. Im Schein des Kaminfeuers war sein frisch getrocknetes Gesicht von einem weichen Braun, um Nase und Wangenknochen heller und an Backen und Schläfen dunkler werdend. Seine Augen, in denen sich die flackernden Flammen spiegelten, schienen fast schwarz zu sein.

Betony, an ihrem Kakao nippend, musterte ihn eine ganze Weile.

«Bist du ein Zigeuner?» fragte sie schließlich.

Tom starrte weiter ins Feuer.

«Kann er nicht sprechen?» fragte sie Jesse

«Doch, doch. Aber er ist schüchtern, weißt du, und du mußt ihm etwas Zeit lassen.»

«Ist er ein Zigeuner? Er sieht wie einer aus.»

«Nein, natürlich nicht. Er hat nur eine etwas dunkle Haut.»

«Wie alt ist er?»

«Na, versuch's noch mal», sagte Jesse. «Vielleicht antwortet er dir jetzt.»

Betony beugte sich ein wenig vor, so als wenn Tom schwerhörig wäre.

«Wie alt bist du?» fragte sie laut, und als er stumm blieb, setzte sie hinzu: «Oder *weißt* du nicht, wie alt du bist?»

«Tom», sagte Goody ruhig. «Betony spricht mit dir.»

«Neun», murmelte er, Betony anblickend, starrte aber gleich wieder ins Feuer.

«Kannst du lesen und schreiben?»

«Das kann doch jeder», murmelte er.

«Was liest du so?»

«Reineke Fuchs.»

«Sonst nichts? Kannst du rechnen? Addieren? Dividieren?»

Jesse legte ihr die Hand auf den Arm. «Nicht so schnell. Frag ihn, ob er dir den Dachsbau zeigt, wenn du das nächste Mal kommst.»

«Tust du das?» fragte Betony und beugte sich wieder vor.

«Wenn du magst», sagte er.

«Sind dann auch Dachse da?»

«Bei Tag lassen sie sich nicht sehn.»

«Warum dann hingehn, wenn nichts zu sehn ist? Das ist doch dumm.»

Der Junge sah sie nur kurz an und blickte dann fort, und danach bekam sie nichts mehr aus ihm heraus.

Auf der Heimfahrt wies Jesse sie behutsam zurecht.

«Tom ist jünger als du. Du mußt es langsamer mit ihm anfangen und versuchen, daß er aus sich herausgeht.»

«Ich glaub, er ist nicht ganz richtig im Kopf.»

«Oh, da täuschst du dich. Er ist nur scheu und nicht an Fremde gewöhnt. Du mußt immer daran denken, er hat keine

Familie so wie du. Er hat nur seine Großmama Izzard. Aber du könntest ihm helfen, wenn du magst. Du könntest ihm manches beibringen und sein Freund sein.»

«Ja», sagte Betony betroffen. «Ja, das werde ich.»

Danach bemühte sie sich, wann immer sie mit ihrem Vater das Mauthaus besuchte, Toms Freundschaft zu gewinnen. Es gelang ihr, daß er sie mit in den Wald nahm, und sie brachte ihm kleine Geschenke mit – eine durchgepauste Karte von Großbritannien, einen blaugeringelten Stein aus dem Derrent, eine Zuckerstange aus Capleton Mop. Tom gab ihr dafür ein Schafshorn, das er auf dem Dorfanger von Norton gefunden hatte, eine Kartoffel, die wie ein Mensch aussah, und ein schön getöntes, braun gesprenkeltes Lerchenei. Betony nahm diese Geschenke zwar sehr dankbar entgegen, warf sie aber auf der Heimfahrt weg. Beim drittenmal sagte Jesse, der gesehen hatte, was es den Jungen kostete, sich von dem Lerchenei zu trennen, bekümmert zu ihr:

«Warum tust du das? Tom wäre sehr traurig, wenn er wüßte, daß du sein Lerchenei so einfach wegwirfst.»

«Aber er hat es doch nicht gesehen? Und was soll ich schon mit einem so kleinen Ei?»

Jesse schwieg eine Weile. Dann sagte er: «Na ja – vielleicht macht es Tom mit den Sachen, die du ihm gibst, genauso.»

Betony war verblüfft. An diese Möglichkeit hatte sie noch nicht gedacht.

Die Freundschaft dauerte vielleicht ein Jahr und endete dann jäh. Betony, die mit Tom Schule spielte, wurde zornig, weil er ein Gedicht nicht aufsagen konnte, das sie ihm beim letzten Besuch zu lernen aufgegeben hatte. Sie schlug ihm mit einem Stöckchen über die Finger und befahl ihm, sich in die Ecke zu stellen. Er wollte nicht, und da kam es zum Krach.

«Mit dir ist nichts anzufangen!» schrie sie. «Du willst nichts lernen!»

«Was hättst du denn lernen sollen, Tom?» fragte Jesse.

«Federvieh», sagte Tom. «Verdammte tanzende Narzissen.»

«Da siehst du!» sagte Betony. «Sind das etwa schöne Ausdrücke? Und so was gebraucht er nicht zum erstenmal!»

Sie sah Jesse an und dann Goody, die ihr gegenübersaß und an einer Socke strickte.

«Und er flucht nicht nur. Er wildert auch. Und er geht zu einem übelriechenden alten Mann, der in einer armseligen Hütte wohnt und Frettchen hält. Er heißt Charley Bailey, und er ist's, der Tom das Fluchen beibringt.»

«So, so», sagte Jesse. «Wildern! Bei Gott!» Und er zwinkerte Tom dabei zu.

«Wildern ist Stehlen!» sagte Betony. «Häßlicher kleiner Wilddieb!»

«Drück dich vorsichtiger aus, kleine Miss», sagte Goody. «Oder sei lieber ganz still.»

«Ich rede, wann ich will. Und es ist so. Tom ist ein Wilddieb. Ich hab seine Schlingen gesehen.»

«Ha, andere waren auch Wilddiebe, dein Papa da.»

«Mein Papa ist kein Wilddieb!» sagte Betony.

«Er war's aber mal.» Goody stand auf, ging zum Kaminsims, holte die Tabakdose mit den Schrotstücken und hielt sie, damit rasselnd, Betony vors Gesicht. «Frag deinen Papa mal, wo das Zeug herkommt! Ja, frag ihn nur!» Sie stellte die Dose wieder an ihren Platz und setzte sich wieder auf ihren Stuhl. «Und frag ihn auch, wo er seinen lahmen Fuß her hat!»

Betony ging zu Jesse und lehnte sich gegen seine Knie.

«Wollen wir nicht heimfahren?» sagte sie.

«Wieso – nein. Ich will noch ein bißchen bleiben.»

«Ich will nicht länger bleiben. Nicht in diesem winzigen, kleinen Haus. Ich mag es nicht. So ein winziges, kleines Haus!»

«So!» sagte Goody. «Winzig mag es schon sein, aber du kannst von Glück sagen, daß du hier geboren bist!»

«Ich bin nicht hier geboren! Du lügst!»

«Na, ich muß es schließlich wissen, ich hab dich mit zur Welt gebracht!»

«Das hast du nicht! Hast du nicht! Ist alles Lüge!» Betony zerrte an Jesses Jacke. «Ich will nach Hause! Jetzt! Sofort!»

«Ja, dann machst du dich am besten allein auf den Weg, denn ich will noch ein bißchen bleiben.»

«Ich geh nicht zu Fuß! Das ist zu weit!»

«Ja, dann wirst du wohl auf mich warten müssen.»

Er nahm sie und setzte sie neben sich auf die Sitzbank, und dort wartete sie stumm, bis sie schließlich heimfuhren.

Als Jesse nach vierzehn Tagen wieder zum Mauthaus hinausfuhr, kam Betony nicht mit. Und das nächste Mal nicht. Und das übernächste Mal auch nicht. Seitdem fuhr er entweder allein oder zusammen mit Eliza oder einem der jüngeren Kinder.

Seit dieser Zeit lernte sie noch fleißiger. Sie war in der Schule in allen Fächern die Beste und machte nie einen Fehler, weder bei dem Pfarrer, der sie in der Heiligen Schrift unterrichtete, noch bei Miss Likeness, die sie zur Fortbildung zu sich nach Hause einlud.

«Miss Likeness meint, ich soll die Prüfung machen für das Gymnasium in Chepsworth.»

«Für das Gymnasium? Und wie lange wirst du dort hingehen müssen?»

«Bis ich siebzehn bin. Oder achtzehn, vielleicht.»

«So viele Jahre nur zur Schule gehen. Nein, das wär nie mein Fall gewesen.»

Die Kutsche mit dem Pony davor stand abfahrbereit im Hinterhof, und Jesse hob gerade seine Werkzeugtasche hinein, als Betony aus dem Haus herausgestürzt kam.

«Der Uropa sagt, bei Sidley Ait ist ein Lastschiff auf Grund gelaufen. Können wir nicht hinfahren und zusehen, wie es flottgemacht wird?»

«Ich wollte gerade zu deiner Großmutter Izzard fahren.»

«Aber bis heut abend ist das Schiff schon wieder fort, und ich wollte morgen in der Schule darüber schreiben.»

«Na schön», sagte er. «Ich kann auch nächsten Sonntag zum Mauthaus fahren.»

Aber am nächsten Sonntag wollte Betony zum Eröffnungsgottesdienst in der restaurierten Kirche von Dingham, und da mußten sie gleich nach dem Mittagessen losfahren. Am Sonntag darauf waren sie und Jesse zum Tee bei Miss Likeness eingeladen, um über die Sache mit dem Gymnasium zu sprechen. Und an dem dann folgenden Sonntag war durch ein Wolkenbruch der Idden bei Upham über die Ufer getreten, und Betony wollte unbedingt die Überschwemmung sehen.

«Sag mal!» entfuhr es ihm, als sie nebeneinander auf der Woolman-Brücke standen. «Hältst du mich absichtlich vom Mauthaus fern?»

«Absichtlich? Warum sollte ich das?»

«Keine Ahnung. Hab mich nur so gefragt.»

Während er sie so ansah, war er sich nicht sicher, ob sie ihn anlog oder nicht. Ihr Blick war so aufrecht, so verwundert, so verwirrt. Und selbst wenn sie log, konnte er ihr nicht böse sein, weil er das im Grunde seines Herzens einfach nicht konnte. Seine Schwäche war, daß er alles für sie sein wollte und ihre besitzergreifende Art liebte.

Er sah, wie die anderen Leute auf der Brücke sie anblickten, wie sie über das lächelten, was sie sagte. Sie war eigentlich nicht hübsch, nein, aber sie wirkte so frisch. Ihr Haar war hell, ihre Haut schimmernd und ihre Augen strahlend blau. Und dann war da noch ihr Lächeln – das Lächeln ihrer Mutter –, das so unverhofft kam, aus dem Nichts heraus aufleuchtete und so ansteckend war, daß jeder lächeln mußte.

Sie schien die Blicke ringsum nicht zu bemerken, und Jesse war froh darüber, denn sie war am natürlichsten, wenn sie alles um sich herum wie jetzt vergessen konnte: den Schwänen zuschauend, die durch die Straßen von Upham schwammen, den Jungen, die mit Stöcken und Angeln Töpfe und Pfannen aus dem Flutwasser fischten, den Bauern, die in Booten ihr Vieh in Sicherheit brachten.

Als sie nach Hause kamen und von all dem erzählten, was sie gesehen hatten, unterbrach sie Eliza.

«Wär's nicht Zeit, daß ihr mal zu Goody fahrt, anstatt in der Gegend herumzukutschieren?»

«Ja, das wär's schon, ich fahre, sobald ich kann.»

«Warum nicht gleich nächsten Sonntag?»

«Ja, hm, wir wollten eigentlich nächsten Sonntag Kleider und Spielsachen und so was nach Upham bringen, für die armen Würmer, denen die Flut alles weggeschwemmt hat.»

«Wann fährst du dann also zu Goody?»

«Ich fahr schon, keine Angst, sobald ich Zeit habe.»

Aber irgendwie vergingen weitere drei Wochen, und schließlich fuhr Eliza selber hinaus und nahm die jüngeren Kinder mit.

«Na?» fragte er, als sie zurückkamen. «Was hat Goody gesagt? Sollst du mir nichts bestellen?»

«Nein, nichts», erwiderte Eliza.

«Was, gar nichts?»

«Warum sollte ich dir was bestellen? Sie hat wahrscheinlich vergessen, daß es dich noch gibt.»

«Hast du ihr nicht gesagt, daß ich viel zu tun habe?»

«Ich hab ihr was erzählt, so gut's ging.»

«Und – was hat sie gesagt?»

«Nichts – sie hat nur genickt.»

«Herrgott!» sagte er. «Was gibt's denn Neues im Mauthaus – oder muß ich alles aus dir herausquetschen?»

«Oh, nichts Besonderes», sagte Eliza, während sie den Tisch deckte, «nur der Regen kommt durchs Dach.»

«Was sagst du da?»

«Im Stroh sind Löcher. Das hast du doch selbst schon vor Monaten gesagt.»

«Du lieber Gott! Ich hatte keine Ahnung, daß das so schlimm geworden ist!»

«Dann interessiert dich das also?» sagte Eliza überrascht. «Ich dachte, du hättest andere Sachen im Kopf, als dich um deine Mutter zu kümmern.»

«Ach!» sagte Jesse sichtlich verlegen. «Ich hab nicht gewußt, daß das Dach so kaputt ist. Ich nehm mir morgen frei und fahr gleich hin.»

«Das wirst du nicht!» sagte Großvater Tewke, von seinem Teller aufblickend. «Du mußt in Outlands drüben die Dreschtenne fertigmachen.»

«Dann fahr ich am Sonntag», sagte Jesse. «Daß das mit dem Dach aber auch so schlimm geworden ist! Da hätt doch jemand früher was sagen können!»

Und als er Betony ansah, die da saß, als ginge sie das alles nichts an, wußte er, daß er ihr zu sehr nachgegeben hatte.

Am Sonntagmorgen belud er den Wagen mit Flechtlatten, Bindfaden und Strohbündeln und zog die Plane darüber, damit alles trocken blieb. Es regnete heftig, wie schon den ganzen Herbst hindurch, und er hatte seinen Gummimantel mit der Mütze angezogen, damit er bei der Arbeit im Regen nicht naß wurde. Betony sah ihm von der Milchkammer aus zu.

«Mußt du grad heut fahren? Wo's so naß und kalt ist?»

«Ja, mein Schatz, ich muß. Willst du nicht doch mitkommen?»

«Nein», sagte sie und ging wieder hinein, während er losfuhr.

Der Mauthausgarten war eine einzige Schlammpfütze. Junge Kohlpflanzen lagen, aus der Erde herausgeschwemmt, in der Rinne neben dem Weg zum Haus. Nasses Kartoffelkraut war zu einem Haufen aufgeschichtet, und der kleine Kartoffelacker war aufgewühlt. Goody mußte sich offensichtlich bemüht haben, von der Ernte zu retten, was zu retten war. Die Bohnen lagen samt den Stangen im Schlamm. Völlig durchweichte Zwiebeln schwammen im trüben Wasser der Pfützen.

Als Jesse zum Dach hinaufblickte, sah er, daß seit seinem letzten Besuch die Löcher größer geworden waren, besonders um den Schornstein herum. Er sah auch, wie rußig der Rauch war, der von Goodys Feuer aufstieg.

Auf der kleinen Veranda standen eine Kiste mit noch sehr grünen und nassen Falläpfeln und eine Kiste mit Karotten, die von einer schleimigen Schicht überzogen waren. Goodys alter Mantel hing am Nagel, und ihre Stiefel, von gelbem Lehm verklebt, standen auf der Fußmatte, mit den Spitzen nach innen, als hätte sie sie gerade erst abgestreift, um ins Haus zu gehen.

Als er die Küche betrat, saß sie schlafend in ihrem Schaukelstuhl, das Kinn auf der Brust, die Hände unter die Schürze geschoben. Er berührte im Vorübergehen die Rückenlehne und brachte den Stuhl behutsam zum Schaukeln. Er knarrte wie immer ein wenig, aber Goody wachte nicht wie sonst davon auf. Sie schlief weiter, den Kopf nach vorn geneigt, leise vor und zurück schaukelnd. Jesse trat um den Stuhl herum, bückte sich und sah ihr ins Gesicht. Er berührte ihre Hände, und sie waren kalt wie die Blätter einer Lilie. Er berührte ihre Stirn und wußte, daß sie tot war.

Als er den hin- und herschaukelnden Stuhl anhielt, war es plötzlich sehr still, denn die Uhr auf dem Kaminsims war stehengeblieben, und das Feuer im Kamin war nur ein Haufen nasser, rauchender Holzstückchen. Jesse zog den dreibeinigen Hocker herbei, setzte sich vor Goody hin und sah sie an, die Ellenbogen auf den Knien. So saß er einige Zeit bei ihr, in dem stillen Raum, und dachte über sie nach und sprach mit ihr, stumm, nur in seinem Kopf.

Dann ging er hinaus, um Tom zu suchen.

Auf den Feldern von Anster stand eine Vogelscheuche mit einem Rock aus Sackleinen und einem Schal um den Hals, einem Kohlrübengesicht und gelben Gänseblümchen am Hut. Betony ging oft zu ihr und erzählte ihr wie einem Freund alles, was sie bewegte, und die Vogelscheuche hörte immer zu.

Mit ihrem Vater konnte sie nicht mehr reden, seitdem er sich so verändert hatte. Oft schien er überhaupt nicht zuzuhören, wenn sie etwas sagte. Und so redete sie mit der Vogelscheuche. Sie war größer als die Hecke, die die beiden großen Felder trennte. Der Acker rund herum war völlig aufgeweicht. Überall stand das Wasser in breiten Tümpeln. Auf dem einen Feld war Gerste gesät worden, auf dem anderen Weizen. Kleine hellgrüne Weizenblättchen lugten aus dem nassen Boden hervor, während die Gerste in der Erde verfaulte.

«Die Bauern glauben, sie sind so gut wie ruiniert, und mein Uropa sagt, er kann sich nicht erinnern, daß es jemals so viele Wochen geregnet hat. In Upham steht bei manchen Leuten das Wasser in der Küche schon wieder einen Fuß hoch, und ein kleines Baby ist ertrunken, hat es heute morgen geheißen.»

Die Vogelscheuche hörte stumm zu, und ihr Schweigen war freundlich und mitfühlend. Nach einiger Zeit jedoch träumte Betony von ihr, und da war sie nicht mehr freundlich. Sie träumte zum Beispiel, daß sie einen schmalen Weg entlanggeht, und die Vogelscheuche ist neben ihr, ragt über die Hecke hinaus, sich deutlich vom Himmel abhebend. Sie kann ihr nicht entrinnen, so schnell sie auch läuft. Und als sie schließlich, vor Erschöpfung und Zorn schluchzend, stehenbleibt und mit dem Fuß aufstampft, dreht sich die Vogelscheuche langsam um und starrt sie unter dem Hutrand hervor an. Und mit einem Mal werden die Augen lebendig, sind die Augen eines Menschen, die gedankenvoll auf Betony hinabblicken.

«Warum siehst du mich so an?» ruft Betony. «Warum? Warum?»

Daraufhin ging sie nicht mehr zu der Vogelscheuche, sondern versuchte, statt dessen mit ihrer Mutter zu reden.

«Bist du traurig, daß Tom jetzt bei uns ist?»

«Nein», sagte ihre Mutter, die gerade bügelte. «Warum?»

«Freust du dich dann?»

«Du solltest Janie helfen, euer Schlafzimmer zu machen.»

«Ich hab meine Hälfte gemacht», sagte Betony. «Glaubst du, Tom ist richtig im Kopf?»

«Richtiger als mancher andere.»

«Ich weiß nicht. Er ist so komisch. Er sieht mir nie richtig ins Gesicht.»

«Vielleicht mag er nicht, was er dort sieht.»

«Ich glaub, er stiehlt.»

«Das tust du auch», antwortete ihre Mutter. «Du hast neulich vier Pence aus dem Portemonnaie deiner Großmutter gestohlen und am Dienstag zehn Blatt Papier aus dem Büro deines Uropas.»

Betony starrte in den Dampf, der unter dem Bügeleisen aufstieg. Dann blickte sie in das Gesicht ihrer Mutter, das ganz ruhig war und keine Spur von Zorn oder Ärger zeigte.

«Das war nicht gestohlen. Nicht *richtig* gestohlen. Außerdem hab ich die vier Pence nicht ausgegeben, und auch das Papier hab ich nicht verbraucht, weil jemand es *mir* gestohlen hat.»

«Ach, und stell dir vor», sagte ihre Mutter, während sie zum Herd ging, um die Eisen auszuwechseln, «dieser Jemand war ich.»

Betony saß da und spürte, wie sie zornig wurde.

«Wenn ich so böse bin, wie alle sagen, warum verprügelst du mich dann nicht?» fragte sie.

«Das tu ich vielleicht, wenn's noch schlimmer mit dir wird. Aber du hast genug Verstand, wenn du ihn nur gebrauchen würdst. Vernünftige Leute lassen das Stehlen, wenn sie merken, daß sie erwischt werden.»

«Vernünftig! Vernünftig!» sagte Betony und rutschte vom Hocker herunter. «Ich geh noch fort aus diesem dummen Haus und komm nie wieder!»

«Na schön, aber schlag die Tür nicht so laut zu.»

Draußen auf dem Werkstatthof beobachtete Betony ihre Brüder bei der Arbeit. Sie füllten einen großen Korb mit Brennholz. William zerhieb mit seinem kleinen Hackmesser die Äste in Stücke, voller Stolz, daß er das konnte, Roger und Tom hoben sie auf, und Dicky schichtete sie in den Korb.

«Tom Maddox!» sagte Betony, als er sich gerade vor ihr bückte, um Holzstücke aufzuheben. «Lauf nicht andern vor die Füße, du Tolpatsch!»

«Dann geh weg», befahl William. «Du bist uns im Weg.»

«Tom Maddox, meine Mutter mag dich nicht», sagte Betony. «Sie glaubt, du taugst nichts!»

Tom achtete nicht auf sie. Er hob weiter Aststücke auf und warf sie in den Korb. Aber William hielt im Hacken inne und funkelte sie an.

«Hat Mutter gesagt, sie mag Tom nicht?»

«Niemand mag ihn», sagte Betony. «Er ist viel zu schwarz. Seht ihn euch doch an, wir sind alle blond, und er sieht aus, als hätt man ihn in einen Sack mit Ruß gesteckt. Er gehört nicht hierher. Er ist anders als wir!»

Als sie sich umblickte, sah sie, daß der Vater aus der Werkstatt gekommen war.

«Betony!» sagte er warnend.

«Geh hin, wo du hergekommen bist!» sagte sie zu Tom. «Zu den Zigeunern und Kesselflickern. Wir wollen dich hier nicht haben! Du bist zu schwarz für uns!»

Ihr Vater schlug kräftig zu, und den Schock und den Schmerz spürte sie blitzartig bis in die Knochen. So hatte er sie noch nie geschlagen. Und sie floh voll Scham und Empörung, haßerfüllt in schrecklichem, unverzeihlichem Zorn, und rannte Hals über Kopf davon. Sie rannte, ohne innezuhalten, die Straße entlang und über die Brücke und zum Ufer des Derrent hinunter bis dorthin, wo die Flut am höchsten stand.

Flußabwärts unter den Weiden saßen zwei Männer in einem Kahn und spießten Aale auf. Der eine war Jumper Lane, der Dorfidiot, der andere Dr. Mellow, der Gelehrte aus Oxford. Sie blickten zu Betony hinauf, und Jumper hielt, übers ganze Gesicht grinsend, einen Aal in die Höhe. Sie setzte sich auf einen Stamm und tat so, als knöpfe sie ihre Stiefel zu. Dann zog sie ihr Gebetbuch heraus und begann zu lesen.

Der Kahn war mit einem langen Seil an einem Pfosten im Schilf festgemacht, und die beiden Männer ließen sich immer so weit abtreiben, wie das Seil reichte, und zogen sich dann wieder zum Ausgangspunkt zurück. Betony sah ihnen zu, und sie fror immer mehr, denn die Luft war feucht und diesig, und von den Weiden fielen Tropfen auf sie herab. Sie sagte sich aber, daß die Kälte ihr nichts mehr anhaben könne, denn bald, ganz bald würde sie für immer über alles hinaus sein.

Der Kahn glitt vor und zurück, vor und zurück. Die beiden Männer schienen nicht müde zu werden. Und da kam auch noch Tommy Trennam mit seiner Angel zur Schleuse und blieb dort für den Rest des Nachmittags.

Da sprang Betony zitternd auf und machte sich auf den Heimweg. Heute konnte sie sich nicht ertränken. Es waren zu viele Leute da.

Betony saß zwischen William und Janie. Sie sah die dünnen Selleriestangen sauber und weiß im Becherglas, sie sah ein großes Stück hellgelben Waliser Käse, und sie sah ihre geliebten gewürzten Leberwürste, am einen Ende schon aufgeschlitzt.

«Käse oder Wurst?» fragte ihre Mutter, Messer und Gabel in den Händen haltend.

«Wurst, bitte», sagte Betony.

Später im Bett, als ihre Mutter schon gute Nacht gesagt hatte, zündete Betony noch einmal die Kerze an und setzte sich auf, um etwas auf die freien Seiten am Ende ihres Gebetbuchs zu schreiben.

«Was schreibst du da?» fragte Janie. «Ein Tagebuch, wie schon mal? Mutter wird merken, daß die Kerze heruntergebrannt ist. Das merkt sie immer, und das weißt du.»

«Du liebe Güte – wie schlimm!»

«Übst du dich im Schönschreiben?»

«Ach, sei still und schlaf!»

«So was!» sagte Janie. «Die Beste in der Schule und hat keine schöne Handschrift!»

«Wenn du nicht still bist, verseng ich dir das Haar!» Betony hielt drohend die Kerze über Janies Kopf.

Sie hatte ihren Vater während des ganzen Abendessens nicht angesehen. Sie hatte sich entschlossen, ihn nie mehr anzusehen, und dies hatte sie jetzt in ihrer besten Handschrift auf den letzten Seiten des Gebetbuchs niedergeschrieben, und nichts würde sie davon abhalten können.

Es stimmte, daß sie schlecht schrieb. Miss Likeness sagte es ihr jeden Tag.

«Im Aufsatz bist du sehr gut, Betony Izzard, und auch in Rechtschreibung und Zeichensetzung. Aber deine Handschrift! Wie willst du mit einer solchen Handschrift ein Stipendium fürs Gymnasium bekommen?»

«Ich werde mein Bestes versuchen», sagte Betony.

«Betony, du mußt dir mehr Zeit für deine Hausaufgaben nehmen», sagte Miss Likeness, «und weniger mit deinen Geschwistern spielen.»

«Ich spiele nie.»

Janie, die diese Antwort gehört hatte, nahm sie zu Hause beim Wort.

«Na? Was ist das jetzt? Spielen wir jetzt nicht?»

«Das ist kein Spiel. Das ist ein Ausflug.»

«Wohin?» wollte William wissen. «Wozu bindest du die Röstgabel an die Stange?»

«Das werdet ihr sehn, wenn's soweit ist», sagte Betony, und dann wandte sie sich an Tom, der dabeistand. «Dich wollen wir nicht dabeihaben.»

«Dann komm ich auch nicht mit», sagte William.

«Und ich auch nicht», sagte Janie.

«Was, der kleine Trauerkloß ist euch so wichtig? Er redet doch kein Wort und lacht nicht und macht auch sonst nichts!»

«Er denkt noch immer an seine Oma Izzard.»

«Was, an diese alte Hexe? Ich glaub nicht mal, daß sie tot ist!»

«Doch, das ist sie», sagte Janie, vor Entsetzen flüsternd. «Sie ist in Eastery begraben worden.»

«Wer sagt das? Wir waren doch alle nicht dabei, oder?»

«Mr. Hemms hat einen Grabstein gemacht mit dem Namen darauf», sagte William. «Das hab ich Vater selbst sagen hören.»

«Was ist schon ein Stein! Was sind Namen! Oma Izzard lebt noch. Ich hab sie selbst gesehn, also muß ich's wissen!»

«Betony, red doch keinen Unsinn», sagte Janie, und sie redeten auf sie ein wie ein aufgeregter Bienenschwarm. Tom sagte nichts, sah sie nur aus seinen dunklen Augen an.

«Ich werd's euch zeigen», sagte sie. «Wenn ihr mir nicht glauben wollt, dann kommt mit.»

Sie legte die Röstgabel auf die Bank und lief über den Hinterhof.

Sie stieß das Tor auf, und sie folgten ihr langsam. Sie durchquerte die Koppel, das Weideland, den Haselnußhain und lief die Hecke entlang, die an das Gut Anster grenzte. Sie überquerte den Fußsteg über den Derrent, krabbelte drüben den Wiesenhang hinauf, dann in das nasse Feld und führte die Kinder direkt zur Vogelscheuche.

«Da! Was hab ich euch gesagt?» fragte sie und versetzte Tom einen Schubs. «Da ist deine Oma, wie ich gesagt hab!»

Als sie sein Gesicht sah, bekam sie plötzlich Angst. Seine Augen waren unergründliche Höhlen. Stumm stand er da. Dann wandte er sich um und rannte davon, und das nasse Feld spritzte auf unter seinen Füßen.

«Betony, du bist bös!» sagte Janie. «Du bist ein ganz böses Ding!»

«Laß sie», sagte William. «Wir müssen nach Haus und mit Tom reden.»

«Dann wollt ihr also keine Aale aufspießen gehn?»

«Aale?» sagte William. «Deshalb hast du also die Röstgabel mitgenommen? Aber wo sollen wir ein Boot herkriegen?»

«Ich weiß, wo», sagte Betony.

William und Janie sahen sich einen Augenblick lang an.

«Nein», sagte William entschlossen. «Wir haben genug von dir für heute. Wir gehn nach Haus und sehen nach Tom.»

Bis zu einem gewissen Punkt machten ihre drei Brüder und ihre Schwester alles mit, doch wenn sie nicht mehr wollten, waren sie wie ein Felsen, der nicht zu bewegen war.

«Na schön», sagte sie einige Tage später. «Mir ist es gleich, ob Maddox mitkommt oder nicht. Aber kommt mir nicht und sagt, er hätte die Aale verscheucht!»

Sie gingen nach der Schule zum Derrent hinunter. Betony deutete auf den im Schilf fast verborgenen Anlegepfosten, und William zog den Kahn ans Ufer heran. Doch während sie eifrig hineinkletterten, blieb Tom am Ufer stehen, die Hände in den Taschen.

«Ich komm nicht mit. Hab keine Lust. Und ihr solltet das auch lieber lassen.»

«Warum?» fragte William.

«Ich trau dem Wasser nicht. Wo doch alles überschwemmt war und die Schleuse offensteht.»

«So ein flacher Kahn ist sicher wie die Bank von England. Der kippt nicht um, und wenn wir uns noch so sehr anstrengen würden!»

«Ich bleib trotzdem lieber hier.»

«Na, wie du willst», sagte William. «Vielleicht sind wir fünf auch schon längst genug.»

Er ließ das Seil ins Wasser fallen und stieß den Kahn vom schlammigen Ufer ab. Anfangs trieb das Boot nur langsam durch das Schilf, doch dann, als es in der Mitte des Flusses angelangt war, glitt es rasch vorwärts. William griff nach der Messinggabel, die mit einem Bindfaden an einem langen hohen Stock befestigt war. Doch Betony wollte sie ihm nicht geben.

«Ich komm zuerst dran. Es war meine Idee.»

«Ha!» sagte William. «Du fängst doch keinen Aal! Du hast ja keine Muskeln, du bist ja ein Mädchen.»

«Laß mich», sagte Betony.

Die drei jüngeren Kinder saßen zusammen hinten auf der Ruderbank, der kleine Dicky eingekeilt zwischen Roger und Janie, während William und Betony aufrecht im Kahn standen.

«Na, dann mach schon!» sagte William. «Wir sind schon fast am Ende der Leine.»

«Man muß die richtigen Stellen ausfindig machen», sagte Betony leicht hochnäsig.

Ganz dicht am Bug stehend, blickte sie den bräunlichen Fluß hinab, in dem gelber Schlamm trieb. Das Wasser war tiefer, als sie gedacht hatte. Sie spürte seine Kraft unter sich. Kleine Wellen kräuselten sich auf seiner Oberfläche. Sie wurde fast schwindelig und fühlte sich zugleich magisch angezogen.

Da gab es einen Ruck. Der Kahn war am Ende der Leine angelangt. Sie warf die Arme hoch, um das Gleichgewicht nicht zu verlieren, und fiel dann mit einem Plumps ins Boot.

«Ha!» sagte William. «So werden wir's bestimmt zu was

bringen!» Er griff nach dem Seil und begann den Kahn zum Pfosten zurückzuziehen. «Laß mich jetzt mal machen. Wenn wir auf dich warten, sind wir noch hier, wenn's schon dunkel wird.»

«Na schön!» sagte Betony. «Versuch's, wenn du so schlau bist.»

Sie glitten erneut den Fluß hinunter, und William stand jetzt breitbeinig da, über das Wasser gebeugt, die Gabel in der rechten Hand. Janie und Dicky begannen zu lachen. William in so kriegerischer Pose, während ihm die Strümpfe rutschten, das war einfach zu komisch. Die beiden fingen an zu kichern, und es dauerte nicht lange, da kicherten alle vier.

William stieß die Gabel ins Wasser, ließ die Stange durch die Finger rutschen, hielt sie aber am Ende fest. Dann lehnte er sich zurück und zog die Gabel heraus.

«Ich hab dir ja gesagt, du mußt nach den richtigen Stellen suchen», sagte Betony. «Dr. Mellow hat mehr in der Flußmitte gesucht.»

Er versuchte es noch einmal, und die Gabel berührte den Boden und wühlte eine Schlammwolke auf. Er lehnte sich zurück, zog die Gabel mit großartigem Schwung heraus und fluchte stumm, als er sah, daß noch immer nichts an den Zinken hing. Der Kahn ruckte ans Ende der Leine, und sie begannen die ganze Prozedur noch einmal. William versuchte es wieder und wieder, doch er fischte nichts außer einer alten Lederflasche.

«Manche Leute», sagte Betony, «sind doch nicht so schlau, wie sie glauben.»

«Willst du's mal probieren?» forderte William sie heraus, ohne den Blick vom Wasser zu wenden. «Kannst gern, wenn du meinst, du machst's besser.»

«Das sagst du jetzt, wo du die Gabel verbogen hast!»

«Oh, da ist einer! Da, siehst du? Nur um Millimeter verfehlt!»

Aufgeregt stieß er die Gabel mit aller Kraft ins Wasser. Die Zinken blieben im Flußboden stecken, und William beugte sich beim Herausreißen so weit vor, daß er ins Wasser fiel.

Betony ließ sich sofort auf die Knie fallen, faßte nach seinem Schopf, aber ihre Finger griffen nur Wasser. William war auf das schlammige Flußbett gesunken.

Die drei jüngeren Kinder kauerten sich wimmernd aneinander, während Betony sich ganz weit nach vorn beugte, die Schenkel auf dem Dollbord, die Füße unter die Ruderbank geklemmt. Mit Brust und Kinn berührte sie das Wasser. Sie streckte ihre Arme aus, so weit sie konnte . . . Doch als William wieder auftauchte, war er schon einige Meter weit weg. Noch nie war ihr der Derrent so breit, so schnell vorgekommen.

Der Kahn kam mit einem Ruck im Schilf zum Stehen. William glitt weiter den Fluß hinab, sein blondes Haar schwamm wie ein Strohbüschel auf dem Wasser. Betony schob sich in den Kahn zurück und versuchte, die Leine loszumachen. Aber die Knoten waren naß. Da richtete sie sich auf und begann zu rufen.

«Tom! Tom! Wo bist du?»

Tom rannte am Ufer entlang auf die Schleuse zu. Sie sah, wie er ins Wasser watete, sah, wie er sich stromaufwärts über das Schleusentor lehnte, mit herabhängenden Armen. Und sie sah, wie er ihren Bruder beim Kragen packte. Tom hatte nicht die Kraft, William über die Schleusentür zu ziehen, er konnte ihn nur festhalten, daß sein Gesicht nicht unter Wasser sank.

Während Betony den Kahn zum Ufer zurückzog, sah sie, daß Hilfe schon unterwegs war: Bert Tupper, der in Luckett arbeitete, hatte die Stimmen gehört und rannte zur Schleuse. Als sie mit den anderen Kindern dort anlangte, lag William mit dem Gesicht nach unten auf der Uferböschung, und Bert hockte über ihm und drückte ihm das Wasser aus den Lungen.

«Wird er sterben?» fragte sie verstört, als sie Williams geschlossene Augen sah, das so merkwürdig bleiche Gesicht, die schlammige Brühe, die ihm aus dem Mund rann.

«Nein, aber wir müssen sehn, daß er sich nicht erkältet.» Bert zog seine Jacke aus, wickelte William fest darin ein und nahm den Jungen in seinen Arm. «Los, lauf nach Hause», sagte er zu Roger, «und sag deiner Mutter, sie soll ein Bett anwärmen und etwas Heißes machen, damit seine Lebensgeister wieder erwachen.»

Roger rannte los, und Bert folgte ihm, William fest an sich drückend, zusammen mit den anderen Kindern. Doch als sie zu Hause angekommen waren und ihre Mutter ihnen entgegenlief, stahl sich Betony fort in die Scheune und stieg die Leiter zum Heuboden hinauf. Dort verkroch sie sich zwischen zwei Heuballen.

Sie schlief nicht ein, sondern träumte vor sich hin. Sie träumte, sie reite auf den Schultern ihres Vaters unter Apfelbäumen hindurch, zwischen blühenden Ästen, deren rosa und weiße Blüten in den Himmel griffen.

Plötzlich rutschte sie von den Schultern ihres Vaters herunter, glitt seinen Rücken hinab, und dabei sah sie die Narbe in seinem Nacken, wo das Fleisch einmal arg verbrannt worden und in schrecklichen gesprenkelten Runzeln verheilt war. Nein, das tue nicht mehr weh, hatte er ihr versichert. Er denke kaum noch daran, spüre die Wunde nicht mehr. Doch Betony hörte einen stummen Schrei, der ihr durch Mark und Bein ging – immer wenn sie die Narbe sah.

Unten rief Janie vom Hinterhof aus.

«Betoniii . . . Bist du wieder oben im Heu? Betony? Mutter fragt nach dir.»

Betony lag regungslos, hörte das Blut in ihren Ohren rauschen und dann die Stille, als Janie gegangen war.

Dann hörte sie die Stimme ihres Vaters. Ihr Herz begann zu klopfen. Sie stieß an einen Heuballen, bis er zu Boden fiel. Ihr Vater hörte es. Er rief noch einmal.

«Betony! Ich weiß, daß du da oben bist, also komm runter! Du benimmst dich wie ein Baby!»

Ein Eimer schepperte. Der Pumpenschwengel quietschte sechsmal.

«Wie du willst!» rief er zu ihr hinauf. «Du mußt es selbst wissen, ob du zum Essen kommen willst oder nicht!»

Sie hörte ihn davonhinken, hörte die Haustür schlagen und wußte nun, daß es ihn nicht kümmerte, ob sie weiterlebte oder starb, denn er hatte sie allein im Dunkeln zurückgelassen, frierend und hungrig, mitten unter den Ratten.

Wieder horchte sie in die Stille hinein, die endlos zu sein schien, bis jemand die Leiter zum Heuboden heraufstieg und auf ihr Versteck zukam.

«Komm jetzt», sagte die Mutter mit ihrer kühlen und ruhigen Stimme. «Es ist nach acht, und du hast seit sieben Stunden nichts gegessen.»

Betony ergab sich wie ein Gefangener und ließ sich an die Hand der Mutter nehmen.

«Wie kannst du dich verstecken!» sagte Großmutter. «Machst solche Sachen, daß dein Bruder fast ertrunken wär!»

«Schämst du dich nicht?» fragte Uropa. «Wenn der kleine William nun Lungenentzündung bekommen hätte, hm? Darüber solltst du mal nachdenken!»

«Sie hat genug nachgedacht», sagte ihre Mutter.

«Geht es William schlecht, Mutter?» fragte Betony.

«Der sitzt oben in seinem Bett wie ein kleiner König und läßt sich von allen bewundern und bedienen.»

«Na komm, Betony», sagte Großmutter. «Mach nicht so ein Gesicht. Ist ja alles überstanden.»

Aber obwohl es sie beruhigte, daß ihrem Bruder William nichts Ernsthaftes geschehen war, konnte sich Betony doch nicht freuen. Sie war schuld an dem Unglück. Sie war immer an allem schuld. Sie würde nie wieder lächeln.

Nach drei Tagen Bettruhe durfte William zum Abendessen herunterkommen. Er sah rosig und sauber aus im Gesicht – wie ein Chorknabe, sagte Janie –, und sein Haar glänzte weich und gelb, dicht an den Kopf gebürstet.

Er war ganz aufgeregt, denn jeder, der in die Küche kam, fragte ihn, wie es ihm gehe und brachte ihm etwas mit.

«Komm, Mutter!» rief er und klopfte mit Messer und Gabel auf den Tisch. «Oma hat gesagt, es gibt heut was Besonderes. Was ist es denn? Schellfisch mit Petersiliensoße?»

«Nur mit der Ruhe», sagte Eliza. «Wir warten noch auf deinen Vater.»

«Auf mich?» sagte Jesse und setzte sich an den Tisch. «Von mir aus kann's losgehn, wo das so gut riecht.»

«Dann trag ich das Essen auf», sagte Eliza.

Sie öffnete den Herd und zog eine große irdene Schüssel heraus, die dampfte und nach Fisch roch. Sie stellte sie auf den Tisch, und als sie sich vorbeugten, sahen sie, daß sie mit gedämpften Aalen gefüllt war.

William starrte entgeistert in die Schüssel.

«Na, Junge», sagte Jesse, «ist das nicht genau das, was du dir gewünscht hast?»

«Weiß Gott! Sie werden mir schmecken!» sagte er, und als sie alle lachten, fügte er hinzu: «Das werden sie! Ganz bestimmt!»

«Freilich werden sie dir schmecken. Eine Speise für Könige.»

Betony durchzuckte es, als sie den Blick ihres Vaters auffing. Seit langem hatte er sie nicht mehr so fröhlich und herzlich angesehen. Und das tat ihr gut. Sie hatte plötzlich das Gefühl, daß sie viele große Dinge tun und klug und gut und freundlich sein konnte. Und da sagte Janie etwas, was sie gar nichts anging und das schöne, warme Gefühl zerstörte.

«Da!» sagte Janie. «Guckt mal Betony an – sie lächelt! Und dabei hat sie gesagt, sie wird nie mehr lächeln.»

«Das hab ich nicht gesagt!» rief Betony.

«Doch. Du hast es in dein Gebetbuch geschrieben. Das hab ich selbst gesehn und Roger auch.»

«Neugieriges kleines Biest!» Betony beugte sich über William hinweg vor und schlug Janie ins Gesicht.

«Betony, du gehst sofort ins Bett!» sagte ihr Vater mit schrecklicher Stimme.

«Aber sie hat doch noch nichts gegessen», sagte Eliza. «Betony, sag, es tut dir leid, daß du Janie geschlagen hast, und iß dann dein Essen wie ein vernünftiges Mädchen.»

«Ich sag nicht, daß es mir leid tut, und ich eß auch mein Essen nicht!» rief Betony und sprang vom Stuhl auf. «Lieber geh ich hungrig ins Bett!»

Sie stürzte hinaus, die Tür hinter sich zuschlagend, und

stampfte die Treppe hinauf. «Aah!» sagte sie, während sie sich ins Schlafzimmer hineintastete. «Kleine, aufdringliche, schleimige Dinger!»

Sie zog ihr Gebetbuch unter der Matratze hervor, riß die letzten Seiten heraus und ließ die Fetzen auf den Boden flattern. Dann kroch sie ins Bett und lag steif und frierend da, das Nachthemd eng um den Körper gewickelt wie ein Leichentuch. Wenn sie heute abend einschlief, würde das für immer sein. Sie wollte es so. Sie würde friedlich sterben und dann aus ihrem Bett genommen und in die nasse Erde des Friedhofs gelegt werden, in einem kleinen Sarg, den ihr Vater gezimmert hatte. Und ein Schweigen würde sich über dem ganzen Land ausbreiten.

Doch obwohl sie einschlief, noch bevor ihre Schwester neben ihr ins Bett kroch, schlief sie nicht für immer ein. Sie wachte wie stets beim Flackern der Kerze im morgendlichen Dunkel auf. Wasser wurde aus dem Krug ins Becken geschüttet, und wie jedesmal wimmerte Janie, wenn sie in das eisig kalte Waschwasser tauchte. Der Morgen war gekommen. Der Tag mußte durchlebt werden.

Und die Zeit machte allmählich den Kummer vergessen, und in der Erinnerung wurde er immer kleiner, und außerdem gab es andere Dinge, die Wunden heilten. Und es gab sogar Zeiten des Fröhlichseins, so zum Beispiel den Tag, als ihr Vater anfing, Pfeife zu rauchen, und alles wieder so war, wie es sein sollte.

Es war an einem naßkalten Abend nach dem Essen, als sich die Kinder vorm Zubettgehen noch einmal am Kaminfeuer wärmten. Ihr Vater saß dann immer dabei und redete mit ihnen. Er fragte sie dann oft, was sie denn in der Schule gelernt hätten. Doch nachdem er es sich an diesem Abend in seinem Sessel bequem gemacht hatte, zog er plötzlich eine Pfeife und ein Päckchen Tabak hervor und begann, seelenruhig zu rauchen.

Sprachlos starrten sie ihn an. Viele Männer rauchten, die meisten von denen in der Werkstatt, aber doch nicht ihr Vater! Das war einfach unerhört. Und da schrien sie – so laut, daß die Großmutter, die gerade Zucker in eine Schale tat, zusammenfuhr und sich erschrocken an die Brust griff.

«O Gott, was ist denn? Was kreischt ihr denn so, ihr kleinen Teufel?»

«Ich hab keine Ahnung», sagte Jesse und blies Rauch zur Decke empor, «außer, es ist wegen meiner Pfeife.»

«Pfeife?» sagte Uropa und sah ihn über seine Zeitung hinweg an. «Seit wann rauchst du denn Pfeife?»

«Seit heute mittag ein Uhr.»

«Wo hast du sie denn her?»

«Schiffer Jackson hat sie mir geschenkt, als ich in Upham war und eine Ladung Holz aus seinem Lastkahn übernommen habe.»

«Magst du sie?» fragte Roger.

«O ja, doch. Es ist eine hübsche kleine Pfeife, und sie hat mir gleich gefallen. Sie ist in Seay Forest gemacht, aus Birkenholz geschnitzt, und sie hat noch die Rinde da am Kopf, seht ihr? Oh, verflixt, das verdammte Ding ist ausgegangen.»

«Oh, zeig uns, wie du sie wieder anzündest», sagte Janie.

Jesse zündete ein Streichholz nach dem anderen an und blickte sich dabei im Kreis seiner Zuschauer um, als ob er gar nicht darauf achtete, was er tat. Da fing die Streichholzschachtel plötzlich Feuer, und er sprang hoch und mit einem Satz nach vorn und warf die Schachtel ins Herdfeuer. Die Kinder sahen fasziniert zu, als sie im Feuer noch einmal so richtig aufflammte, während der Uropa die Zeitung raschelnd herunterfallen ließ und Jesse böse anblickte.

«Sag mal, willst du das Haus abbrennen?»

«Nein», sagte Jesse. «Eigentlich nicht. Wirklich nicht!»

Er blickte noch immer ganz überrascht drein, als könne er sich eine solche Katastrophe gar nicht vorstellen – eine Schachtel Streichhölzer, die in seinen Händen in Flammen aufging! Und dieses Erstaunen stand so deutlich in seinen blauen Augen, daß die Kinder lachen mußten.

«Na!» sagte er und deutete mit der Pfeife auf Tom. «Findest du das auch so komisch wie die anderen? Wie? Scheint so. Du lachst mich genauso aus wie die übrige Bande!»

Tom lächelte scheu und verlegen. Er mochte nicht gern der Mittelpunkt sein. Er saß ganz still auf seinem Hocker, die Arme über den Knien verschränkt. Er saß zwischen den andern, er war ein Teil der Familie, er hörte alles, was sie sagten. Er gehörte zu ihnen, und doch blieb er ein Fremdling unter ihnen, der immer still und ruhig war.

Dieses Verhalten ärgerte Betony. Sie kam sich oft wie ein dummes Kind vor, das beim Angeben erwischt worden war, obwohl sie älter war als er, achtzehn Monate, und klüger und viel mehr wußte.

Sie beschloß, sich in Zukunft zusammenzunehmen, während sie mit halbem Ohr William und Janie zuhörte, die sich über sie hinweg unterhielten. Sie wollte freundlich zu Tom sein und ihm helfen, und wenn auch nur deshalb, weil ihr Vater es so wollte. Ihr Vater war gut. Sie wollte ihm gefallen. Sie wollte in allem sein wie er.

«Na, Betony?» sagte ihr Vater mitten in den Lärm hinein. «Darf ich noch eine Schachtel Streichhölzer haben?»

«Ja», sagte sie. «Ich geh welche holen.»

Die lange Regenzeit ging schließlich zu Ende. Zu Weihnachten kam Wind auf, so daß die Erde Zeit hatte, wieder zu trocknen, und das neue Jahr brachte Kälte, die bis in den März hineinreichte. Die Kinder hatten in Sitches Bottom eine Schlitterbahn, aber Betony ging nicht mehr schlittern. Sie ging nach der Schule gleich nach Hause, da sie jeden Tag Hausaufgaben machen mußte. Sie saß in der Kaminecke, einem stillen Winkel, wo sie mit ihrem Schreibzeug auf den Knien arbeiten konnte.

Manchmal versteckten die Jungen ihren Schulranzen, radierten Notizen aus, die sie sich gemacht hatte, oder spitzten ihre Stifte an beiden Enden an. Manchmal nähten sie Hemdenknöpfe auf ihr Stickmustertuch oder malten ihren Federkasten an, rot, weiß und blau.

Sie neckten auch die Großmutter, steckten ihr Kletten in die Handschuhe und machten Knoten in die Ärmel ihres Nachthemds. Einmal tauschten sie in der Speisekammer ein

Rebhuhn gegen eine tote Eule aus, und Oma, die kurzsichtig war, nahm die Eule und begann sie zu rupfen, bis sie durch das Kichern argwöhnisch wurde. «Na ja, Jungen müssen so sein», sagte Uropa Tewke bei solchen Gelegenheiten lachend, und Oma pflegte darauf zu erwidern: «Genau das ist's, was ich ihnen vorzuwerfen habe!»

Dann schnappte sich Roger eines Tages Uropas Uhr, die an dem Türknauf am Eckschrank hing. Es war Sonntag, und Uropa Tewke machte im Wohnzimmer drüben sein Nickerchen. Roger setzte sich an den Küchentisch und nahm die Uhr vorsichtig auseinander. Er betrachtete die einzelnen Teile durch Omas Brille, reinigte sie alle mit einem kleinen Malpinsel und setzte dann alles behutsam wieder zusammen. Das Dumme war nur, daß die Uhr nachher nicht mehr ging. Und auch der Deckel wollte nicht mehr so zuklappen wie sonst. Also hängte Roger die Uhr wieder an den Türknauf und verdrückte sich.

Uropa Tewke in seinem Zorn war schon ein Ereignis. Den Kindern schien es, als wüchse er ins Riesenhafte, und er sah aus, als wollte er sie alle am Boden zerschmettern.

«Na ja, Jungen müssen so sein!» sagte die Oma.

Am Montag brachte Eliza die Uhr zu dem alten Mr. Hines in Chepsworth, und am Abend holte sie sie, richtig zusammengesetzt, wieder ab.

«Ist nichts dran passiert. Und die Rechnung hab ich bezahlt.»

«Na, das wollt ich auch hoffen!» sagte Uropa.

«Mr. Hines hat gesagt, Roger hat die Sache für sein Alter sehr gut gemacht, und er meint, wir sollten ihn bei ihm in die Lehre geben.»

«Hat er das wirklich gesagt?» fragte Roger strahlend.

«Warum in Gottes Namen willst du Uhrmacher werden, wo hier zu Hause ein Geschäft auf dich wartet?» fragte Uropa.

«Ich weiß nicht so recht, ob ich Tischler werden will», sagte Roger.

«Ach, du redst Unsinn!»

«Wenn's soweit ist, wird Roger sich selbst entscheiden», sagte Eliza.

«Hört, hört!» sagte Jesse. «Bei mir war das anders! Du hast mich zum Tischler gemacht, ob ich wollte oder nicht.» Und er blickte lachend auf, als Eliza an seinem Stuhl vorbeikam. «Das hast du, streit's nicht ab!»

Betony, die ihren Vater und ihre Mutter in diesem Moment zusammen beobachtete, sah den innigen Blick, den sie tauschten, trotz der leisen Verärgerung auf dem Gesicht der Mutter. Und nachher, als sie mit ihrem Vater allein war, fragte sie ihn danach.

«Was wärst du denn lieber geworden als Tischler?»

«Ich hätte gern auf einem Hof gearbeitet.»

«Warum richtest du dich dann nach dem, was Mutter sagt?»

«Weil sie meistens weiß, was das Beste ist.»

«Aber du bist doch ein Mann. Du solltest nicht immer nachgeben. Mutter hat's zu gern, wenn's nach ihr geht.»

«Das hat noch jemand anders!»

«Ich nicht!»

«O doch, kleiner Spatz. Du bist genauso. Das ist das Tewkesche Erbe in dir.»

Und Betony wußte, daß ihr Vater recht hatte, wenn sie es auch bestritt. Sie wußte, daß sie das Temperament und die rasche Auffassungsgabe ihrer Mutter geerbt hatte.

Es war nicht leicht, Tom zu mögen. Er war zu anders. Er tat so geheimnisvolle Dinge, wie Salz vom Eßtisch zu stehlen.

Betony saß wie üblich allein in ihrer Kaminecke. Der Tisch war schon gedeckt. Sie saß da und kaute an ihrem Bleistift, als Tom hereinkam. Er hatte Betony nicht bemerkt. Er sah den Tisch einen Augenblick lang aufmerksam an, lauschte, den Kopf zur Seite geneigt, auf die Geräusche in der Vorratskammer. Dann zog er eine kleine Pillendose aus der Tasche, füllte sie mit Salz aus dem zinnernen Salzfaß und ging wieder hinaus.

Betony folgte ihm. Tom überquerte den Hinterhof und ging in den Wagenschuppen. Er kletterte auf das Wagenrad und versteckte die Dose auf dem Sims der Schuppenwand, bei der von Würmern zerfressenen Stelle am Ende des Querbalkens. Dann verließ er den Schuppen wieder und ging in den Obstgarten. Sie mußte herausfinden, was da war. Aber sie erfuhr nichts über Toms Geheimnis. Die Pillendose war nichts als eine Pillendose, das Salz einfach Salz.

Am nächsten Morgen, vor dem Gottesdienst, sah sie ihn wieder zum Schuppen gehen, sah, wie er die Dose herunternahm, öffnete, hineinblickte und wieder an ihre Stelle tat. Sie blieb stehen und sah, wie er blaß wurde, als er sich umdrehte und sie erblickte.

«Es ist Salz», sagte sie. «Ich hab gesehn, wie du's genommen hast.»

Er sagte nichts, stand nur still da, die Hände in den Taschen, und starrte ins Leere.

«Aber warum Salz? Wozu? Was machst du damit?»

«Nichts», murmelte er und ging davon.

Am Abend war die Pillendose fort, und Betony sah sie nie wieder.

Als die jüngeren Kinder eines Abends nach einem kalten Tag vom Schlittern heimkamen, war Dickys Mantel am Saum aufgerissen. Die anderen Jungen hatten schmutzige Gesichter mit blauen Flecken, und sogar die so ordentliche Janie hatte ihr Haarband verloren.

«Diese dumme Ziege von Prudie Green!» sagte der kleine Dicky. «Hat mich Puddinggesicht genannt!»

«Und wer hat mit den Schimpfworten angefangen?» fragte seine Mutter. «Du oder Prudie Green?»

«Angefangen hat Archie Slewton, er hat Sachen über Tom gesagt», begann Janie, verstummte aber, als sie einen warnenden Blick von William einfing.

«So, dann geht ihr Kinder alle mal hinaus und spielt noch ein Weilchen, ich hab etwas mit Tom zu reden. Auch du, Betony.»

«Ich geh nicht hinaus», sagte Betony. «Ich mach Hausaufgaben.»

«Tu, was ich dir sage!»

Betony ging mit den andern in die Scheune, und sie kauerten sich zusammen im Kreis und wärmten sich die Hände an einer brennenden Laterne auf dem Boden.

«Na, was war denn los?»

«Sagt's ihr nicht!» sagte William. «Sie läßt's Tom merken!»

«Nein, das werd ich nicht. Ehrenwort!»

«Na schön. Du hörst's ja sowieso früher oder später in der Schule.»

«Aber was ist es denn, um Gottes willen?»

«Tom soll ein uneheliches Kind sein», sagte Janie. «Das hat Archie Slewton gesagt. Und Tibby Lovage auch.»

Betony beugte sich näher über die Laterne.

«Ach», sagte sie. «Ist das alles?»

«Es kommt noch schlimmer», sagte Williams. «Sie sagen, Toms Vater war ein Mörder und hat Toms Mutter unten in dem Häuschen neben der Schmiede umgebracht. Die Leute sind mit Töpfen und Pfannen hin und haben ein lautes Konzert gemacht, und die Polizisten sind gekommen und haben ihn an einem Baum aufgehängt.»

«Das glaub ich nicht!» sagte Betony.

«Ich auch nicht!» stimmte ihr Janie bei.

Tom kam in die Scheune, und alle standen auf.

«Was hat Mutter gesagt?» fragte William. «Stimmt es, daß dein Vater ein Mörder war?»

«Ja», sagte Tom.

Betony hob die Laterne hoch und leuchtete ihm in sein Gesicht.

«Was sagst du dazu, daß dein Vater deine Mutter umgebracht und dafür aufgehängt worden ist?»

«Mich geht das nichts an.»

«Hast du denn gar kein Gefühl?»

«Nein.»

«Das hab ich mir gedacht. Du bist aus Stein.»

«Betony! Denk dran, was du versprochen hast!» sagte William.

«Ich laß ihn ja! Ich hab sowieso schon viel zuviel Zeit verschwendet. Ich gehe jetzt hinein und wärme mich auf.»

Während der darauffolgenden Tage mußte sie immer wieder über das nachdenken, was sie erfahren hatten, und suchte jede Gelegenheit, um mit Tom allein darüber zu reden.

«Was ist das für ein Gefühl, wenn man weiß, daß man ein uneheliches Kind ist?» fragte sie eines Tages neugierig, als sie ihm in der Koppel aufgelauert hatte. «Und wie ist das, wenn man weiß, daß man der Sohn eines Mörders ist? Kriegt man da Alpträume?»

Tom schwieg und ging weiter über die Koppel auf die Weide hinaus.

«Ich will dich nicht quälen», sagte sie. «Ich will nur wissen, wie man sich dabei vorkommt. Ich möchte gern mitfühlen. Aber du mußt mir sagen, wie du dich fühlst.»

Wieder sagte er nichts.

«Tut es weh?» fragte sie. «Machst du Gott Vorwürfe?»

Aber Tom lief immer schneller, hinaus auf das freie Feld, und seine Füße knirschten auf dem gefrorenen Gras.

Nach Chepsworth waren es vier Meilen, selbst wenn man den kürzeren Weg über die Felder benutzte. Betony, die die Strecke täglich hin und zurück ging, freute sich daher jedesmal, wenn sie am Bahnübergang bei Stickington angelangt war, denn dann hatte sie die Hälfte geschafft. Morgens wartete dort Nancy Sposs auf sie, und der Rest des Wegs verging dann wie im Flug, denn es gab viel zu erzählen. Und abends standen sie oft eine Stunde lang an dem Übergang, ehe sie sich trennten.

Nancy war drei Jahre älter als Betony. Sie war eines der zehn Kinder gewesen, die zum erstenmal ein Stipendium für das Gymnasium erhielten, weil ihre Eltern arm waren. Sie erzählte freimütig von der ersten Zeit in der Klasse von Miss Mussoe, als die Mädchen mit Stipendien noch durch einen

Wandschirm von den «höheren Töchtern» getrennt saßen, damit sich ihr Geruch, ihre Krankheiten oder ihre Läuse nicht auf diese übertragen konnten.

«Jetzt ist das anders», sagte Nancy. «Jetzt sind wir mehr . . . und der Schirm ist nicht groß genug.»

Zuerst fand Betony Nancy Sposs abstoßend. Sie war ihr zu grobschlächtig und in ihrer ganzen Art zu jungenhaft. Nancy war kräftig und untersetzt, das Haar wuchs ihr in die Stirn wie bei einem Esel. Daher nannte sie selbst sich auch eine «Eselsschönheit». Doch hinter der niedrigen Stirn arbeitete ein wacher und logischer Verstand, voll Disziplin, Energie und Phantasie. Darüber hinaus konnte sie sehr herzlich sein. Nancy und Betony waren bald enge Freundinnen.

Nancy war die Beste in allen naturwissenschaftlichen Fächern und in Englisch. Mit fünfzehn gründete sie einen Diskussionsklub in der Schule und führte ihre Mannschaft bei einem Wettbewerb gegen die Jungenschule an. Sie forderte Schüler und Lehrer auf, über den obligatorischen Religionsunterricht, die Montessori-Experimente und das Frauenstimmrecht zu diskutieren. Sie wußte genau, was sie wollte: Sie wollte in Cambridge studieren, den Doktortitel machen und Chemikerin werden. Doch bei allem Ehrgeiz stand Nancy mit beiden Beinen auf der Erde. Sie war das Kind armer Leute, und ihre Familie kam für sie immer an erster Stelle. Ihr Vater war Streckenwärter, ihre Mutter Waschfrau. Wenn ihr Vater krank war, was oft vorkam, arbeitete Nancy als Gärtnerin in Chepsworth Park und verdiente den fehlenden Lohn. Wurde ihre Mutter krank, blieb Nancy zu Hause und kümmerte sich um die Wäsche. Und sie fand dabei immer noch Zeit, ihren kleinen Brüdern, die später zur Eisenbahn wollten, bei den Schulaufgaben zu helfen.

Ein- oder zweimal im Jahr war Nancy in den Sommerferien einen Tag in Cobbs. Sie interessierte sich für alles: für die alten Gebäude, für die Arbeit in der Werkstatt, für die Arbeiter. Aber am meisten interessierte sie sich für Tom.

«Er wirkt irgendwie einsam . . . sogar in deiner großen Familie scheint er allein zu sein. Und mit *dir* spricht er überhaupt nicht. Wie kommt das?»

«Ich war nicht sehr nett zu ihm, als er zu uns kam. Ich war ziemlich grausam. Das sehe ich jetzt ein, und ich fühle mich auch manchmal schuldig deswegen.»

«Allerdings», sagte Nancy.

«Ich weiß, ich bin bös, wenn ich es auch gar nicht sein will!» rief Betony.

«Du Armes», sagte Nancy etwas spöttisch.

«Kann man sich eigentlich ändern?»

«Wenn man es wirklich will, kann man alles mögliche. Aber du willst dich doch gar nicht wirklich ändern. Du denkst ja gar nicht an die anderen. Du siehst sie nur in Beziehung zu dir.»

«Vielen Dank! Manchmal frag ich mich, warum ich mit dir befreundet bin.»

«Ich bin dein Gewissen», sagte Nancy.

Als Nancy nach Cambridge ging, kam sich Betony völlig verloren vor. In der Schule wurde ihr bewußt, wie wenig sie über ihre Umgebung nachgedacht hatte. Sie hatte alles mit Nancys Augen gesehen und sich über drei Jahre lang auf Nancy verlassen. Sie war zwar fleißig gewesen, aber war wie ein Pony, das Scheuklappen hat, zufrieden mit dem, wie es war. Als sie sich nun umsah, fand sie die anderen Mädchen fade und langweilig, aber was noch schlimmer war: Sie hatte Angst, daß umgekehrt die anderen über sie genauso dachten. Sie schloß sich zwar mit der Zeit an andere Mädchen an, aber eine Freundin wie Nancy fand sie nicht mehr.

«Willst du auf die Universität gehen, Betony, wie Nancy Sposs?»

«Nein.»

«Warum nicht? Du bist doch klug, oder?»

«Nicht klug genug.»

Betony hatte sich die Frage nie so direkt gestellt, wie es Roger jetzt tat, doch als sie darauf antwortete, wußte sie, daß sie damit eine weitere unbequeme Wahrheit akzeptierte.

Es gehörte wohl zum Erwachsenwerden, dieses Sichabfinden mit der eigenen Unvollkommenheit. Sie erinnerte sich noch genau, wie entsetzt sie vor Jahren gewesen war, als Uropa Tewke George Hopson den besten Tischler in seiner Werkstatt genannt hatte. Ihr Vater war doch der beste, oder? Daß er allenfalls der zweitbeste sein sollte, war undenkbar. Doch mit der Zeit mußte sie sich mit der Wahrheit abfinden. Sie tröstete sich mit dem Gedanken, daß das Können nicht alles war. Anderes war genausoviel wert, wenn nicht noch mehr, und ihr Vater war in sehr vielen Dingen ein guter Mensch. Doch das anzuerkennen, war mühsam und schwierig.

In der Schule hatte Betony schnell erkannt, daß Nancy Sposs ihr weit überlegen war, obwohl sie selbst die Beste in der Dorfschule gewesen war. Fast unbewußt und erleichtert durch das Gefühl der Freundschaft, hatte sie diesen Zustand akzeptiert. Es genügte ihr, daß sie mit einem der begabtesten Mädchen des Gymnasiums befreundet war. Daß sie selbst nicht so begabt war, erschien ihr unwichtig, ja, sie hatte kaum je darüber nachgedacht.

Und jetzt, als sie Rogers Frage beantwortete, hatte sie ein weiteres Stück Wahrheit anerkannt und einen weiteren Schritt nach vorn getan.

Sie war es gewohnt, solche Fortschritte genau zu registrieren, weil ihr alles so schrecklich langsam vorkam. Sie hatte irgendwie das Gefühl zurückzubleiben. Ihre Geschwister wußten alle genau, was sie werden wollten. Die fünfzehnjährige Janie ging mit Martin Hold: In drei Jahren wollten sie heiraten. William und Tom arbeiteten in der Werkstatt, und Roger, der noch immer Uhrmacher werden wollte, hatte beschlossen, zwei Jahre bei dem Urgroßvater zu arbeiten, «um etwas zu haben». Und Dicky zählte in der Schule ungeduldig die Tage, bis er sich zu seinen Brüdern an die Werkbank stellen konnte. Sie waren alle so entschlossen und selbstsicher, daß sich Betony neben ihnen klein und ziellos vorkam.

Sie lernte leicht. In Mathematik, Geographie und Biologie waren ihre Leistungen durchschnittlich, aber in Geschichte,

Englisch und Kunst hervorragend. Sie benahm sich nie schlecht, war nie aufmüpfig, stellte nie etwas in Frage. Daß sie dadurch zwangsläufig bei den Lehrerinnen beliebt war, freute sie nicht, sondern machte ihr eher Kummer. Nancy Sposs war nie fügsam und «artig» gewesen, und Betony wünschte sich, wie Nancy Sposs zu sein. Doch alles Wünschen war vergeblich, sie mußte sie selber sein.

Miss Maiberry lud bestimmte Mädchen zu sich zum Frühstück oder Tee nach Chepsworth ein, brachte ihnen bei, wie man eine Zuckerzange hält, und daß man Toastbrot nicht mit dem Messer zerschneiden durfte. Sie zeigte ihnen, wie man Kleider und Ärmel ohne eine Falte bügelt.

Betony trug jetzt die Kleidung der Oberstufenschülerinnen: langer Rock aus marineblauem Stoff, schwarzer Ledergürtel mit silberner Schnalle und dem Schulabzeichen, hochgeschlossene weiße Bluse mit engen Manschetten, dunkelrote Schleife mit schmalen rosa Streifen.

Miss Maiberry war nett, doch am nettesten fand Betony Miss Neott, die Direktorin. Miss Neott war eine gutaussehende fünfzigjährige Frau mit markanten Gesichtszügen und pfefferfarbenem, tadellos frisierten Haar und einer weichen, aber energischen Stimme. Oft verließ Betony ihre Unterrichtsstunde mit dem Entschluß, ein ebenso vollkommenes Englisch zu sprechen wie Miss Neott – wenn es auch bei dem Entschluß blieb, sobald sie wieder zu Hause war.

Kurz nachdem Betony sechzehn geworden war, fragte Miss Neott sie, welche Zukunftspläne sie habe.

«Ich nehme an, du bist nicht auf eine Stellung angewiesen? Sicher gibt es bei dir zu Hause genug zu tun?»

«Ja, schon, aber ich will nicht zu Hause bleiben! Ich will etwas von der Welt sehen.»

Miss Neott sagte nichts weiter. Doch im folgenden Schulquartal bat sie Betony, einigen Mädchen, die wegen einer Grippeepidemie Stunden versäumt hatten, Nachhilfeunterricht zu geben. Bei den Prüfungen schnitten die Mädchen gut ab, und Miss Neott lobte Betony für ihre Arbeit.

«Die Tätigkeit einer Lehrerin kann sehr interessant sein.»

Diese Bemerkung senkte sich behutsam in Betonys Herz, wie wenn ein kleiner Stein in einen Teich fällt.

«Wenn ich Lehrerin würde, muß ich aber noch aufs College gehen.»

«Nicht unbedingt», sagte Miss Neott. «Ich kann dir da vielleicht helfen. Wir wissen beide, daß du pädagogische Fähigkeiten hast, und wenn wir die in den nächsten zwölf Monaten weiter fördern – vielleicht kann ich dann etwas für dich tun.»

Von da an lernte Betony sehr zielstrebig, und als sie mit siebzehn die Abschlußprüfung mit Auszeichnung bestanden hatte, rief Miss Neott sie wieder zu sich.

«Ich erinnere mich, Betony, daß du mir einmal gesagt hast, du möchtest etwas von der Welt sehen. Wenn du noch immer so denkst, kann ich einer Freundin von mir, Miss Telerra, schreiben. Sie ist Direktorin einer Privatschule, der Oldbourne and Simsbury High School für Mädchen, im Außenbezirk von London.»

«Oh, vielen Dank!» sagte Betony.

«Miss Telerra sucht eine Hilfslehrerin, und ich glaube, wenn ich dich ihr empfehle, stellt sie dich ohne weiteres ein. Du mußt natürlich auch an sie schreiben. Ich werde dir dabei helfen. Miss Telerras Schule ist etwa so groß wie unsere Schule. Hättest du Lust dazu?»

«O ja, sehr! Und dazu noch London!»

«In den *Außenbezirk* von London», sagte Miss Neott.

«Ja, natürlich. In den Außenbezirk von London. Ja, gewiß.»

Als Betony zu Hause davon erzählte, waren Janie und William zunächst sprachlos.

«Du willst also wirklich von uns weg?» fragte Janie schließlich. «Nach London gehn? Ganz allein?»

«Natürlich! Jeder will doch nach London!»

«Ich glaub, das solltest du nicht», sagte William. «Mutter, unsere Betony soll doch nicht nach London gehn, oder?»

«Betony ist alt genug, um für sich selbst zu entscheiden. Sie wird schon gut auf sich aufpassen.»

«Also ich würd nicht nach London gehn», sagte William. «Du, Tom?»

«Nein – ich bin hier ganz zufrieden.»

Jesse sagte nichts, doch später, als er mit Betony durch den Obstgarten ging, warf er seiner Tochter einen wehmütigen Blick zu.

«Sieh mich nicht so an!» sagte Betony. «Ich geh nicht weg, wenn du mich so ansiehst.»

«Nimm auf mich keine Rücksicht, mein Schatz. Du mußt tun, was du für das Beste hältst.»

Miss Neott erhielt schon nach wenigen Tagen Antwort. Miss Telerra war offenbar erfreut, Miss Izzard in das Kollegium aufnehmen zu können. Sie sollte Englisch und Geschichte unterrichten und würde im Jahr sechsunddreißig Pfund verdienen. Weil sie eine neue Lehrkraft dringend brauchte und sie Miss Neotts Urteil vertraute, verzichtete sie auf das übliche Vorstellungsgespräch und würde sich freuen, wenn Miss Izzard den Posten zu Beginn des Sommerquartals antreten könnte. Miss Neott half Betony beim Antwortbrief, und die Bestätigung traf umgehend ein.

In Cobbs verwandelte sich die Küche in eine Nähstube. Oma Tewke sah man nicht mehr ohne Brille, Nadel und Faden und ohne ein halbfertiges Kleid zwischen den Händen, und die beiden Bügeleisen wurden nicht mehr kalt.

Jesse, der die Reisekiste zimmerte, meinte, so viele Kleider würden da nie hineingehen, und wenn er sie größer machte, werde sie in keinen Zug mehr hineingehen. Die Reisekiste war aus Eschenholz, innen mit grün gestrichenem Leinen ausgeschlagen, auf dem Deckel standen Betonys Initialen. Sie hatte Seilgriffe und Lederriemen und ein glänzendes Messingschloß, in das ein kleiner verzierter Schlüssel hineinpaßte.

Die Zeit bis zur Abreise verging sehr langsam, doch als sie schließlich vorbei war, hätte sie sie zurückholen mögen. Und als sie von ihrer Familie Abschied nahm, hatte sie das Gefühl, daß sie die Ihren gar nicht richtig kannte, daß sie vieles noch hätte fragen müssen, was sie bis jetzt versäumt hatte, und sie wußte plötzlich, daß sie nie mehr Gelegenheit dazu haben würde.

«Da sind drei Pfund und zehn Shilling», sagte Uropa und drückte ihr einen Geldbeutel in die Hand. «Nicht zum Verschwenden, nur für notwendige Ausgaben.»

«Achte immer darauf, daß du deine Kleider lüftest», sagte Oma.

«Schreib uns jede Woche einen Brief», sagte Janie.

«Und schick uns Ansichtskarten!» riefen die Jungen im Chor.

«Und denk dran, Betony», sagte ihre Mutter, «wenn es dir dort nicht gefällt, komm zurück.»

«Leb wohl, Betony», sagte Tom.

«Und Gott sei Dank?» erwiderte sie fröhlich. Tom zuckte die Achseln.

Ihr Vater fuhr sie nach Chepsworth zum Zug und stand auf dem Bahnsteig, als sie sich aus dem Abteilfenster lehnte.

«Du hast doch die Adresse, wo du wohnen kannst?»

«Ja, Vater.»

«Wie heißt die Dame, bei der du das Zimmer hast?»

«Mrs. Bream.»

Ein schriller Pfiff, und der Zug setzte sich langsam in Bewegung. Betony beugte sich weit aus dem Fenster, und ihr Vater ging neben dem anfahrenden Zug her.

«Bei Gott!» sagte er. «Sieht so aus, als gehst du wirklich fort.»

«Ja, der Zug fährt!» rief Betony. «Leb wohl, Vater! Leb wohl!»

«Paß gut auf dich auf in London!» rief er, schneller gehend, den einen Fuß nachziehend. «Mach's gut, mein Schatz, und laß dich nicht von den Menschenmassen dort zu Tode trampeln!»

Der Zug fuhr immer schneller. Jesse blieb auf dem Bahnsteig zurück. Betony winkte, solange sie ihn sehen konnte. Er wirkte verloren, wie er so dastand.

Bis Long Stone hatte sie das Abteil für sich, dann stiegen zwei Männer im mittleren Alter ein, nahmen in den gegenüberliegenden Ecken Platz und verschanzten sich hinter ihren Zeitungen. Betony wunderte sich. Sie sah die Männer an, ob sie vielleicht nur so gleichgültig taten. Nein, offenbar nicht. Daß Leute in einen Zug stiegen und davonfuhren, als unternähmen sie nur einen kurzen Spaziergang auf der Straße – das war schon eigenartig. Die beiden mußten wirklich schon oft mit dem Zug gefahren sein. Eines Tages würde es ihr sicher genauso gehen, doch jetzt genoß sie die Reise, genoß alles, was zu sehen war.

Die Schlüsselblumen draußen am Bahndamm waren doch größer als die zu Hause, und der Himmel über Oxfordshire und Buckinghamshire war anders als der über Huntlip – oder? Und in den Städten, durch die sie kam, lebten bedeutendere Menschen als zu Hause – das mußte einfach so sein. Städte waren aufregend. In Städten geschah etwas. Und London war die größte Stadt überhaupt, und die Leute, die dort wohnten, waren weltoffen – oder?

Die Reise endete viel zu früh, und als sie die graue Stadt mit ihrem Rauch unter dem blauen Frühlingshimmel sah, seufzte sie: Das Wunder dieser ersten Reise ließ sich nie mehr wiederholen. Sie stand auf, lehnte das Gesicht ans Fenster und sah die Bahngeleise, die zusammenliefen und auseinandergingen, ein Zickzackgewirr aus glänzendem Stahl. Der Zug fuhr unter ein Dach, und das Tageslicht nahm eine grünliche Unterwasserfarbe an. War das London? Ja, es war London. «Paddington! Alles aussteigen!»

Ein Gepäckträger trug ihren Holzkoffer zu einem Ausgang, und dort bestieg Betony einen Bus, der nach Norden fuhr. Sie bezahlte vier Pence und stand dann nach einer Viertelstunde am Stanton Broadway, wo sich fünf Straßen kreuzten. Während sie noch überlegte, trat ein Mann auf sie zu und hob grüßend die Hand an die Mütze.

«Soll ich Ihren Koffer tragen, Miss? Wohin wollen Sie?»

«Matlock Terrace», sagte Betony.

«Ist gar nicht weit. Nur zehn Minuten durch den Park.» Der schmächtige Mann hob sich den Holzkoffer auf die Schulter. «Kostet Sie einen Shilling», sagte er vorsichtig.

«Vielen Dank. Das ist sehr freundlich.»

«Neu in London?» fragte er, während sie weitergingen. «Vom Land? Dacht ich mir. Paar Tage Ferien machen?»

«Nein, ich werde Lehrerin an der Oldbourne and Simsbury High School.»

«Na, so was! Meine Älteste geht dorthin! Sie hat vor drei Jahren ein Stipendium bekommen. Florrie heißt sie. Florrie Smith. Und wie heißen Sie, Miss, damit ich's ihr sagen kann heut abend?»

«Miss Izzard.»

«Werd ihr sagen, daß ich Sie getroffen habe. Florrie ist ein braves Mädchen. Sie werden sie mögen.» Er sagte eine Zeitlang nichts, warf ihr nur ab und an einen besorgten Blick zu.

«Sie sagen doch nichts? Ich meine, in der Schule. Daß Florries Vater sich so sein Geld verdient. Sind sehr vornehme Mädchen dort auf der High School, und ich möcht nicht, daß sie Florrie damit aufziehen.»

Sie durchquerten den Park, und er deutete nach Osten. «Da drüben ist die Schule. Sehen Sie die weiße Mauer hinter den Espen? Von Matlock Terrace aus haben Sie's ganz nah.»

Sie gingen zwischen zwei hohen eisernen Torflügeln hindurch und zu den jenseits der Straße gelegenen Häusern hinüber. Das Haus Nummer fünfzig stand genau in der Mitte, es hatte Tüllvorhänge an den Fenstern und in der Tür Buntglaseinsätze. Der Mann trug den Koffer die Stufen hinauf. Er sah etwas verlegen aus, als Betony ihm den Shilling gab.

«Alles Gute, Miss Izzard, und wenn Sie mal hören, daß jemand einen Tischler sucht, denken Sie an Joe Smith.»

«Sie sind Tischler?»

«Ja, von Beruf – wenn ich Arbeit bekomme.» Er grüßte und ging davon.

Betony zog an der Klingel. Sie dröhnte durch das ganze Haus. Der Vorhang an einem Erkerfenster bewegte sich, wurde von beringten Fingern hochgehalten, dann nach ein paar Sekunden wieder fallengelassen.

Mrs. Bream, die schließlich die Haustür öffnete, war eine stattliche Frau mit Korkenzieherlocken an den Schläfen, einem breiten Gesicht und großen, kräftigen, sehr weißen Zähnen. Sie war in allem, was sie tat, etwas langsam, und so stand sie nun in der Diele, die Hände vor dem Leib gefaltet, und starrte Betonys Gepäck an, als stelle es ein ernstes Problem dar. Ruby, das Hausmädchen, hatte sich nämlich gerade den Arm mit kochender Milch verbrüht und war noch im Souterrain, um die Wunde mit Brandsalbe zu behandeln. Mrs. Bream ließ also wohl oder übel ihre Tochter Edna rufen, damit sie Betony beim Tragen half.

«Normalerweise nehme ich keinen Hausgast auf, den ich nicht vorher gesehen habe, Miss Izzard, aber Miss Telerra hat Sie persönlich empfohlen.»

Betony, die ihr zusammen mit Edna folgte, wußte nicht recht, was sie darauf sagen sollte, und brachte nur ein höfliches «Ehem» zustande. Auf dem Treppenabsatz, wo durch ein Erkerfenster Licht hereinfiel, musterten sich Betony und Edna über den großen Koffer hinweg. Edna wirkte recht lebhaft und schnitt, während die Mutter sprach, ständig Grimassen.

Im Dachgeschoß angekommen, öffnete Mrs. Bream eine Tür und führte Betony in ihr Zimmer. Das Zimmer hatte eine hohe Decke und war voller Sonnenlicht. Das Flügelfenster führte zum Park hinaus.

«Ich habe Ihnen ein Zimmer nach vorn gegeben, wie Sie sehen. Die Aussicht ist besonders reizend. Das werden Ihnen alle meine Mieter bestätigen können.»

Sie tat so, als hätte ihr Haus als einziges diese Aussicht und müßte sie nicht mit neunzig anderen Häusern links und rechts teilen, und wieder schnitt Edna Grimassen, zog die Backen ein und rollte mit den Augen.

«Es ist ein sehr nettes Zimmer», sagte Betony, und da sie Mrs. Breams Schweigen entnahm, daß dies als Entgegnung noch nicht genügte, fügte sie hinzu: «Ich glaube, hier wird es mir gefallen.»

«Edna geht auf die High School», sagte Mrs. Bream. «Sie sind ja etwa im gleichen Alter, da überlasse ich am besten Edna alles weitere, damit Sie sich hier heimisch fühlen.»

Sowie ihre Mutter hinausgegangen war, ließ sich Edna auf Betonys Bett fallen.

«O Gott, ist sie komisch, und sie merkt es nicht einmal.»

«Mir kam sie eigentlich ganz würdevoll vor!»

«Ha! Das ist ihr Trick! Sie bewegt kaum den Kopf, damit ihre kleinen Locken nicht durcheinanderkommen. Aber reden wir von was anderem! Wie alt sind Sie? Achtzehn? Ich werde am zwölften Juni siebzehn. Aber eigentlich wirke ich doch älter, nicht wahr? Ich sei sehr reif, sagt Mutter, und Mr. Thorsby findet das auch.»

Betony war selber erst siebzehn, hielt es aber für klüger, das nicht zu sagen, sondern fragte statt dessen: «Mr. Thorsby?»

«Einer unserer Mieter. Und der einzig interessante. Er ist Arzt – ein sehr guter Arzt. Aber was ist mit Ihnen? Daß Sie auf der Old and Sims unterrichten! Gehen Sie gleich morgen früh zu Telerra?»

«Ja, um neun Uhr.»

«Sie ist nicht so übel, alles in allem. Aber sagen Sie – wo möchten Sie heut nachmittag hingehen? Wir haben viel Zeit, also – was möchten Sie sehen?»

«Alles!» sagte Betony.

Sie besuchten das Wachsfigurenkabinett der Madame Tussaud, gingen die Oxford Street entlang, sahen sich die Schaufenster an und tranken bei Robini Tee und aßen Kuchen. Dann fuhren sie mit dem Bus nach Chelsea und liefen an der Themse entlang.

«Ist gut, daß Sie etwas Geld haben», sagte Edna. «Ich hab mein Taschengeld schon längst ausgegeben. Macht's Ihnen nichts aus, daß Sie alles bezahlen? Ich revanchier mich, wenn ich wieder flüssig bin.»

«Aber natürlich macht es mir nichts aus», sagte Betony.

Zum Abendessen um sieben waren sie zu Hause, und Betony lernte bei dieser Gelegenheit die anderen Mieter kennen: Miss Wilkings, die drüben bei der Bushaltestelle Blumen verkaufte, Mr. Lumbe, einen untersetzten jungen Mann von zweiund-

Wer sein …

... Taschengeld ausgegeben hat, muß sich eben etwas leihen oder sich einladen lassen. So wie Edna. Aber das funktioniert leider auch nicht immer.

Leihen kann man sich natürlich auch etwas von der Bank. Aber das kostet Zinsen.

zwanzig Jahren, der in einer Bank in Oldbourne arbeitete, und Mr. Thorsby, einen Mann Ende Dreißig, der Betony sehr kühl und geistesabwesend vorkam. Auch den Hausherrn lernte sie kennen, Mr. Bream, der meinte, daß sie von ihm keine geistreichen Bemerkungen erwarten dürfe, da er Geschäftsmann sei und nur etwas von seinem Geschäft verstehe. Das Geschäft war eine Dampfwäscherei in Simsbury Green.

«Na, wie ist Ihr erster Eindruck von London, Miss Izzard?» fragte Mr. Bream. «Alles Schmutz und Rauch, wie?»

«O nein!» sagte Betony.

«Dann also alles mit Gold gepflastert?»

«Gepflastert mit Geschichte», sagte Betony.

Einen Augenblick war sie etwas verlegen, doch als Mr. Bream «Bravo!» und Mr. Lumbe «Hört! Hört!» sagten, war sie beruhigt und sah, daß diese kultivierten Menschen für ein wenig Pathos durchaus empfänglich waren.

«Na, Miss Wilkings?» sagte Mr. Lumbe. «Wie war das Geschäft heute morgen?»

«Ach, alles will jetzt Narzissen haben», sagte Miss Wilkings. «Besonders gefüllte. Fragen Sie mich nicht, warum.»

«Aber Mr. Thorsby, Sie essen Ihre Suppe ja gar nicht», sagte Mrs. Bream.

«O doch, doch», sagte Mr. Thorsby, wie aus Gedanken erwachend und zum Löffel greifend. «Sie ist sehr gut, wirklich.»

Und das waren, wie Betony registrierte, die einzigen Worte, die Mr. Thorsby während des Essens sprach.

Als sie schon zu Bett gehen wollte, kam Edna noch in ihr Zimmer hinauf.

«Was halten Sie von Mr. Thorsby?»

«Er ist . . . sehr zurückhaltend.»

«Ja, er ist immer so zurückhaltend, außer wenn wir allein sind. Dann redet er! Finden Sie, er sieht gut aus, Betony?»

«O doch, ja. Unbedingt. Aber ist er nicht zu alt für dich?»

Edna nickte. In ihren Augen standen plötzlich Tränen.

«Er ist einundzwanzig Jahre älter als ich, und das spürt er sehr. Das hält ihn zurück, wissen Sie.»

«Wieso –?»

«Nun, wenn es nach mir ginge, würden wir morgen heiraten!» sagte Edna. «Und es ist mir gleich, was man darüber denkt. Aber Edward sieht das leider anders! Er hat zwar noch nie etwas gesagt, aber ich weiß genau, was in ihm vorgeht! Er ist einfach zu stolz!»

«Weiß deine Mutter davon?»

«Mutter . . . will, daß ich Rodney Lumbe heirate. Aber das könnt ich einfach nicht! Er ist so weich und schwammig und trägt gelbe Gamaschen.»

«Hat Mr. Lumbe dir schon einen Antrag gemacht?»

«Nein. Dazu laß ich's nicht kommen. Aber er schleicht dauernd um mich herum.»

«Ja, das habe ich bemerkt.»

«Edward ist viel reservierter», sagte Edna. «Manchmal könnt ich schreien, wo ich weiß, wie sehr er innerlich leidet. Aber ich glaube, daß alles noch gut werden wird zwischen uns. Glauben Sie nicht auch?»

«Doch, doch», sagte Betony freundlich.

«Ach, Sie sind so lieb!» rief Edna aus. «Ich bin so froh, daß Sie bei uns wohnen!»

Pünktlich um neun Uhr am nächsten Morgen betrat Betony die High School. Es war ein eckiges, sauber aussehendes Gebäude mit einer Fassade aus weißen Quadersteinen. Miss Telerra sah mit ihrer dunklen Gesichtsfarbe und dem rabenschwarzen Haar eher wie eine Ausländerin aus, aber sie sprach ein so gutes Englisch, wie Betony es nie zuvor gehört hatte.

«Es freut mich, daß Sie an der Matlock Terrace gut untergebracht sind. Sie werden sich sicher wohl fühlen bei Mrs. Bream.»

«Ganz gewiß», sagte Betony.

«Die Schule ist nicht groß», fuhr Miss Telerra fort. «Wir haben nur hundertachtzig Schülerinnen, zwischen zwölf und achtzehn Jahre alt. Die meisten sind nicht besonders ehrgeizig, aber wir haben zwei sehr begabte Stipendiatinnen, von denen eine vielleicht später studieren wird.»

«Florrie Smith?»

«Sie kennen sie?»

«Nein, aber ich bin gestern, als ich ankam, ihrem Vater begegnet.»

«Florrie ist ein außergewöhnliches Kind, auch wenn sie aus einer armen Familie kommt. Sie werden sie an ihrem roten Haar und ihrem Arbeitseifer erkennen.»

Miss Telerra lächelte, und ihr dunkles Gesicht verwandelte sich plötzlich. Betony mochte sie.

«Nun, Miss Izzard, es gibt vieles, was ich Ihnen über die Schule und Ihren Platz im Lehrkörper sagen muß, und wenn die übrigen Lehrkräfte eintreffen, möchte ich, daß Sie an unserer Konferenz teilnehmen. Sie können doch bleiben?»

«O ja! Ich freue mich darauf.»

Um zehn Uhr jedoch, als sich der Raum füllte und die Konferenz begann, spürte Betony einen Augenblick lang panische Angst in sich aufsteigen. Sie zählte vierzehn Personen im Zimmer und dachte an die hundertachtzig Schülerinnen, die am nächsten Morgen kommen würden – wie sollte sie so viele Gesichter und Namen auf einmal behalten? Und wie sollte sie die Themen, die jetzt besprochen wurden, verstehen können?

Doch als die Konferenz ihren Fortgang nahm und sie dabei die einzelnen Mitglieder des Lehrkörpers genauer kennenlernte, wurde sie allmählich ruhiger, und als die Besprechung um ein Uhr zu Ende ging, war sie wieder guten Muts. Alles andere würde kommen. Sie mußte den Dingen Zeit lassen.

Miss Telerra hatte sie den Kollegen mit einer kleinen Begrüßungsansprache vorgestellt, doch nun gingen die meisten hinaus, ohne ihr einen Blick zuzuwerfen. Nur zwei junge Frauen, Miss Crabbe und Miss Horslam, sprachen sie an.

«Ich höre, Sie sind eine persönliche Freundin der spanischen Infantin», sagte Miss Horslam.

«Horse meint die Direktorin», erklärte Miss Crabbe.

«Ich habe sie heute erst kennengelernt. Miss Telerra kennt nur meine alte Direktorin in Chepsworth.»

«Ah, dann sind Sie wohl billig», sagte Miss Horslam. «Entschuldigen Sie, das war nicht beleidigend gemeint. Sie mögen eine ausgezeichnete Lehrerin sein, aber Sie kommen sicher nicht aus Cambridge, oder?»

«Nein», sagte Betony.

«Aber ich. Und Crabbe kommt aus Oxford, mit ähnlichen Examina. Das bedeutet, daß wir vor der Tür sitzen, sobald billigerer Ersatz gefunden wird.»

«Aber das darf doch nicht sein!»

«Keine Angst. Das ist das Kreuz, das wir berufstätigen Frauen tragen müssen. Die Schule muß sich rentieren, und es ist nur vernünftig, wenn die Direktorin für das Personal so wenig Geld wie möglich ausgibt.»

«Wohnen Sie bei den Breams?» fragte Crabbe. «Das dachte ich mir. Ihre Vorgängerin hat auch da gewohnt.»

«Nehmen Sie sich vor Edna in acht», riet Horse. «Sie ist vollgestopft mit krankhaftem romantischen Unsinn.»

«So, nachdem wir Sie nun nach besten Kräften aufgeheitert haben, leben Sie wohl», sagte Crabbe. «Bis morgen früh.»

Sie waren inzwischen draußen am Schultor angelangt und trennten sich nun. Betony fuhr auf dem Dach eines Doppeldeckerbusses in die City. Edna verbrachte den Nachmittag bei ihrer Schneiderin und hatte erst um vier Uhr Zeit. Sie hatte Betony gebeten, auf sie zu warten, aber Betony, die allein sein und in Ruhe über alles nachdenken wollte, hatte unter einem Vorwand abgelehnt.

Sie sah, wie ein kleiner livrierter Page die Stufen eines großen Hotels hinunterrannte und sich dann durch den Verkehr schlängelte. Sie sah, wie ein Pferdewagen vor einer Kneipe hielt und die Kutscher Bierfässer in den Keller rollten. Und sie las die Reklametafeln und die Plakate an den Bussen: Pear's Seife, Nestle's Milch, Hope and Parker's Menthol-Schnupftabak, Brand's Essenz, Bawley's Bier.

Auf einmal war da mehr Licht, mehr Raum – die Gebäude wichen zurück – Bäume, Springbrunnen – auffliegende Tauben – und da stand Nelson auf seiner Säule im Himmel. Betony blinzelte. Sie konnte es nicht glauben. Sie sah die anderen Fahrgäste auf dem Oberdeck an, ob sie schliefen. Sie hätte sie am liebsten wachgerüttelt und gerufen: «Seht! Schaut! Da, die

Nelsonsäule – Trafalgar Square!» Aber sie schliefen nicht, ihre Augen waren geöffnet, nur ihre Seelen durch die Gewohnheit eingeschlafen. Betony saß hochaufgerichtet da, mit roten Wangen und glänzenden Augen, und blickte auf London hinunter.

Nachdem sie ausgestiegen war, lief sie einfach ohne Ziel los, und weil sie sich der Stadt in dieser Weise anheimgab, belohnte die Stadt sie immer wieder mit Überraschungen. Hier war der Fluß, und ein Schlepper zog gerade seinen Schornstein ein, damit er unter der London Bridge hindurchkam, da war das Denkmal, das an den großen Brand von 1666 erinnerte, dort der Tower, groß, mächtig und mittelalterlich, mit scharlachroten Wimpeln, die im Wind flatterten.

Sie ging und ging, hierhin und dorthin, durch enge Gassen, über kleine Höfe. Sie sah durch ein Gasthausfenster, wie Würste in Pfannen über Gasflammen brutzelten, und bekam Hunger, als der Duft von Suppe durch ein Gitter im Bürgersteig drang. Und sie ging die Stufen hinunter, in einen Raum voller Menschen. Sie aß Würste, Zwiebeln und Kartoffelbrei und trank danach eine Tasse Kaffee, zubereitet aus Kaffeebohnen, die in einer kleinen Maschine auf der Theke gemahlen wurden.

Danach ging sie weiter und kam an einen freien Platz zwischen Gebäuden, und da stand die St. Paul's Cathedral, die aus dem großen Feuer erstandene Kathedrale, das Glaubenssymbol der City von London, in ihrer Kuppel den Himmelsdom nachbildend, wie ihn das menschliche Auge sieht.

Als sie den Heimweg antrat, begann es zu dunkeln, und man zündete die Straßenlampen an. Sie sah die Laternenanzünder umhergehen mit ihren langen Stangen, und einmal sah sie, wie einer ein Büschel trockenes Gras aus einer Lampe herausstocherte, wo Vögel ein Nest zu bauen begonnen hatten. Der Schein der Laternen versetzte sie in eine Art Hochstimmung: Alles war so schön.

Als Betony sich zum Abendessen an den Tisch setzte, begrüßte Mr. Bream sie mit einem Seufzer der Erleichterung.

«Na, Miss Izzard! Daß Sie endlich da sind! Wir hatten uns schon Sorgen gemacht und gedacht, Sie hätten sich verirrt!»

«*Haben* Sie sich verirrt?» erkundigte sich Mr. Lumbe.

«Ja, eine Zeitlang, in einem Gewirr von kleinen Gassen hinter St. Paul's. Aber absichtlich, um die City kennenzulernen.»

«Verirr dich», pflichtete ihr Mr. Lumbe bei, «und du lernst einen Ort erst richtig kennen.»

«Wie sind Sie mit der spanischen Infantin zurechtgekommen?» fragte Edna.

«Sie war sehr freundlich und hilfsbereit», sagte Betony.

Mr. Thorsby, der neben Edna saß, sah diese mit einem Stirnrunzeln an.

«Ich finde, es schickt sich nicht, junges Fräulein, so von seiner Schuldirektorin zu sprechen.»

«Aber so nennen sie doch alle! Sogar die Lehrerinnen!»

«Sie sind keine Lehrerin», sagte Mr. Thorsby.

«Nein», sagte Edna, plötzlich kleinlaut. «Ich sollte sie nicht so nennen, und ich tu's auch nie mehr wieder, das schwöre ich.»

Ednas Unterarm lag auf der Tischkante so, daß er Mr. Thorsbys Ärmel berührte. Betony sah es und bemerkte, daß Mr. Thorsby nach einem Augenblick tiefen Nachsinnens behutsam seinen Arm vom Tisch nahm und sich dann an Miss Wilkings wandte. Sie bemerkte auch, wie innerlich erregt und glücklich Edna für den Rest des Abends war.

Sie fühlte sich wohl abends in ihrem Dachzimmer, wenn sie sich auf den Unterricht vorbereitete, oder wenn sie in ihr Tagebuch schrieb oder einen Brief nach Hause. Wenn sie am Fenster saß, genoß sie den letzten Sonnenstrahl am Abendhimmel, und wenn sie nichts mehr sehen konnte, beobachtete sie, wie sich die Farben durch den Sonnenuntergang veränderten, oder sie stand auf und zündete das Gaslicht an der Wand neben der Tür an.

In den Briefen nach Hause schrieb sie von dem, was sie getan und erlebt hatte. «Letzten Sonntag waren Edna und ich im Museum. Nächsten Sonntag gehen wir in den Botanischen Garten von Kew.» Aber aus irgendeinem Grund konnte sie nichts von der Schule, ihren Schülerinnen und ihrer Arbeit als Lehrerin erzählen.

Gleich in den ersten Tagen kaufte sie sich ein Tagebuch, doch erst nach drei Wochen fand sie Zeit für die erste Eintragung, und da erinnerte sie sich schon nicht mehr ganz genau. Nur der erste Tag in der Schule und besonders zwei Unterrichtsstunden standen noch deutlich vor ihr.

In der ersten Stunde hatte sie eine Klasse von vierzehn- und fünfzehnjährigen Mädchen, die aber älter wirkten. Sie waren sehr aufgeweckt und wollten wissen, woran sie mit der «Neuen» waren, und Leonie Siddert führte die anderen bei dem Auf-die-Probe-stellen an.

«O Gott! Wir fangen doch nicht wieder mit diesem langweiligen Mittelenglisch an?» sagte sie. «Ich dachte, das hätten wir bei Miss Scott erledigt.»

«Können wir nicht was Interessanteres lesen? *Tom Jones* zum Beispiel?»

«Oder etwas Modernes?»

«Oder *The Woman Who Did.*»

Bei dem lauten Stimmengewirr wurde Betony sehr zornig.

«Seid sofort still!» sagte sie, und als die Mädchen, von ihrer schneidenden Stimme überrascht, plötzlich schwiegen, fuhr sie kühl fort: «Ich gebe den Unterricht, den *ich* vorbereitet habe, und wenn der Stoff schon bekannt ist, kann euch das nur nützen, wenn ihr in ein paar Tagen eure Aufsätze schreibt.»

Der Unterricht verlief danach ohne weitere Störung. Selbst Leonie Siddert war ruhig. Und Betony war dankbar, daß sie so viel von ihrer Mutter geerbt hatte.

Etwas später unterrichtete sie eine Klasse mit älteren Mädchen in Geschichte, und in dieser Klasse war Florrie Smith, deren Vater Betony als Kofferträger kennengelernt hatte. Florrie war sechzehn, ein nicht besonders hübsches Mädchen mit rotem Haar und einem flachen, sommersprossigen Gesicht, aber mit wachen Augen und einem fröhlichen Lachen.

Diese Stunde verwirrte Betony, denn wann immer sie zur Diskussion, zu Fragen aufforderte, war Florrie Smith die einzige, die etwas zu sagen hatte, während die anderen Mädchen aufmerksam zuhörten und sich eifrig Notizen machten. Als Betony am Ende des ersten Schultags auf der Treppe Miss Crabbe begegnete, sprach sie sie darauf an.

«Das läßt sich einfach erklären», sagte Miss Crabbe. «Die Mädchen blicken auf Florrie herab und finden es unter ihrer Würde, mit ihr zu wetteifern. Ihre Väter sind alle hohe Tiere, wissen Sie – Börsenmakler und Importeure und so.»

«Hohe Tiere?» fragte Betony.

«Wenigstens halten sie sich dafür und sind es für ihre Töchter, denn sie bezahlen Schulgeld, während Florrie ein Stipendium hat.»

«Aber haben die denn gar keinen Ehrgeiz? Wollen sie denn nichts lernen, wo sie doch dafür zahlen?»

«Ihr größter Ehrgeiz ist es, möglichst bald nach Schulabschluß zu heiraten, im Automobil hier vorzufahren und den alten Schulfreundinnen ihre Eheringe vor die Nase zu halten. Und den Unterricht nehmen sie hin wie die alljährlichen Ferien an der See.»

«Dann ist also alle unsere Mühe umsonst, sie für den Unterricht zu interessieren?»

«Es gibt da eine goldene Regel», sagte Miss Crabbe. «Fragen Sie nie: ‹Kann mir jemand die Ursachen der Ludditen-Unruhen nennen?›, denn dann meldet sich sofort Florrie, und die anderen sehen stur vor sich auf die Bank. Suchen Sie sich lieber ein Opfer aus und sagen Sie: ‹Louisa, nenn mir die Ereignisse, die der Aufhebung der Korngesetze vorausgingen.›»

Betony lächelte. «Ich glaube, ich habe an meinem ersten Schultag mehr gelernt, als ich gelehrt habe.»

Miss Crabbe und Miss Horslam wurden Betonys Freundinnen. Manchmal besuchte sie sie zum Tee in ihren möblierten Zimmern in Oldbourne, aber ihrerseits mochten sie nicht zur Matlock Terrace kommen, weil sie, wie sie sagten, von ihrer Vorgängerin wußten, daß Mrs. Bream nicht gern Besuch sah. Betony nannte sie bald nur noch Crabbe und Horse.

«Ich warne Sie», sagte Horse. «Mit uns befreundet zu sein, hat seine Nachteile. Miss Sylke wird Sie automatisch verabscheuen.»

«Ach, aus ihr mache ich mir nicht viel. Sie spricht so spöttisch über die anderen Lehrerinnen. Warum nennt sie Miss Tweet und Miss Snubs die Zwillinge von Lesbos?»

«Izzard», sagte Crabbe. «Sie sind ein rührendes Wesen.»

«Ach ja?» sagte Betony überrascht.

«Nun, jedenfalls verglichen mit Sylke.»

«Für Sylke», erklärte Horse, «sind schon Beziehungen zwischen den beiden Geschlechtern ein Greuel, und gleichgeschlechtliche Beziehungen sind es noch mehr.»

«Sie kann einen schnell ins Unrecht setzen», sagte Betony. «Ich errege oft ihr Mißfallen.»

Das erste Mal war es, als Betony eines Morgens bei einer Konferenz *vor* Miss Sylke das Wort ergriff. Das zweite Mal: als Betony sich im Lehrerzimmer auf Miss Sylkes Stuhl setzte. Das dritte Mal, das war bisher am schlimmsten: Sie wagte es zu behaupten, König Karl der Erste sei ein starrsinniger Mensch gewesen. Miss Sylke war, wie es schien, eine fanatische «Karlistin».

«Als leitende Lehrkraft in Geschichte, Miss Izzard, bin ich es, die in solchen Fragen Urteile fällt.»

«Von Gottes Gnaden», murmelte Crabbe.

Eines Tages kam Miss Sylke mit einem Blatt Papier auf Betony zugestürzt. Wiederum war es im Lehrerzimmer, denn sie liebte Publikum für ihre Auftritte.

«Diese Mitteilung über den Besuch von Windsor Castle haben sie ans Schwarze Brett geheftet, Miss Izzard. Sie liest sich für meine Begriffe reichlich mißverständlich. ‹An dem Ausflug interessierte Schülerinnen melden sich bis 16. Mai bei Miss Sylke und bringen einen Shilling sechs Pence Fahrgeld mit sowie ein Lunchpaket, falls sie dies wollen.› Soll das heißen, daß ich vom sechzehnten bis zum neunundzwanzigsten unter Lunchpaketen zusammenbreche?»

Betony nahm den Zettel, drehte ihn um, schrieb auf die Rückseite die gleiche Mitteilung in etwas anderer Formulierung und gab ihn Miss Sylke zurück. «So, jetzt dürfte es auch dem Dümmsten klar sein.»

Miss Sylke rannte hinaus und schlug die Tür hinter sich zu.

«Jetzt haben Sie's erreicht», sagte Crabbe. «Jetzt werden Sie nie eingeladen werden, sich ihre Sammlung von Vogeleiern anzusehen.»

«Hat sie sie selbst gelegt?»

«Nein, nein, das haben die lieben kleinen Rotkehlchen und Zaunkönige getan. Das ist das einzige bißchen Natur, das sie zuläßt – aber auch nur, weil sie an die Parthenogenese glaubt.»

Manchmal spielte Mr. Thorsby im Zimmer unter Betony Geige. Er spielte Mozart und Mendelssohn und alte Volksweisen wie *Barbara Allen* und *Afton Water*. Einmal, als er ihr auf der Treppe begegnete, fragte er sie, ob sein Spiel sie störe, und als sie sagte, nein, im Gegenteil, sie höre es gern, ging er rasch in sein Zimmer und schloß die Tür hinter sich, als fürchtete er, sie könnte ihm folgen.

Als Edna einmal bei Betony im Dachzimmer war, spielte er *Drink To Me Only With Thine Eyes*, und da kamen Edna die Tränen.

«Er weiß, das ist mein Lieblingslied, und er weiß, daß ich hier oben bei Ihnen bin und es höre. Ach, Sie halten mich vielleicht für verrückt, aber es macht mich so traurig!»

An einem anderen Abend, als Betony einen Brief einwerfen ging, stand Edna vor Mr. Thorsbys Tür und lauschte, wie er die Tonleiter übte. Sie wich in den Schatten des Flurs zurück, und Betony tat so, als habe sie sie nicht gesehen, und ging weiter die Treppe hinunter und aus dem Haus. Als sie zurückkam, war Edna fort, und Mr. Thorsby spielte eine Sonate von Mozart.

Am Pfingstsonntag gingen Betony und Edna im Park spazieren. Die Sonne schien warm, und es wimmelte von Menschen, unter denen Edna Mr. Thorsby entdeckte, wie er träumerisch an den Ententeichen vorüberschlenderte.

«Da ist Edward!» sagte sie, faßte Betony am Arm und lief zu den Teichen hinüber. «Ich dachte mir, daß er kommt. Er weiß, ich höre so gern die Kapelle spielen.»

Mr. Thorsby kam ihnen entgegen, schaute aber geistesabwesend in die Runde. Als sie sich einander näherten, glitt sein Blick nur kurz über sie hin und wanderte dann weiter dorthin, wo Kinder einem Ball nachrannten. Dann schritt er an ihnen vorbei, die Hände hinterm Rücken verschränkt, mit hocherhobenem Kopf.

«Also wirklich!» rief Edna aus. «Manchmal treibt's Edward zu weit! Einfach so vorbeizugehen und zu schmollen, nur weil ich nicht allein bin! Das ist immer so, wissen Sie – wenn jemand bei mir ist, wendet er sich ab.»

Betony schwieg. Wie ihr schien, hatte Mr. Thorsby sie überhaupt nicht gesehen. Seine Gedanken waren wie immer ganz woanders gewesen.

«Edna», sagte sie nach einer Weile, «bist du dir Mr. Thorsbys Zuneigung ganz sicher?»

«Sicher?» Edna blieb unvermittelt stehen und starrte sie an. «Glauben Sie, ich hab Sie angelogen?»

«Nein. Aber du könntest dich getäuscht haben.»

«Dann halten Sie mich also für dumm!» Ednas weiß behandschuhte Finger drehten den Sonnenschirm auf der Schulter. «Ich bin entweder das eine oder das andere – eine Lügnerin oder ein dummes Huhn!»

«Jetzt sei bitte nicht wirklich dumm!» erwiderte Betony.

«Das bin ich auch nicht!» sagte Edna. «Sie können allein weiterspazieren, Sie Schulmeisterin!» Und damit lief sie die Wiese hinauf nach Hause.

Betony wollte ihr zuerst folgen, doch dann zuckte sie die Achseln und ging weiter. Edna und ihre Probleme konnten warten. Es war ein zu schöner Tag.

Auf einer Anhöhe ließen drei Kinder einen Drachen fliegen. Sie blieb stehen und sah hinauf zu dem leuchtend gelben Fleck am Himmel, sah ihn in den wechselnden Luftströmungen auf und ab gleiten. Aber da hatte er sich plötzlich in einer Eiche gefangen.

Nicht weit von ihr entfernt sah ein junger Mann ebenfalls zu. Er sprach mit den Kindern und ging dann auf den Baum zu, kletterte hinauf, dorthin, wo das Laub am dichtesten war, kletterte dann wieder hinunter und brachte den Drachen unbeschädigt zurück. Die Kinder nahmen ihn freudig in Empfang und rannten damit weg, wo weniger Bäume standen, und der junge Mann ließ sich ins Gras fallen, zusammengekrümmt wie unter Schmerzen.

Betony trat näher und sah ihn an. Er lag jetzt flach auf dem Rücken, die Hände über dem Leib gefaltet. Seine Augen waren geschlossen, die dichten schwarzen Brauen zusammengezogen, und das schmale Gesicht war von Schweiß bedeckt.

«Ist Ihnen nicht gut?» fragte sie, über ihm stehend.

Er öffnete die Augen und setzte sich langsam auf.

«Ich bin auf einen Baum geklettert, und da habe ich etwas Seitenstechen bekommen.» Er stand auf und wischte sich mit einem nicht ganz sauberen Taschentuch übers Gesicht. «Zu heiß heute für solche Eskapaden.»

Er war noch jung, wahrscheinlich erst Anfang Zwanzig, wenn auch sein Haar schon an manchen Stellen grau war. Er war sehr hager, und der schäbige braune Anzug hing lose an ihm herunter wie an einer Vogelscheuche. Seine Stimme hatte einen Akzent, den sie schon einmal gehört hatte, und über den sie unwillkürlich lächeln mußte.

«Warum lächeln Sie?» fragte er.

«Wegen Ihrer Stimme. Ich glaube, Sie kommen aus Yorkshire.»

«Woher sonst?» Er stand da, die Hände in den Taschen, und sah sie mit festem, ruhigem Blick an. «Runceley!» sagte er. «Den Namen haben Sie bestimmt noch nie gehört.»

«Runceley», wiederholte sie und dachte einen Moment nach. «Stadt im Westbezirk von Yorkshire, am Fluß Tibble gelegen, Kammgarn, Wolle, Kordstoff. 45000 Einwohner. Jährliche Regenmenge 86 Zoll.»

«Grundgütiger!» sagte er. «Sie müssen ja auf der Schule in Geographie die Beste gewesen sein!»

«Ganz im Gegenteil. Ich war unaufmerksam, und da hat mich meine Lehrerin zur Strafe die Städte von Yorkshire abschreiben lassen.»

«Die alte Hexe! Und warum gerade von Yorkshire?»

«Sie war aus Bradford.»

«So, dann kann sie nicht so schlimm gewesen sein. Und wo sind Sie her?»

«Aus den drei Grafschaften», sagte Betony.

«Was, aus allen dreien?»

«Mein Heimatdorf Huntlip sagt gern von sich, daß es den Fuß in allen dreien hat. Aber unsere nächste größere Stadt ist Chepsworth.»

«Chepsworth», sagte er. «Kathedrale . . . Fluß namens Idden . . . Lederhandschuhe.»

«*Drei* größere Flüsse», sagte Betony. «Idden, Ennen und Naff. Und drei kleinere: Swiggett, Derrent und Shinn.»

«Hört sich nach einer wäßrigen Gegend an.»

«In der Regenmenge kann sie's nicht mit Runceley aufnehmen.»

Sie waren inzwischen den Hang bis zur Mitte des Parks hinuntergegangen, wo der letzte der drei Ententeiche lag. Betony lehnte sich gegen das Geländer und sah den Enten zu.

«Warum muß um jeden Teich ein Zaun sein?» fragte sie empört.

«Um die Enten vor den Füchsen zu schützen.»

«Was? Füchse hier in der Stadt?»

«Die Stadt ist um sie herumgewachsen, und ein paar haben überlebt und schlagen sich so durch. Vor drei Wochen ist ein Fuchs unterm Orchesterpodium herausgeflitzt, und mehrere Leute haben ihn durch den Park gejagt. Haben Sie nicht davon in der *Gazette* gelesen?»

«Nein. Aber ein Fuchs kann sich doch unter diesem Geländer durchgraben.»

«Kann er nicht. Diese Zäune stecken absichtlich tief in der Erde. Das stand alles damals in der Zeitung.» Der junge Mann stützte sich neben ihr auf das Geländer. «Lesen Sie nie die *Gazette*?»

«Nein», sagte sie, «aber Sie, offenbar.»

«Allerdings – ich schreibe für sie.»

«Dann sind Sie Journalist?»

«Wenn Sie es so nennen wollen, wenn man Artikel über Parkkonzerte und Füchse in öffentlichen Anlagen schreibt.»

«Warum tun Sie's dann, wenn es Ihnen keinen Spaß macht?»

«Ich diene meine Zeit ab. Eine Art Lehre gewissermaßen. Aber eines Tages werde ich für ein Blatt schreiben, das etwas zu sagen hat, und über Themen, die wichtiger sind.»

«Zum Beispiel?»

«Zwölfjährige Kinder arbeiten in Runceley in Fabriken . . . Die Arbeitsbedingungen in den Kohlegruben von Yorkshire . . . Mädchen in Farbenfabriken, die mit vierundzwanzig an Bleivergiftung sterben . . . Ich hab für den Zeitpunkt einigen Stoff parat.»

«Werden die Leute das aber lesen wollen?»

«Nein, sie lesen lieber etwas Angenehmes. Und sie werden von mir bedient werden! O ja! Ich beschreibe zunächst eine Soirée von Lord Soak, wo allein die Blumen vierhundert Pfund kosten, und dann beschreibe ich zufällig gleich anschließend einen Kumpel in Yorkshire, der bis zur Brust in dreckigem Wasser in einer Zwölf-Stunden-Schicht Kohle fördert.»

«Sind Sie ein Radikaler?» fragte Betony.

«Ich bin eine Stimme», sagte er.

Betony fühlte sich an Nancy Sposs erinnert.

«Sie sind vielleicht jemandes Gewissen?»

«Ja. Vielleicht Ihres.»

«Warum meines? Ich kann's nicht ändern, daß es Arme gibt.»

«Das sagen alle!»

«Ein Gewissen sein, das ist sicher sehr interessant. Fast so, als wäre man Gott.»

«Gott?» sagte er heftig. «Ich könnte mit geschlossenen Augen und die Hände auf dem Rücken gefesselt die Dinge besser regeln! Sehen Sie mich nicht so an – Sie sind genausowenig schockiert wie diese Enten da auf dem Wasser.»

«Wie wollen Sie das wissen?»

«Sie stehen zu fest auf der Erde. Sie sind wie eine dieser kleinen Lampen, die ein Bleigewicht im Fuß haben. Sie werden vielleicht einmal angestoßen, aber Sie fallen nie um. Ja, und Sie sorgen immer für einen sauberen Docht und brennen weiter, was auch geschieht.»

Betony lachte. «Nur solange mein Öl reicht.»

«Ich sehe, Sie mögen die Idee von der kleinen Lampe.»

«Wenn Sie das Gewissen sein können, kann ich dann nicht das Licht sein?» sagte Betony, und sie fügte hinzu: «Ist Utopia möglich?»

«Es sollte stets das Ziel sein, auf das man den Blick richtet.»

«Aber es muß doch wohl immer Arme geben, oder?»

«Warum?» Er drehte sich zu ihr um. «Warum muß es immer Arme geben?»

«Ich weiß nicht.»

«O doch, das wissen Sie schon!»

«Jetzt wollen Sie von mir hören: weil es Reiche gibt.»

«Und Sie wollen die Dinge nicht verändern, weil Sie von jeher daran gewöhnt sind und nie erfahren haben, was Hunger ist.»

«Meine Eltern waren sehr arm.»

«Aber Sie nicht?»

«Nein, ich nicht.»

«Da drüben starrt Sie ein Mädchen an.» Er deutete mit dem Kopf über den Teich. «Eine Freundin von Ihnen?»

Betony blickte in die Richtung und sah Edna gerade noch am anderen Ufer davonlaufen.

«Ich muß gehen», sagte sie. «Wir hatten einen Streit, und ich möchte das wieder in Ordnung bringen.»

«Ja, natürlich. Leben Sie wohl.»

«Ist Ihnen jetzt auch bestimmt wieder ganz gut?»

«Solange ich auf keine Bäume mehr klettere.»

«Dann leben Sie wohl», sagte Betony und eilte Edna hinterdrein.

«Ich bin zurückgekommen, um mich zu entschuldigen», sagte Edna, «aber Sie waren beschäftigt.»

«Ich entschuldige mich auch», sagte Betony. «Und vergessen wir das Ganze.»

«Wer ist der junge Mann mit den wilden Augenbrauen?»

«Ich weiß nicht, wie er heißt. Wir haben uns nur unterhalten.»

«Werden Sie ihn wiedersehen?»

«Wohl kaum – außer, wenn es der Zufall will.»

Er hieß Jim Firth. Er war dreiundzwanzig, jüngstes von sechs Kindern und das einzige, das die Kindheit überlebt hatte. Seine Mutter war tot, und sein Vater lebte allein in Runceley, wo er ein Wochenblatt herausgab.

«Hatte er nichts dagegen, daß Sie nach London gegangen sind und ihn dort allein gelassen haben?»

«Er hat mich ja hierhergeschickt», sagte Jim, «um denen hier im lahmen Süden etwas Beine zu machen.»

Zuerst war es weder Zufall noch Verabredung, daß sie sich wiedertrafen. Er kam jeden Abend in den Park, um aus seinem Zimmer in Gasworks Grove herauszukommen, wie er den Bezirk nannte, und Betony hielt es an diesen warmen Frühsommertagen ebenfalls nicht zu Hause aus, sondern ging, sobald sie Zeit hatte, in den Park. Beide wären also ohnehin dort gewesen, doch einmal da, hielten sie nacheinander Ausschau. Und so trafen sie sich fast immer. Und stritten sich fast immer.

«Warum mögen Sie Ihre Mutter nicht?»

«So etwas habe ich nie gesagt.»

«Sie scheint mir eine bemerkenswerte Frau zu sein.»

«Ja, Sie würden gut zu ihr passen! Sie wissen immer genau wie sie, was richtig ist.»

«Und . . . ist das alles, was mit ihr *nicht* richtig ist?»

«Ja, hm . . . Ich habe nie begriffen, warum sie meinen Vater geheiratet hat. Ich glaube nicht, daß sie ihn liebt.»

«Wieso glauben Sie das? Ist er unglücklich?»

«O nein. Er ist vollkommen glücklich. Wie Männer eben sind.»

«Glaubt er, daß Ihre Mutter ihn liebt?»

«Ich nehme es an.»

«Na, er muß es doch am besten wissen. Und da sind fünf Kinder. Ihr könnt doch nicht alle in völliger Gleichgültigkeit gezeugt worden sein. Das Dumme bei Ihnen ist – Sie sehen immer nur die Oberfläche.»

«Wirklich komisch!» entgegnete Betony. «Ich lerne immer nur Leute kennen, die mich kritisieren!»

«Das sind die besten Freunde, wenn Sie die Wahrheit vertragen können.»

«Und wenn ich nun mit Ihnen anfange?»

«Bitte. Das ist Ihr Recht.»

Doch so sehr Betony sich auch bemühte, sie fand nichts an ihm auszusetzen. Alles, was sie hätte anführen können – sein hitziges Temperament, dieses Immer-im-Recht-Sein, seine Direktheiten, seine Art, sich zu geben – alles war so dicht miteinander und seinen Ansichten, seinem ganzen Wesen verknüpft, daß man ihm nichts vorhalten konnte. Genausogut hätte man einem Fuchs seine Verschlagenheit vorwerfen können oder einem Raubvogel, daß er Flügel hatte.

Sie versuchte sich das selber zu erklären, und sie sah zunächst nur, was ihm fehlte: jede Falschheit, jedes Gefühl für

Eigennutz. Erst später sah sie die Dinge andersherum und erkannte seine Liebe zu allem, was auf der Erde lebte.

«Warum sind Sie nach London gekommen?» fragte er.

«Weil es der Mittelpunkt der Welt ist. Weil es romantisch ist. Weil es hier so vieles zu sehen gibt.»

«Und – was haben Sie schon gesehen?»

«St. Paul's. Den Tower. Westminster Abbey. Madame Tussauds Kabinett.»

«Ist das alles?»

«So ziemlich.»

«Du liebe Güte! Dann werde ich Ihnen einiges zeigen müssen, denn Sie haben noch so gut wie nichts gesehen. Wie wär's am Freitag? Bis dahin hab ich ein bißchen Kleingeld für den Bus.»

«Gut, Freitag», sagte Betony. «Aber ich bezahle die Fahrt selbst.»

Und so verabredeten sie sich. Sie fuhren mit dem Bus zur Edgware Road, und dann gerieten sie in ein Gewirr von kleinen Gassen. Es war schon nach neun Uhr, weil Jim an diesem Tag wegen eines Berichts über den Brand bei Simsbury Junction hatte länger arbeiten müssen.

«Wo kommen wir denn hier hin? Wir sind jetzt schon so lange gegangen . . . Wir lassen ja alle hellen Lichter hinter uns . . .»

«Es gibt trotzdem noch genug zu sehen», sagte er, als sie in eine lange enge Straße einbogen, die Fullway hieß. «Hier, zum Beispiel. Sie haben doch einen Blick für Architektur. Sagen Sie, was Sie von diesen Gebäuden halten.»

«Sie machen sich lustig», sagte Betony.

Sie blickte zu den schwarzen hohen Häuserfronten hinauf, wo in vielen Fenstern das Glas fehlte, wo Spinnweben und Schmutz die einzigen Vorhänge waren und wo hier und da Frauen und Kinder auf den Fenstersimsen saßen und sich mit anderen unterhielten, die unten auf der Türschwelle hockten.

«Diese Häuser können gar nicht gebaut worden sein. Sie sehen aus, als hätten sie sich aus Schmutzhaufen entwickelt. Und sie stinken entsetzlich.»

«Ja, in jedem Haus gibt es nur einen Wasserhahn für dreißig, vierzig Menschen, und abends um acht wird das Wasser abgestellt. Und die Abwässer laufen einfach in den Boden.»

Sie bogen abermals ab, in eine Gasse, die an den offenen Hinterhöfen von Läden und Lokalen entlangführte. Im Hof eines Kaffeehauses suchten Kinder in den Abfalleimern nach Eßbarem. In einem anderen Hof, im Schatten einer Mauer, lagen eine Frau und ein Mann auf dem Boden, zwei Körper, ein einziger Umriß, Stiefel scharrten über Kopfsteinpflaster, während andere Männer in der Nähe warteten.

Da blieb Betony plötzlich stehen.

«War es das, was Sie mir zeigen wollten?»

«London, die romantische Stadt!» sagte Jim. «Waren das nicht Ihre Worte?»

«Oh!» sagte sie zornig. «Glauben Sie, ich bin bisher blind gewesen? Das gibt es auch in Chepsworth zu sehen!»

«Macht das die Sache besser?»

«Das habe ich nie gesagt! Aber was kann ich daran ändern?»

«Sie! Mit ihrem Gerede vom romantischen London! Sie mußten mal wachgerüttelt werden.»

«Ich gehe keinen Schritt weiter!»

«Nein?» fragte er belustigt.

«Keinen Zoll!» Sie rührte sich nicht von der Stelle.

«Dann gehen Sie am besten den Weg wieder zurück. Ich gehe weiter.»

Und er ging weiter die Gasse hinunter, einer heller erleuchteten Straße entgegen. Betony stand unschlüssig da, die Handtasche an die Brust gedrückt. Sie wußte, den Weg zurück würde sie nie finden. Und so preßte sie die Lippen zusammen und folgte Jim.

Er war schon in die Cord Street eingebogen, und dort, wo die Straßendirnen auf und ab gingen, wurde er von allen Seiten angesprochen. Eine knochendürre Frau mit unordentlichem Haar und in geflickter Kleidung trat aus einem Torbogen hervor. Zwei Mädchen, jung und hübsch, drehten sich auf der Stelle um und gingen ein Stück mit ihm. Eine andere

Frau schob sich aus einer Menge vor einer Kneipe auf ihn zu. Und vor allen zog Jim höflich die Mütze.

Betony, die ein paar Schritte hinter ihm folgte, war empört. Er wußte, daß sie hinter ihm herkam, denn jetzt zog er nicht nur die Mütze, sondern sprach auch mit den Frauen, und zwar so laut, daß sie es hören mußte.

«Heut abend nicht, mein Engel, aber vielen Dank . . . Nein, nicht heute abend, ich hatte einen anstrengenden Tag . . . O ja, ich glaube Ihnen! Ich werd's meinen Freunden sagen.»

Doch nach einer Weile begann Betony leise zu lachen. Sie konnte nicht anders. Er schritt in seinem schäbigen Anzug so würdevoll daher und zog so galant die ausgefranste Mütze. Ihr Zorn war verflogen, es war einfach zu komisch. Und da drehte er sich um und sah sie lachen.

«Na, so was? Sie sind noch da?»

«Ich könnte Sie ohrfeigen», sagte sie.

«Auf der Straße dürfen Sie keinen Krach anfangen, sonst kommen Sie ins Kittchen, und was würde man dann auf der High School sagen?»

Sie gingen zusammen weiter, und er nahm ihren Arm.

«So, jetzt belästigen mich die Damen nicht mehr», sagte er, «wenn sie sehen, daß ich schon vergeben bin.»

«Wo gehen wir jetzt hin?»

«Da Sie mir zu Hilfe gekommen sind, sollen Sie erst einmal etwas zu essen bekommen. Ich kenne hier ein Lokal, wo es für fünf Pence Fleischpastete mit Kartoffeln und Erbsen gibt.»

«Aber ich bezahle», sagte Betony.

«Hm, Sie sind schon lustig.»

Und so blieb es zwischen ihnen. Sie waren nicht verliebt ineinander. Sie hatten sich zufällig kennengelernt, und da sie Fremde in einer fremden Stadt waren, beide weit von zu Hause fort, schufen sie sich einander eine neue Heimat.

Sie ließ es nie zu, daß er für sie bezahlte. Wenn sie ausgingen, war es meistens sie, die bezahlte, denn sie wußte, daß er kein Geld, oft nicht einmal genügend zu essen hatte.

Als sie sich einmal auf einer Bank in der Nähe eines Spielplatzes trafen und er gerade sein bescheidenes Mittagbrot aß, kam ein Mädchen von etwa zehn Jahren und starrte ihn an und beobachtete jeden Bissen. Er brach sein Brötchen entzwei, teilte seinen Käse und die Pickles in zwei Hälften und gab die eine Hälfte dem gierigen Kind, das freudestrahlend damit zu den Schaukeln zurückrannte.

«Warum tun Sie das?» fragte Betony ärgerlich. «Warum verschenken Sie Ihr Essen? Kein Wunder, daß Sie immer so müde und abgespannt sind!»

«Still», sagte er sanft.

«Das kleine Ding hat doch ganz schamlos gebettelt! Ist wahrscheinlich von seinen Eltern noch dazu angehalten worden!»

«Es ist Pflicht der Eltern, das Überleben zu lehren», sagte er, an der ihm verbliebenen Brötchenhälfte kauend. «Und diese Kleine gibt nur die Lektion weiter.»

Das Mädchen hatte sich zu seinem kleinen Bruder gesellt, und die beiden teilten sich, auf der Schaukel sitzend, Brötchen, Käse und Pickles. Jedes Kind nahm einen kleinen Bissen Brötchen, knabberte an dem Käse und lutschte an der eingemachten Zwiebel und kaute dann langsam, so daß jeder Mundvoll möglichst lange dauerte. Zuletzt teilten sie sich die Zwiebel, jedes einen Bissen, und dann schaukelten sie weiter hin und her, träumerisch in die Ferne blickend, als wenn sie die Erinnerung an das Genossene möglichst lange behalten wollten.

«Ich würde die Kleine nicht gierig nennen», sagte Jim.

«Sie tun so geheimnisvoll», sagte Edna. «Sie haben mir noch nicht einmal gesagt, wie er heißt.»

«Edna, reich mir mal die Mappe dort herunter, ja?»

«Ich störe Sie wohl?»

«Ja, aber ich spreche gern mit dir, wenn es nicht zu lang dauert.»

«Übrigens – ich weiß, er heißt Jim.»

«Ach, sieh da», murmelte Betony, noch immer über ihrer Arbeit sitzend, «da warst du aber sehr schlau.»

«Was ich alles weiß – Sie wären überrascht.»

«Nein, das wäre ich nicht», sagte Betony.

Aus dem Zimmer unter ihnen kam auf einmal der Klang von Mr. Thorsbys Geige herauf, und Betony sah, wie Edna plötzlich errötete. Mr. Thorsby stimmte sich ein, eine Weile hörte man etwas rauhe Töne, dann begann er *The Ash Grove* zu spielen.

«Verdammt!» sagte Edna. «Und ich habe meiner Mutter versprochen, sie zu einer Whistpartie zu begleiten!»

«Falls du an einem Briefkasten vorbeikommst, würdest du einen Brief für mich mitnehmen?»

«Natürlich. Ah, wieder ein Brief nach Huntlip. Ja, ich gehe jetzt lieber, ehe meine Mutter ruft.»

Betony fragte sich, woher Edna Jims Namen kannte. Sie hatte ihn nie erwähnt, weil sie wußte, wie schnell die winzigste Kleinigkeit in der Schule aufgebauscht herumerzählt wurde. Doch Vorsicht genügte nicht, wie es schien, wenn Ednas Neugierde einmal geweckt war, und als Betony am nächsten Tag während der Morgenpause durch den Schulgarten schlenderte, näherten sich ihr zwei Mädchen. Die eine war Leonie Siddert, die andere ein älteres Mädchen namens Julia Temple, eine Freundin von Edna Bream.

«Miss Izzard, ist Freundschaft zwischen Mann und Frau möglich?»

«Warum sollte sie das nicht sein?»

«Aus Ihrer persönlichen Erfahrung heraus gesehen, Miss Izzard?»

«Ich hatte die Frage eher grundsätzlich verstanden, Julia.»

«Nun . . .»

«Wenn sie nicht grundsätzlich gemeint war, ist sie sehr unverschämt», sagte Betony.

Julia verlor einen Augenblick lang die Fassung, doch entschlossen, der jüngeren Leonie zu imponieren, versuchte sie es noch einmal.

«Haben Sie ein Verhältnis, Miss Izzard?»

«Nein, Julia.»

«Auch kein bißchen?» fragte Julia.

«Auch kein bißchen», sagte Betony.

Die beiden Mädchen gingen schon, vielsagende Blicke tauschend und kichernd, auf ihre Kameradinnen zu, als Betony sie zurückrief und sie aufforderte, ihr zu folgen. Unvorbereitet wie sie waren, gehorchten sie wortlos und gingen mit ihr durch den Garten bis zur Tür von Miss Telerras Zimmer. Betony klopfte an und trat ein. Die Direktorin blickte überrascht auf.

«Entschuldigen Sie, wenn ich Sie störe, Miss Telerra, aber ich muß Sie einen Augenblick sprechen.» Betony wandte sich an Julia und fuhr fort: «Julia, du hast mir eben eine Frage gestellt. Würdest du die bitte wiederholen?»

Julia schwieg und wäre offensichtlich am liebsten hinausgerannt.

«Nun, Julia?» sagte Miss Telerra.

«Es war nichts Wichtiges», murmelte Julia. «Wirklich nicht.»

«Nun komm schon», sagte Betony. «Draußen im Garten eben warst du nicht so schüchtern.»

«Ich habe nur gefragt, ob Miss Izzard ein Verhältnis hat!» sagte Julia, ihre schwarzen Locken schüttelnd.

«Aha», sagte Miss Telerra. «Miss Izzard, gehen Sie jetzt, bitte, ich werde darüber mit Julia und Leonie sprechen.»

Betony ging wieder in den Garten hinaus, und als sie die beiden Mädchen das nächste Mal sah, vermieden sie es, sie anzusehen. Aber das Unglück war geschehen, und Betony, die weiteren Ärger befürchtete, wußte, wer dafür verantwortlich war.

«Edna», sagte sie, als das Mädchen sie das nächste Mal auf ihrem Zimmer besuchte, «du darfst in der Schule nicht über meine Angelegenheiten sprechen.»

«Ich habe nie was erzählt! Glauben Sie, ich habe über nichts anderes zu reden als Sie und Ihren komischen jungen Mann?»

«Edna, ich spreche mit dir wie mit einem erwachsenen Menschen, also benimm dich bitte nicht wie ein Kind.»

«Also ich glaube, Sie schämen sich. Anders kann ich mir diese Heimlichtuerei nicht erklären.»

«Es gibt keine Heimlichtuerei, weil es keine Geheimnisse gibt», sagte Betony und legte Edna in einer versöhnlichen Geste die Hand auf den Arm. «Edna, wir sind doch Freunde, ja? Dann müssen wir auch gegenseitig eine gewisse Privatsphäre respektieren.»

«Aber bei mir respektiert die niemand!» platzte Edna plötzlich heraus, und große Tränen rannen aus ihren vorstehenden Augen.

«Bei mir genaugenommen auch nicht», sagte Betony. «Seien wir wieder Freunde, ja?»

Edna nickte und lächelte tapfer durch ihre Tränen.

«Ich weiß, ich benehme mich dumm.» Sie schnüffelte. «Ich will in Zukunft vernünftig sein, ich versprech's. Wollen Sie nicht herunterkommen zu einer Partie Whist?»

Whist spielten Edna und ihre Mutter mit Leidenschaft, und da Mr. Bream abends oft weg war, suchten sie ständig einen Mitspieler. Mr. Thorsby spielte überhaupt nicht, ebenso Miss Wilkings, die behauptete, sie könne nicht «Asse von Schippen oder Picken oder wie die sonst heißen» unterscheiden; aber der liebenswürdige Mr. Lumbe spielte mit, Edna zu Gefallen, und Betony wurde oft als vierter Mann hinzugezogen.

«Lachen nützt nichts, Miss Izzard. Aus Ihnen wird nie ein guter Spieler, wenn Sie sich nicht konzentrieren.»

«Na ja, es ist doch nur ein Spiel, oder?»

«Für manche, vielleicht», erwiderte Mrs. Bream. «Für manche, gewiß. Nur ein Spiel.»

Betony erzählte Jim von diesen Partien, und er lachte und meinte, Mrs. Bream müsse Mrs. Packle kennenlernen, seine Wirtin in Gasworks Grove, die ebenfalls leidenschaftlich gern Whist spielte. «Die würden gut zueinander passen. Aber natürlich würde Ihre Mrs. Bream sich nie in der Gegend von Gasworks Grove blicken lassen.»

«Heißt der Bezirk wirklich so?»

«Nein! Irgendein Schlaukopf hat ihn Borrowdale Gardens genannt, und die Straßen dort heißen Wensleydale Grove und Malhamdale Avenue und so in der Art. Stellen Sie sich das vor! Nach den schönsten und urwüchsigsten Landschaften werden hier Slums genannt!»

«Wahrscheinlich war das nicht immer ein Slum, oder?»

«Mit den Häusern Rücken an Rücken rings ums Gaswerk herum gebaut und so dicht an den Eisenbahnschienen, daß eine Katze drauf spucken kann! Mit unzureichender Wasserversorgung und unzureichenden Abwasserleitungen! Wenn das nicht schon auf dem Reißbrett ein Slum war!»

«Denken Sie auch mal an was anderes?»

«Ja, manchmal. Manchmal, vor allem in warmen Nächten stelle ich mir vor, ich ziehe mich nackt aus und bade in einem kalten Teich mit Bäumen ringsherum. Und ich denke an einen Garten bei einem Häuschen, das ich kenne, weit weg von hier in Wiltshire, mit einem schiefen Apfelbaum vor der Tür.»

«Wo in Wiltshire?»

«Ach, nur ein kleines Dorf, Midlinger. Ich leihe mir manchmal ein Fahrrad und fahre dorthin. Um den Rauch aus den Lungen zu bekommen.»

«Ich glaube aber nicht, daß Sie die Slums je verlassen könnten», sagte Betony. «Ich glaube, Sie lieben diese düstere Gegend.»

«Kann sein, daß man einen Schmerz liebt, wenn man sich an ihn gewöhnt hat.»

Als sie an der Bushaltestelle eine Zeitung kaufte, trat ein Mann auf sie zu und sprach sie an. Es war Joe Smith, der ihr bei der Ankunft den schweren Koffer getragen hatte und dessen Tochter Florrie die High School besuchte.

«Gut, daß ich Sie treffe, Miss. Darf ich Sie um einen Gefallen bitten?»

«Ja, gewiß.»

«Es dreht sich um diese Anzeige in der *Gazette*. Die High School sucht einen Hausmeister. Das wäre etwas für mich. Ich habe auch mal als Gärtner gearbeitet. Könnten Sie nicht bei der Direktorin ein gutes Wort für mich einlegen?»

«Gern», sagte Betony.

«Smith ist ja ein häufiger Name», sagte er. «Braucht ja keiner zu wissen, daß ich Florries Vater bin.»

Doch am nächsten Morgen stellte Betony fest, daß Miss Telerra ein sehr gutes Gedächtnis hatte.

«Wenn ich mich recht erinnere, Miss Izzard, ist dieser Mr. Smith Florries Vater.»

«Ja – aber macht das etwas aus?»

«Ich mache es mir zur Regel, niemanden einzustellen, der irgendwelche Beziehungen zu meinen Schülerinnen hat. Und in diesem Fall wäre es besonders unklug.»

«Warum?» fragte Betony scharf. «Weil die Smiths arme Leute sind? Weil Florrie ein Stipendium hat?»

«Miss Izzard, mir geht es in erster Linie um Florrie. Sie wissen, daß die Mädchen hier aus der Mittelschicht kommen und daß an der ganzen Schule ein gewisser Ton herrscht.»

«Ein snobistischer Ton, das weiß ich nur zu gut. Aber sollen wir den billigen, Miss Telerra?»

«Snobismus kann nicht auf Befehl abgeschafft werden, Miss Izzard, und Florrie könnte es sehr schwer haben, wenn ihr Vater hier als Hausmeister arbeitete.»

«Ja, das ist mir klar», sagte Betony. «Aber muß es denn bekannt werden, daß es Florries Vater ist?»

Miss Telerra sah sie ironisch lächelnd an.

«Auf einer Mädchenschule bleibt kaum etwas geheim, Miss Izzard. Das haben Sie ja bereits selbst erfahren.»

Bei nächster Gelegenheit sprach Betony mit Florrie Smith allein und erklärte ihr die Sache.

«*Mich* würde es *nicht* stören, wenn Vater hier arbeitet», sagte Florrie. «An die spöttischen Bemerkungen der anderen bin ich gewöhnt.»

«Ich kann leider nicht mehr tun, Florrie. Und Miss Telerra hat nur an dich gedacht, das weißt du.»

Florrie lächelte ein wenig, als habe sie kein rechtes Vertrauen in Miss Telerras Fürsorge.

«Ich danke Ihnen, daß Sie's versucht haben, Miss Izzard. Ich werd's meinem Vater sagen.»

Einige Wochen später, als der Harriet-Thame-Preis vergeben werden sollte, erinnerte sich Betony an Florries skeptisches Lächeln.

Der Preis, von einer ehemaligen Schuldirektorin gestiftet, wurde alle drei Jahre für den besten Aufsatz vergeben, den ein Mädchen aus der Oberstufe über ein vom Lehrkörper gebilligtes Thema aus der Geschichte geschrieben hatte. Er bestand in einem Gutschein, für den man sich im Study Book Shop Bücher kaufen konnte. Dieses Jahr waren sechs Arbeiten eingereicht worden, und der Aufsatz von Florrie Smith war zweifellos der beste. Miss Sylke und Betony waren ausnahmsweise einmal einer Meinung, der sich auch Miss Lazenby, die Leiterin der Englisch-Abteilung, anschloß. Sie teilten Miss Telerra ihr Prüfungsergebnis schriftlich mit und hörten dann nichts mehr, bis Miss Telerra am Ende des Quartals während der morgendlichen Konferenz mitteilte, der Preis sei an Miriam Charcomb verliehen worden.

«Aber warum denn das?» fragte Betony später im Lehrerzimmer. «Miriams Arbeit war doch viel schlechter!»

«Miriams Vater sitzt im Schulaufsichtsrat», sagte Miss Lazenby.

«Es ist nicht das erste Mal, daß so was hier passiert!» rief Miss Sylke aus.

«Nein?» fragte Betony.

«Nein», sagte Horse. «Meine Vorgängerin in der altsprachlichen Abteilung hat in einem ähnlichen Fall gekündigt.»

«Können wir uns nicht bei der Direktorin beschweren?» fragte Betony.

«Die spanische Infantin würde uns nur davon zu überzeugen versuchen, daß sie die einzig richtige Entscheidung getroffen hat», meinte Miss Lazenby.

Es klingelte, und Betony mußte in den Unterricht. Der Nachmittag kam ihr sehr lang vor, und immer wenn sie an Florrie Smith dachte, wurde sie bedrückt. Die Schule machte ihr an diesem Tag keine Freude. Es war gut, daß das Quartal zu Ende ging und die langen Sommerferien vor ihr lagen.

«Was haben Sie denn vor?» fragte Jim, als sie eines Abends durch den Park schlenderten. «Fahren Sie nach Hause?»

«Nein, ich bleibe hier. Ich will einiges tun.»

«London ansehen?» sagte er, um sie zu necken.

«Warum nicht?»

Jeden Tag verließ sie die Matlock Terrace nach dem Frühstück und kam erst zum Abendessen oder noch später wieder zurück. Als sie eines Abends zu einer Verabredung mit Jim in den Park ging, fand sie ihn schlafend auf einer Bank im letzten Sonnenlicht. Sie setzte sich neben ihn, beobachtete, wie seine Lider zuckten, und lauschte auf seine leisen, müden Atemgeräusche. Als er schließlich aufwachte und sie erblickte, setzte er sich rasch auf, die verkrampften Schultern streckend, und sah recht verlegen aus.

«Die Hitze», sagte er. «Ich habe den ganzen Tag im Friedensgericht von Oldbourne gesessen.»

«Sollten Sie nicht auch mal Ferien machen?»

«Ja, Sie haben recht. Ich muß sehen, daß ich zum Sonntag noch einen Samstag hinzunehmen kann. Dann fahre ich zu Tante Jig.»

«Tante Jig?»

«Das ist die alte Frau in dem Häuschen unten in Midlinger.» Er zog, vor Kälte zitternd, seine Jacke zu. «Haben Sie ein Fahrrad? Nein? Vielleicht können Sie sich für zwei Tage eines ausleihen, dann fahren wir zusammen hin. Nächsten Samstag. Oder übernächsten. Können Sie an einem Tag so weit strampeln?»

«Wenn Sie's können, kann ich's auch.»

Sie lieh sich das Fahrrad von Margaret Crabbe. Um fünf Uhr morgens traf sie sich mit Jim. Als sie London hinter sich gelassen hatten, lag ein sanfter, weicher Dunst flach über dem Land. Es war September, und als es nicht mehr dunstig war, lagen vor ihnen in der leuchtenden Sonne die Stoppelfelder. Auf manchen stand noch das Korn in Garben. Besonders im Westen wurden die Stoppeln abgebrannt, und als Jim und Betony eine Pause machten, um zu frühstücken, blickten sie auf die in dichten Rauch eingehüllten Hänge hinunter, aus denen ab und zu rote Flammen züngelten.

Der Rauchgeruch drang zu ihnen hinauf, stieg ihnen in Nase und Mund und würzte jeden Bissen, den sie aßen, und er verließ sie auch nicht, als sie weiterfuhren, durch Snifford, Lamsborough, Sneep, West Hole: ein Geruch wie aus Urzeiten, der Geruch eines sich neigenden Jahres und des neuen, sich darin ankündigenden Jahres.

«Bei mir zu Hause brennen sie die Moore ab», sagte Jim. «Sie verbrennen das alte Heidekraut und den Ginster, und dann kommt das neue heraus, leuchtend grün in der schwarzen Asche.»

Er sprach nicht viel, und während sie nebeneinander dahinradelten, sah Betony, daß er vor Erschöpfung blaß war.

Sie fuhren durch Midlinger hindurch bis ans andere Dorfende und kamen zu einem kleinen Haus mit einem schiefen, moosbewachsenen Strohdach und winzigen Fenstern aus trübem gelblichen Glas. Sie lehnten die Räder an die Hecke, und Jim klopfte an die offenstehende Tür.

Eine alte Frau kam herausgehumpelt. Sie war die häßlichste Frau, die Betony je gesehen hatte. Ihre Haut war runzlig und schmutzig, auf der Oberlippe sprossen ihr aus kleinen

Muttermalen silbrige Haare wie die Schnurrhaare bei einer Katze, und aus dem Oberkiefer ragte ein einziger gelber Zahn. Zuerst war sie wütend über das Klopfen, doch als sie Jim erkannte, kam sie näher und legte ihm die schweren unförmigen Hände auf die Schultern.

«Du, du Schlingel!» krächzte sie. «Hast mich mindestens ein halbes Jahr nicht mehr besucht!»

«Ja – weil du so nach Tabak riechst, altes Ofenrohr!»

«Selber Ofenrohr!» sagte sie und schüttelte ihn heftig hin und her. «Mißgönnst einer alten Frau ihr einziges Vergnügen!» Sie drehte sich schnaufend um und sah Betony aus milchigblauen Augen an. «Wen hast du denn da mitgebracht?»

«Das ist Betony», sagte Jim.

«Betony? Ich hab Betonien im Garten wachsen! Sind gut gegen alle möglichen Schmerzen. Ich mache Salbe und so was draus.»

«Ha!» sagte Jim. «Ich wußte, du bist eine alte Hexe!»

«Schrei nicht so, ich bin ja nicht taub!» Tante Jig musterte Betony noch immer. «Ist eins der besten Kräuter, die es gibt, die Betonie. Betonientee! Kuriert einen vom Tod oder beinah. Und Sie, junge Miss? Sind Sie auch ein bißchen gut gegen Schmerzen? Hm? Auch ein bißchen gut gegen Männerschmerzen?»

«Nein, das ist sie nicht!» sagte Jim sehr laut. «Sie ist ein anständiges Mädchen und kein so leichtfertiges Stück wie du, du alte Vettel! Also laß das! Sonst wird sie noch rot!»

«Unsinn! Aber kommt erst mal rein.»

«Am liebsten würden wir uns in deinem Garten unter den alten Apfelbaum setzen.»

«Wie's beliebt! Wie's beliebt!»

Sie führte sie durch das dunkle Häuschen hinaus in den Garten.

«Bleibt ihr über nacht? Ach ja, wirklich? Und was geb ich euch da heut abend zu essen, das sagt mir mal!» Sie stand da, die Hände in die Hüften gestemmt, und ließ den Blick über ihre Hühner gleiten, die überall fröhlich herumpickten, im

Haus wie im Garten. «Da muß ich einem von denen wohl den Hals rumdrehn.»

«Nein», sagte Jim. «Meinetwegen geschieht kein Mord.»

«Meinetwegen auch nicht», sagte Betony.

«Dann kriegt ihr Eier. Eier und Käse und ein paar Pellkartoffeln. Ist das recht?»

«Könnt nicht besser sein», sagte Jim.

Er und Betony setzten sich ins Gras. Der Apfelbaum neigte seine Zweige unter der Last der Äpfel, die schon eine kräftige, rostrote Farbe hatten. Tante Jig humpelte hin und her und brachte Tee, Obstkuchen und Pflaumentörtchen mit Eiercreme.

«Tante Jigs Gebäck ist das beste auf der ganzen Welt», sagte Jim. «Weil sie es mit schmutzigen Händen macht.»

«Du schamloser Lügner!» erwiderte die Alte. «Meine Hände sind sauber. So sauber und rosig wie ein Babypopo.»

«Ja – aber erst beim Teigkneten.»

Als Jim gegessen hatte, streckte er sich auf dem Rücken im Gras aus und war sofort eingeschlafen. Tante Jig blickte auf sein erschöpftes Gesicht hinunter.

«So hab ich ihn gefunden. Ihn und sein Fahrrad zusammen im Gras neben dem Weg zum Haus. Ich dachte, er ist runtergefallen und hat sich den Schädel eingeschlagen. Aber er hat nur geschlafen und wollte auch die ganze Nacht dort schlafen, um das Geld für eine Übernachtung zu sparen. Da hab ich ihn hereingeführt und im Flur ein Bett gemacht. Seitdem ist er oft hier gewesen, und immer ist er so müde wie jetzt.»

«Er arbeitet zuviel», sagte Betony. «Und vernachlässigt sich. Er schenkt sein Geld immer den Bettlern.»

Als Jim aufwachte und sich auf den Ellenbogen hochstützte, sah er sie still im Garten sitzen, Tante Jig mit einer Strickarbeit auf einem Stuhl und Betony, Wolle aufwickelnd, im Gras.

«Ich muß eingenickt sein. Hab ich geschnarcht?»

«Wie ein Sägewerk!» sagte Tante Jig. «Wir haben unsere Gedanken nicht mehr gehört, die Kleine und ich.»

«Hat wahrscheinlich nichts geschadet.»

«Und was hast du jetzt vor? Noch ein Nickerchen?»

«Nein», sagte er und erhob sich, immer noch ganz steif. «Ich möchte im Teich baden. Kommen Sie mit, Betony?»

Betony saß mitten zwischen Riedgras und Schilfrohr, während Jim wie ein weißer Fisch im Teich herumschwamm. Sie spürte, wie der Zauber des Ortes und des Tages sie langsam durchdrang.

Der Teich, blau, wenn er den Himmel widerspiegelte, silbern und golden, wenn die Sonne in ihm blitzte, olivschwarz unter Weiden und Erlen, grün am Ufer ringsherum. Das Riedgras, süß duftend, kühle Häfen für Moorhühner und Enten, die mit leisem Plipp-Plopp ihre Verstecke aufsuchten. Eine Lerche, die ganz nah auf dem Boden sang. Betony war so erfüllt von dem allen, daß sie das Gefühl hatte, ein Wassertropfen zu sein und in der Sonne zu blitzen, kühl und grün zu sein oder ein schlankes Riedgras, das sich geschmeidig beugte, um den Enten Platz zu machen, oder eine Lerche, ein winziger warmer Körper, winzige warme Federn unter warmen Schwingen, die durch den Stoppelwald glitt, vor Leben pochend, um dann vom Nest aus zu singen.

«Drehn Sie sich nicht um!» rief Jim, ein Stück von ihr entfernt aus dem Teich watend. «Sonst werde ich rot.»

«Trocknen Sie sich schnell ab!» rief sie zurück. «In der Sonne ist's nicht so warm, wie Sie vielleicht glauben.»

Sie beobachtete ihn, wie er sich mit einem dünnen Handtuch trockenrieb. Sein nackter Körper beschämte sie nicht, aber über seinen mageren Körper hätte sie weinen mögen. Niemand durfte so aussehen, so knochendürr wie ein Gerippe.

«Ich fühle mich wie neugeboren», sagte er, als er sich, noch mit dem Kamm durchs Haar fahrend, neben ihr ins Gras hockte. «Wollen Sie nicht auch baden? Ach, Sie brauchen das ja nicht! Sie haben ja genug Wasser an der Matlock Terrace.»

«Ja. Ruby, das Hausmädchen, bringt es in einem großen Kupferkrug herauf. Eigentlich überflüssig, wo der Wasserbehälter auf dem Dachboden steht, gleich neben meinem Zimmer. Ruby bekommt von dem Bäckerjungen den Hof gemacht. Aber sie müssen vorsichtig sein, damit Mrs. Bream nichts merkt. Wenn er ein paar Worte mit ihr sprechen kann, gibt sie seinem Pferd zwei Stück Zucker, sonst nur eins. Und in dem Korb mit den Broten und Brötchen schmuggeln sie sich Nachrichten zu.»

«Woher wissen Sie das alles?»

«Manchmal unterhalten wir uns, Ruby und ich, wenn Mrs. Bream nicht da ist. Und manchmal fragt sie mich, wie ein Wort geschrieben wird, bei ihren Briefen an Matthew.»

«Die Orthographie ist nicht das Wichtigste, sagen Sie ihr das. Aber da wir gerade vom Schreiben sprechen – letzte Woche ist ein langer Artikel über die Alterspensionierung in *Barcoe's Magazine* erschienen.»

«Und das sagen Sie mir erst jetzt? Haben Sie noch ein Exemplar der Zeitung?»

«Nein. Aber Sie brauchen den Artikel auch nicht zu lesen. Es steht nur das drin, was Sie mich schon oft haben sagen hören.»

«Ich hätte ihn trotzdem gern gelesen.»

«Nur weil er gedruckt war?»

«Weil er in einer Zeitung gestanden hat, die in ganz England gelesen wird. Das muß Ihnen doch Freude gemacht haben?»

«Na ja, es ist ein Anfang.»

Später, als sie langsam über die Wiesen zu dem Häuschen zurückgingen, fiel ihr auf, daß er oft stehenblieb, weil ihm Schultern und Rücken weh taten.

«Haben Sie keinen Muskelkater?» fragte er.

«Eigentlich nicht.»

«Wird noch kommen!»

Im Zwielicht kehrten sie zurück. Tante Jig hatte in der Küche die Lampe angezündet, und im Herd brannte ein wärmendes Feuer. Der Kessel dampfte, und die Kartoffeln zischten und pfiffen, in der Asche vergraben. Auf dem blanken Tisch standen gelbe Teller und Trinkkrüge und eine hölzerne

Schale voller Tomaten und grünem Salat aus dem Garten. Daneben lag ein großes rundes Brot mit Mohnkörnern auf der glänzenden Kruste.

«Seid ihr hungrig?» fragte Tante Jig, während sie Tee kochte.

«Richtig ausgehungert! Geht nichts über ein kühles Bad.»

«Also, dann fangt mal an!»

Zuerst brachte sie Eier, die sie «Kokotten» nannte: Eier, die in eine Schüssel geschlagen worden waren, in flüssige, heiße Butter hinein, und dann, mit Petersilie, Pfeffer und Salz bestreut, auf dem Feuer langsam gegart hatten. Dann brachte sie die Kartoffeln, die beim leisesten Druck aufsprangen, mehlig weiß und dampfend, und die dufteten wie Kastanien, wie Betony sagte. Und dann setzte sie ihnen noch Käse, Äpfel und Rosinengebäck vor.

«Nichts mehr jetzt», sagte Jim und lehnte sich im Stuhl zurück, «oder ich träume heut nacht schlecht.»

«Ach, da fällt mir ein», sagte Tante Jig, «schlaft ihr zwei zusammen heut nacht, hübsch und gemütlich, oder jedes für sich?»

«Jedes für sich!» sagte Jim. «Du unmoralische alte Hexe!»

«Das Dumme an dir ist», sagte sie, als sie ihm, an seinem Stuhl vorüberkommend, den Finger in den Rücken bohrte, «du ißt nicht genug und hast nicht genug rotes Blut in den Adern.»

«Mach dir meines Blutes wegen keine Sorgen, Tante Jig. Überleg dir nur, was du sagst in Gegenwart eines anständigen Mädchens.»

«Ihr jungen Leute von heute! Ihr habt solche Hemmungen. Aber wenn ihr unbedingt sterben wollt, ohne zu wissen, wie . . .»

Später, als sie hinaufging, hörten sie sie oben rumoren.

«Nehmen Sie sie nicht ernst», sagte Jim. «Sie macht gern solche Späße, nur um zu sehen, was passiert.»

«War sie einmal verheiratet?»

«Ab und zu einmal, soviel ich weiß. Und sie muß auch irgendwo Nachwuchs herumlaufen haben.»

Tante Jig kam mit einer Ladung Bettzeug herunter: eine Strohmatratze, drei Decken, ein mit Hopfenblüten gestopftes Kopfkissen. Jim stand auf, um ihr die Last abzunehmen.

«Betony hat gerade gefragt, ob du verheiratet warst.»

«Na ja, ich hatte schon mal hier und da einen Ehemann.»

«Einen von anderen Frauen, was?»

«Wir wollen's nicht so genau nehmen, Junge!»

«Eins kann ich dir sagen, Betony: Sie hat's ganz gut hingekriegt mit ihren Ehemännern – dieses Häuschen hier mit seinen drei Morgen Land und noch ein Stück Land drüben auf der anderen Straßenseite.»

«Da siehst du, was dir entgeht, Kind», sagte die Alte zu Betony.

«Ihr entgeht gar nichts», sagte Jim, während er sich auf dem Boden sein Bett machte, «denn ich bin so arm wie eine Kirchenmaus.»

«Bist eben dumm!» sagte Tante Jig. «Und selbst dran schuld!»

Betony schlief in einem schmalen Alkovenbett im Flur. Auch ihr Kopfkissen war mit Hopfenblüten ausgestopft, und sie schlief so fest, daß sie erst aufwachte, als die Sonne schon schien und in der Ferne die Kirchenglocken läuteten.

Sie frühstückten zusammen mit Tante Jig und halfen ihr dann beim Ernten von Karotten, Salat und Kürbissen, die sie am Montag auf dem Markt verkaufen wollhte. Um zwölf Uhr sagte Jim, nun müßten sie zurückfahren, und Tante Jig packte ihnen alles mögliche für unterwegs ein.

«Müßt ihr schon gehen?»

«Es ist eine lange Fahrt.»

«Na, komm wieder, und wart diesmal nicht so lang», sagte die Alte, ihn mit ihrem einen gelben Zahn angrinsend. «Und du!» sagte sie zu Betony. «Bring ihn wenigstens einmal im Monat her, damit er sich satt ißt!»

«Ich will's versuchen», sagte Betony.

Auf der Heimfahrt sprach Jim wenig und Betony, die wußte, wie erschöpft er war, sorgte dafür, daß die Pausen lang genug waren.

Auf den Feldern brannten noch immer die Stoppelfeuer, und über allem stand der Rauch. Als sich der Abend herabsenkte, verschwand er in der Dunkelheit, und sie sahen nur noch den Schein flackernder Flammen. Auf einer Höhe oberhalb von Snifford hielten Jim und Betony an, um ihr Abendessen zu verzehren. Sie blickten den Weg zurück, den sie gekommen waren, und sahen viele Feuer auf einmal leuchten.

Betony wickelte die Eßpakete aus: Butterbrot, hartgekochte Eier, Salat und Radieschen, dazwischen Tütchen mit Pfeffer und Salz. Sie öffnete eine Büchse, in der Gebäck, Törtchen und Apfelkuchen waren.

Der Abend wurde kühl, Wind kam auf, und so setzten sie sich Rücken an Rücken und wärmten sich gegenseitig. Sie aßen und tranken, ohne viel zu sprechen, und beobachteten die Feuer und atmeten den Rauch verbrennenden Strohs ein.

«Das ist so ein Augenblick, wo ich davon träume, allem zu entfliehen», sagte Jim. «Einfach so fortzugehen . . . alles hinter sich zu lassen . . . immer so frei zu sein wie jetzt . . . nie mehr in Städten eingesperrt zu sein.»

«Mir geht's genauso!»

«Ach? Wo Sie die Stadt so lieben? Sie können es doch sicher nicht abwarten, wieder hinzukommen.»

«Nicht in diesem Augenblick», sagte Betony. «Jetzt möchte ich frei sein wie Sie, für immer.»

Als Betony an der Matlock Terrace das Fahrrad die Stufen zum Souterrain hinuntertrug, rutschte sie aus und schnitt sich die Hand am Kettenschutz auf. Die Verletzung war nicht weiter gefährlich, aber die Wunde blutete, und Ruby, die Betony hereingelassen hatte, rannte hinauf und schrie, Miss Izzard sei am Verbluten.

Rasch füllte sich das Souterrain: Mrs. Bream kam herunter, zusammen mit Edna, gefolgt von Mr. Bream und den beiden männlichen Mietern. Mr. Thorsby leistete erste Hilfe. Er wusch die Wunde mit einem Desinfektionsmittel aus und legte einen dicken Verband um ihre Hand. Dabei schenkte er Betony kaum einen Blick. Doch als Betony nachher in ihr Zimmer hinaufging, sah sie, wie Edna sie eifersüchtig anblitzte.

Einige Tage darauf begann das neue Schulquartal, und Betony hatte soviel zu tun, daß sie kaum noch an Edna dachte. Doch da wurde sie eines Nachts plötzlich durch lautes Rufen und Schreien aufgeweckt. Sie stand auf, ging zur Tür und lauschte. Einen Stock tiefer stürmte Mr. Thorsby aus seinem Zimmer, rannte über den Flur und hämmerte mit den Fäusten an Mrs. Breams Zimmer.

«Mrs. Bream! Wollen Sie bitte Ihre Göre von Tochter aus meinem Zimmer entfernen, sonst zerre ich sie an den Haaren hinaus!»

Am Morgen erschien Edna nicht zum Frühstück. Sie wurde mit keinem Wort erwähnt. Mr. und Mrs. Bream taten so, als würden sie Mr. Thorsby nicht bemerken, während dieser wie üblich ausführlich frühstückte, obwohl er aussah, als könne er bei einem einzigen Wort explodieren.

Abends saß Edna wieder an ihrem Platz, und ihr Vater war betont redselig, aber Mr. Thorsby war nicht da, und es war auch nicht für ihn gedeckt. Keiner stellte eine Frage, keiner erwähnte seinen Namen. Er erschien auch am nächsten Tag weder zum Frühstück noch zum Abendessen. In dem Zimmer unter Betony blieb es jetzt still, und als sie eines Morgens beim Hinuntergehen hineinblickte, sah Betony, daß Mr. Thorsbys Sachen verschwunden waren.

Das Zimmer stand Woche um Woche leer, und dann hieß es auf einmal, daß es zu der Wohnung von Edna und Mr. Lumbe gehören sollte, denn sie wollten heiraten, vielleicht zu Ostern.

Edna sprach jetzt kaum noch mit Betony, weder zu Hause noch in der Schule. Sie hatte so schlecht über Mr. Lumbe geredet, daß sie wohl fürchtete, Betony könnte anderen davon erzählen.

«Edna, wir machen alle Fehler», sagte Betony. «Deshalb können wir doch weiter Freunde sein.»

«Ich habe Ihnen nichts zu sagen», erwiderte Edna. «Entschuldigen Sie mich bitte, ich bin im Augenblick beschäftigt.»

Betony lächelte. Es fiel ihr leicht, Ednas Grobheit zu entschuldigen. Sie hielt alles für eine Laune, die vorübergehen würde. Doch da hatte sie sich getäuscht, und eine Woche später fiel ihr das Entschuldigen weniger leicht, als sie Edna in ihrem Zimmer beim Lesen ihres Tagebuchs antraf.

Es war ein Samstagabend im Oktober. Betony hatte eine Zeitlang im Park auf Jim gewartet, doch da er nicht kam und es ein feuchtkalter Abend war, war sie früher als geplant zurückgekehrt. Edna war so überrascht, daß sie nicht einmal mehr das Tagebuch in die Schublade schieben konnte.

«Was machst du denn hier?» sagte Betony. «Ich denke, du hast keine Zeit mehr für mich.»

«Meine Mutter will wissen, ob Sie frisches Bettzeug brauchen.»

«Lüg nicht, Edna. Du hast mich hinausgehen sehen. Wir sind uns in der Diele begegnet. Du hast da mein Tagebuch, nicht wahr? Und du liest sicher nicht zum erstenmal darin.»

«Da!» rief Edna plötzlich zornig und warf Betony das Tagebuch vor die Füße. «Keine Angst! Ihre Kraxelschrift kann ich sowieso nicht lesen!»

«Verlaß bitte sofort mein Zimmer und komm nicht noch einmal, wenn ich nicht da bin.»

«Wenn Sie da sind, komme ich schon gar nicht!» Edna warf im Hinausgehen die Tür hinter sich zu, und Betony hob das Tagebuch auf und sah hinein. Edna hatte recht: Es *war* eine Kraxelschrift.

Von diesem Tag wurde Edna immer feindseliger ihr gegenüber und beeinflußte sichtlich auch die anderen Hausbewohner. Mrs. Bream war kaum noch höflich zu Betony, und Mr. Lumbe zeigte eine kühle Distanz. Mr. Bream benahm sich zwar wie früher, aber er war abends selten zu Haus, und Betony begann zu verstehen, warum. Nur Miss Wilkings blieb weiterhin freundlich, während Ruby, das Hausmädchen, nicht mehr mit ihr zu sprechen wagte. Nur wenn sie sich auf dem Flur begegneten, zwinkerte sie Betony verständnisvoll zu.

In der Schule war es noch schlimmer. Wenn Edna bei Betony Unterricht hatte, setzte sie sich mit ihren beiden Freundinnen, Julia Temple und Phoebe Davies, immer in die erste Reihe, und sie starrten sie während der ganzen Stunde an. Sie musterten sie mehrmals von oben bis unten oder starrten auf eine bestimmte Stelle, tauschten vielsagende Blicke und tuschelten oft miteinander, wobei sie darauf achteten, daß sie manche Worte wie *Fahrrad* und *Wochenende mit Freunden* hören mußte. Und manchmal machten sie auch ihren Akzent nach.

«Wo kommen Sie eigentlich her, Miss Izzard?»

«Warum, Julia?»

«Sie haben so eine breite Aussprache, Miss Izzard. Wir haben uns gefragt, in welche Gegend Ihr Akzent gehört.»

«Ist Ihr Vater wirklich Tischler, Miss Izzard?»

«Beschränkt eure Fragen auf den Unterrichtsstoff», sagte Betony dann kühl und ruhig. Doch oft, vor allem wenn sie sie auf den Korridoren anrempelten, konnte sie sich nur mit Mühe zurückhalten.

Sie hatte Jim seit fast einem Monat nicht mehr gesehen, und da sie sich wegen der Grippeepidemie, die in London grassierte, Sorgen um ihn machte, ging sie an einem naßkalten Samstagnachmittag im Oktober in die Slums von Simsbury hinüber.

Borrowdale Gardens war eine lange Straße, und sie kannte seine Hausnummer nicht. Sie wußte nur, daß Jim in einem Eckhaus wohnte und daß hinter dem Haus die Eisenbahn entlangfuhr. Es kamen sechs Häuser in Frage.

Im ersten Eckhaus öffnete auf Betonys Klopfen eine Frau die Tür, die bis auf eine einzige Locke langen blonden Haars völlig kahlköpfig war.

«Mr. Firth? Kenn ich nicht. Da sind Sie hier falsch.»

«Mrs. Packle? Sie nimmt Untermieter auf.»

«Das tun wir hier alle. Ich kenn keine Mrs. Packle.»

Im nächsten Eckhaus hatte die Frau, die an die Tür kam, einen grauen Papagei auf der Schulter und ein Schüreisen in der Hand.

«Nein! Bei mir gibt's keinen Mr. Firth. Und ich kenn auch keine Mrs. Packle.»

«Klopft jemand!» krächzte der Papagei. «Klopft jemand! Laßt den Kerl rein!»

«Vielleicht haben Sie ihn einmal gesehen», sagte Betony. «Er ist hager und hat dunkles Haar und schwarze Augenbrauen. Er arbeitet als Reporter bei der *Gazette.*»

«Nein, ich kenn ihn nicht. Versuchen Sie's nebenan.»

«Verfluchte Züge!» krächzte der Papagei. «Waterloo! Umsteigen nach Watford!»

Am dritten Haus hing ein Zettel im Fenster: «Zimmer zu vermieten.» Die Frau, die diesmal auf Betonys Klopfen öffnete, war klein und weißhaarig und hatte ein energisches Kinn und etwas stechende Augen.

«Ja? Ja, ich bin Mrs. Packle. Kommen Sie wegen des Zimmers?»

«Nein. Ich wollte Mr. Jim Firth sprechen.»

Die Frau schwieg einen Augenblick, dann trat sie einen Schritt vor. «O Gott! Mr. Firth! Er ist schon seit drei Wochen fort.»

«Fort? Fort wohin?»

«Tot!» erwiderte Mrs. Packle mit belegter Stimme. «Er ist ganz plötzlich krank geworden, am Freitag vor drei Wochen. Oh, war das schrecklich! Ich habe Dr. Sweeting geholt. Aber der Krankenwagen kam zu spät. Er war schon tot, als ich mit dem Doktor zurückkam. Blinddarm. Peritonitis, hat der Doktor gesagt.»

«Und wann war die Beerdigung?»

«Letzten Dienstag vor zwei Wochen. Sein Vater ist gleich gekommen, als ich ihm geschrieben hab. Der arme Mann. War das letzte seiner Kinder, hat er mir gesagt.»

«Wo liegt er begraben?» fragte Betony und rechnete zurück: Freitag vor drei Wochen – das mußte am dritten Oktober gewesen sein.

«Aber kommen Sie doch rein», sagte Mrs. Packle. «Ich seh Ihnen an, Sie sind ganz betroffen – genau wie ich damals.»

«Nein, danke. Aber können Sie mir sagen, wo er begraben liegt?»

«Auf dem Friedhof von Simsbury. Beim Bahnhof. Wollen Sie wirklich nicht reinkommen?»

Betony war schon im Gehen. Friedhof Simsbury. Bahnhof. Waterloo. Alles aussteigen.

Der Friedhof, lauter weißer Marmor, starrte sie kalt an: eine Stadt wie auf dem Mond, in geraden Reihen angelegt, widerstandsfähig genug, um dem Zahn der Zeit standzuhalten. Die schnurgeraden Reihen hatten etwas Bedrohliches, so als wären sie Messer, und die grelle Weiße wirkte lähmend und ließ Betony innerlich erschauern.

Zu Hause in Huntlip war der alte Friedhof grau und grün, und der Besucher empfand seine friedliche Stille als wohltuend. Die Grabmale waren aus Sandstein, und die Witterung schliff bald ihre scharfen Kanten ab. Sie versanken dann allmählich in der Erde, Efeu rankte sich daran entlang und Käfer und Ameisen fanden dort Unterschlupf. Der Friedhof von Huntlip – und das galt auch für die Friedhöfe von Eastery, Middening und Blagg – war ein Ort, an dem Blumen wuchsen und Vögel sangen, war ein Ort der Ruhe, für die unter der Erde und für die, die oben die Wildnis pflegten.

Als sie Jims Grab schließlich fand, hatte es wenigstens keinen grell-marmornen Stein. Es war nur ein kleiner Hügel aus dunkler Erde, die naß und schwer war von dem leise herabfallenden Regen. Bald würde Gras darüber wachsen, so daß es für immer grün war.

Als Betony nach stundenlangem Umherwandern zwischen Fabrikschloten, Kühltürmen, Abstellgleisen und Verladerampen endlich zurückkehrte, lag vor ihrem Zimmer ein Brief von zu Hause, und sein Anblick erinnerte sie daran, daß heute der fünfundzwanzigste Oktober war. Ihr Geburtstag. Sie war achtzehn geworden.

Es wurde früh Winter in diesem Jahr. In Betonys Zimmer war kein Kamin, und abends war es sehr kalt. Mrs. Bream hatte versprochen, ihr einen Petroleumofen zur Verfügung zu stellen, doch Woche um Woche verging und nichts geschah, und als Betony sagte, sie werde sich selbst einen kleinen Ofen kaufen, erwiderte Mrs. Bream, sie wolle nicht, daß die Decke durch den Rauch geschwärzt würde.

«Im Wohnzimmer unten brennt doch immer ein Feuer, Miss Izzard. Sie sind abends jederzeit herzlich willkommen.»

Aber das gerade traf nicht zu. Wenn Betony am Wohnzimmertisch arbeitete, spielte Edna mit Mr. Lumbe Tivoli und schob das Spielbrett hin und her, so daß die Tinte über Betonys Hefte spritzte. Saß sie im Sessel und las, redete Edna mit lauter Stimme, lief hin und her, öffnete über ihren Kopf weg einen Schrank oder bat sie aufzustehen, da sie auf dem Platz nach einer verlorenen Nagelfeile suche. So blieb Betony lieber auf ihrem Zimmer, wie kalt es auch war, zog sich einen Mantel an und schlug sich die Bettdecke um die Beine. Und wenn es ihr zu kalt wurde, nahm sie ihren Umhang, ihren wollenen Schal und die dicken Lederhandschuhe, die Oma ihr genäht hatte, und lief draußen so lange herum, bis wieder Leben in ihre Hände und Füße kam.

Nachts wurde es so kalt, daß sie zwei Nachthemden anzog und sich den Wollschal um die Füße wickelte. Sie hatte nur eine Bettdecke, und so breitete sie noch den Mantel und den Umhang darüber und dann noch den Vorleger vom Fußboden. Einmal bat sie Mrs. Bream um wärmeres Bettzeug, und als sie dann abends nach dem Essen hinaufging, lag vor ihrer Zimmertür eine einzige kleine Decke.

Eines Abends, als sie gerade Hefte korrigierte, kam jemand die Treppe zum Dachgeschoß hinaufgestiegen. Sie sprang sofort auf, da sie nicht wollte, daß man sie so in Decken eingewickelt dasitzen sah. Sie räumte die Sachen schnell beiseite. Dann öffnete sie. Es war Mr. Bream, der sie breit anlächelte. Er trug in der einen Hand einen kleinen Petroleumofen und in der anderen eine Ölkanne mit einem Blechtrichter.

«Es ist wegen des Wasserbehälters», sagte er. «Meine Frau befürchtet, die Rohre könnten einfrieren.»

Damit öffnete er die Tür zum Speicher, bückte sich und verschwand, zusammen mit dem Ofen.

«So!» sagte er, als er wieder erschien und sich die Spinnweben von den Ärmeln strich. «Das dürfte genügen! Wollen doch nicht, daß uns überall die Rohre platzen, nicht? Ich lasse die Ölkanne hier bei Ihnen, Miss Izzard. Vielleicht überwachen Sie den Ofen und füllen nach, wenn es soweit ist, ja? Dann braucht nicht immer einer von uns heraufzukommen.»

Im Hinausgehen blickte er sich noch einmal um, ohne Betony direkt in die Augen zu sehen.

«Es ist kalt hier oben, Miss Izzard. Sie kommen doch herunter, wenn Sie mögen, ja?»

«Ja», sagte Betony.

Später, als sie zu Bett gehen wollte, öffnete Betony die Speichertür und sah zu dem kleinen Petroleumofen hinüber, der dort im Dunkeln unter dem Dach brannte. Es war ein wohltuender Anblick, und auch der warme Lufthauch, der sie anwehte, tat wohl, doch der Geruch des Petroleums stimmte sie traurig, weil er sie an zu Hause erinnerte. Sie schloß die Tür und ging zu Bett.

Im Dezember wurde es noch kälter, und eines Abends ging sie auf den Dachboden, tastete sich behutsam an den Balken entlang und holte den Ofen zu sich ins Zimmer. Sie stellte ihn auf die größte Flamme, so daß er leuchtend blau brannte, und setzte sich mit einem Buch daneben, bis es Zeit zum Schlafen war. Dann trug sie ihn wieder hinüber. Als sie sich auskleidete, merkte sie, daß ihre Sachen stark nach Petroleum rochen, und so hängte sie sie dicht an das zugige Fenster, damit der Geruch bis zum Morgen herausging.

Seitdem lieh sie sich jeden Abend den Ofen für zwei, drei Stunden aus und stellte ihn danach wieder an seinen Platz zurück. Sie hatte kein Schuldgefühl, denn die Rohre und der Behälter froren nicht ein, und sie stieg jeden Abend auf einen Stuhl und wischte den Ruß von der Decke ab. Doch eines Abends, als sie wieder auf dem Speicher war, verlor sie das Gleichgewicht und rutschte mit einem Fuß auf das Latten- und Mörtelwerk zwischen den Balken und stieß dabei durch die Decke des darunterliegenden Zimmers.

Das Zimmer darunter war das leere Zimmer von Mr. Thorsby, und als Betony am nächsten Morgen auf dem Weg hinunter zum Frühstück verstohlen hineinschaute, sah sie das Loch in der Decke. Auf dem Boden lagen Mörtelkrümel.

«Oh!» sagte Edna. Sie riechen ja ganz gräßlich nach Petroleum! Da wird einem ja übel.»

«Das kommt wohl von dem Ofen auf dem Dachboden», sagte Betony. «Ich habe ihn gestern abend frisch aufgefüllt, wie dein Vater mir gesagt hat.»

In der Eingangshalle der Schule stand jetzt in der Vorweihnachtszeit eine Krippe, die von Kerzen in farbigen Gläsern erleuchtet wurde. Und vor der Krippe stand eine große offene Kiste, in die die Mädchen als Spende für das Waisenhaus Oldbourne Hill alte Kleidungsstücke legen konnten.

Als Betony eines Nachmittags vorüberkam, sah sie eine Gruppe von Mädchen, unter ihnen Edna Bream und Julia Temple, um die Kiste versammelt und darin herumwühlen.

«Seht euch das an!» rief Julia aus und hielt einen Muff aus grauem Astrachanfell in die Höhe. «Der paßt doch *haarscharf* zu meinem Mantel. Findet ihr nicht auch? Wer gibt denn so was Schönes den Waisen? Ist doch kaum getragen!»

«Ich an deiner Stelle würd ihn behalten», sagte Edna und fuhr mit der Hand über den Pelz.

«Das tu ich auch! Er ist wie für mich gemacht!»

«Julia», sagte Betony und näherte sich dabei der Gruppe, «leg den Muff wieder in die Kiste.»

«Warum?» fragte Edna. «Wer ihn gespendet hat, hätte ihn bestimmt Julia gegeben, wenn er gewußt hätte, daß Julia ihn so gut brauchen kann.»

«Ja, warum?» fragte auch Julia. «Etwas, das so gut zu meinem Mantel paßt, finde ich nie wieder.»

«Leg den Muff wieder hinein», sagte Betony.

«Nein», sagte Edna. «Hör nicht auf sie. Sie ist nicht die Direktorin.»

«Soll ich sie holen?» sagte Betony.

«Von mir aus!» sagte Edna. «Sie hätte sicher nichts dagegen, daß Julia sich den Muff nimmt.»

«Ja, man stelle sich das vor, ein Waisenkind und ein Astrachanmuff!» sagte Julia. «Wer das Ding gespendet hat, muß von Sinnen gewesen sein.»

«Leg ihn wieder hinein oder ich gehe sofort zu Miss Telerra!» sagte Betony.

«Na ja, schön! Sie können ihn haben und viel Spaß damit, verdammt noch mal!»

Wütend warf Julia den Muff in die Kiste. Doch dann zog sie ihn schnell halb heraus und riß ihn dabei so absichtlich über einen vorstehenden Nagel, daß der Pelz ein Loch bekam.

«So!» sagte sie. «Jetzt können die Waisen ihre Freude dran haben!»

Das war zuviel für Betony. Sie hob die Hand und schlug Julia ins Gesicht.

Als sie davonging, fühlte sie sich von allem wie losgelöst. Doch zum erstenmal war es die Welt, die ihr unwirklich erschien, nicht sie selbst. Sie ging sofort zum Zimmer der Direktorin und trat nach kurzem Anklopfen ein.

«Ich verlasse die Schule», sagte sie ruhig.

«Ich glaube, Sie setzen sich erst mal, Miss Izzard, und wir sprechen in Ruhe darüber», sagte Miss Telerra.

Aber Betony wollte sich nicht setzen. Sie hatte ihren Entschluß gefaßt, und niemand würde etwas daran ändern.

«Überlegen Sie sich die Sache noch einmal», sagte Miss Telerra. «Ist es wegen der Breams? In diesem Fall könnte ich Ihnen sicher eine bessere Unterkunft besorgen.»

«Das ist nur ein Grund unter anderen. Es ist alles miteinander, die Schule eingeschlossen.»

«Die Schule?» sagte Miss Telerra entgeistert.

«Der Preis, den Miriam Charcomb bekommen hat – er hätte Florrie Smith zugestanden.»

«Miss Izzard, Sie fahren doch über Weihnachten nach Hause? Nun, dann denken Sie während der Ferien über alles nach, und wenn Sie bei Ihrer Rückkehr noch genauso denken, nehme ich Ihre Kündigung an.»

«Ich komme nach Weihnachten nicht zurück.»

«Aber das müssen Sie! Denken Sie an Ihre Kündigungsfrist!»

«Das ist mir gleich. Ich komme nicht zurück.»

Miss Telerra blickte sie starr an. «Sind Sie sich bewußt, daß die Schule bei nicht fristgerechter Kündigung den Lohn eines Quartals von Ihnen zurückverlangen kann?»

«Ich gehe, was Sie mir auch androhen.»

«Wie glücklich Sie sein müssen, daß Sie eine solche Drohung so leicht nehmen, Miss Izzard. Es gibt viele Menschen auf der Welt, die zu arm sind, um so geringschätzig von Geld sprechen zu können wie Sie.»

«Sprechen Sie *mir* nicht von Armut.»

«Ich muß doch bitten!» sagte Miss Telerra kalt. «Ich glaube, Sie haben genug gesagt.»

«Den Eindruck habe ich auch.» Betony ging zur Tür. «Ach, noch etwas – ich habe gerade Julia Temple eine Ohrfeige gegeben.»

Am Nachmittag, als sie in einem Schulbuch blätterte, stieß sie auf ein altes englisches Gedicht:

> Kleine Vögel auf gepflügtem Land
> Ein Mann wirft Samen aus der Hand
> Dem sanfter Wind mit Regen fromme
> Gott wird schon nach dem Rechten sehn
> Bis ich dann wiederkomme.

Kleine Vögel auf gepflügtem Land! Sie sah sie vor sich. Die Worte erinnerten sie an ihre Heimat. In vier Tagem würde sie daheim sein! Bis ich dann wiederkomme . . .

Am letzten Tag verabschiedete sie sich von der Direktorin – eisiger ging es kaum – und dann von Crabbe und Horse und Florrie Smith, der sie ein paar Bücher schenkte. Der Rest der Schule interessierte sie nicht. Und ihr Abschied von Matlock Terrace war genauso kühl.

«Ich werde nicht zurückkommen», sagte sie zu Mrs. Bream, während sie ihre Rechnung bezahlte.

«Sehr schön, Miss Izzard», erwiderte Mrs. Bream.

«Leben Sie wohl, Ruby», sagte Betony.

Als der Zug in den Bahnhof von Chepsworth einfuhr, sah sie ihren Vater auf dem Bahnsteig stehen, seine Pfeife rauchend, so wie sie ihn das letzte Mal gesehen hatte – es war ihr, als wären die dazwischen liegenden Monate ein langer, schwerer Traum gewesen. Dennoch hatte sich einiges verändert. Hatte er damals ein bekümmertes Gesicht gemacht, so sah er sie jetzt strahlend an. Damals hatte sie ihn verlassen wollen, jetzt erschien es ihr schon wie ein Wunder, daß es ihn überhaupt gab, und sein Lächeln war so warm wie helle Sommersonne.

«Ich dacht schon, du kommst nicht mehr», sagte er. «Ich warte hier schon eine Ewigkeit auf dich.»

«Der Zug hatte aber nur fünf Minuten Verspätung.»

«Fünf Minuten? Mir ist's wie fünf Stunden vorgekommen.»

Er hob sich ihren Koffer auf die Schulter, und sie gingen den Bahnsteig entlang. Er nahm ihr Billett und gab es dem Mann an der Sperre.

«Meine Tochter ist da, aus London. Ja, London! Sie ist dort Lehrerin.»

Das Gefühl, an einem Wunder teilzunehmen, erfüllte sie noch immer. Ihre Fußtritte auf dem hartgefrorenen Boden, das freudige Wiehern des Ponys und die Art, wie es sie mit spreubedeckten Nüstern beschnupperte, als ihm der Hafersack abgenommen war, die Fahrt nach Hause mit einer gefütterten Decke über den Beinen und einer heißen Steingutflasche unter den Füßen und der warme, große Körper des Vaters neben ihr, der sie stolz durch Huntlip fuhr – alles war wie ein Wunder, als wäre sie, lange blind gewesen, endlich sehend geworden, lange taub und stumm und unempfänglich für den sauberen, kalten Winterduft, endlich wieder im Besitz all ihrer Sinne.

«Für wie lange bist du zu Hause, Schatz?»

«Für immer», sagte sie. «Zumindest geh ich für eine ganze Weile nicht mehr fort.»

Eines Tages vielleicht. Aber noch nicht gleich. Eines Tages würde sie nach Midlinger fahren und Tante Jig sagen, daß Jim gestorben war. Eines Tages würde sie nach Runceley fahren und Jims Vater besuchen. Aber im Augenblick brauchte sie Zeit, um nachzudenken und neue Kraft zu sammeln.

«Du gehst nicht mehr nach London?» fragte ihr Vater.

«Nein, es war nicht das Richtige. Ich erzähl's dir später. Jetzt möchte ich nur die Heimkehr genießen.»

Sie sah ihm an, daß er enttäuscht war. Sie wußte, er hatte große Hoffnungen in sie gesetzt, so verschwommen sie auch sein mochten, hatte irgendwie damit gerechnet, daß sie sich in der großen Stadt, im ganzen Land einmal einen Namen machen würde. Er sagte nichts weiter, aber als er sie so verwirrt und mit gerunzelter Stirn ansah, ahnte sie, was er empfand. Er schien zu glauben, daß sie ihn von wichtigen Dingen ausschließe, und das verletzte ihn. Das Mißverständnis machte sie traurig. Es war der einzige Schatten, der auf diesen Tag fiel.

Ihre Mutter stellte keine Fragen. Sie sah sie nur an, las in ihren Augen und blieb wie immer ganz ruhig. Sie nickte, und was sie dann mit ihrer kühlen, klaren Stimme sagte, waren häusliche, praktische Dinge, die Betony ein gutes Gefühl der Sicherheit gaben.

«Es wird nicht lange so bleiben», sagte sie sich, «aber in diesem Augenblick fühle ich mich wohl.»

«Es gibt Kanincheneintopf zum Abendessen», sagte ihre Mutter. «Die Jungen waren heut morgen auf Kaninchenjagd, weil sie wissen, wie gern du das ißt.»

«Ach ja? Wirklich? Das wissen sie noch?»

Alles war genau wie früher, und doch hatte alles eine verwunschene Schönheit, und die Küche wurde für sie das Herz der Welt. Die schwarzen Deckenbalken, die sattroten Bodenfliesen, das Feuer im Herd, das aufloderte, wenn Großmutter die Klappe öffnete, der Geruch des Kanincheneintopfs mit seinen Zwiebeln und Karotten und Pastinaken und Steckrüben und mit Thymian gewürzten Klößchen, das blau-weiße Porzellangeschirr und die alten Hornbecher, die aus dem Mauthaus stammten, ja selbst so etwas Simples wie das Vorhangzuziehen, wodurch das kalte, graue Abenddunkel ausgeschlossen und Wärme und Licht eingefangen wurden – alles war genau wie früher und doch auf wunderbare Weise neu.

Und auch die Jungen, die aus der Werkstatt hereingepoltert kamen und zuerst verlegen grinsten und dann ihr beweisen wollten, daß sie inzwischen Männer geworden waren – auch sie, obwohl aus Fleisch und Blut, erschienen ihr wie aus einer anderen schöneren Welt. Selbst als Uropa hereinstapfte und sie mit seiner Stimme anbellte, wie er alle anbellte, weil er allmählich schwerhörig wurde, selbst er brachte ein tiefes Gefühl von Wärme und Sicherheit mit. Und Tom, der hinter den anderen Jungen wie immer zurückblieb, dunkel und schmal, wo sie alle blond und breit waren, Tom, der sie still und ruhig mit seinen dunklen Augen ansah – sie brauchte Tom nur anzuschauen und ihn wie ein Stück von sich selbst zu lieben und zu wissen, daß diese Liebe für immer ihre Strafe sein würde, weil sie als Kind so grausam zu ihm gewesen war.

«Und du hast nicht das Königspaar gesehen!» rief Dicky empört.

«Und nicht den Lord Mayor!» sagte Roger lachend.

«Betony», sagte William, «du mußt mir Geometrie beibringen.»

«Betony», sagte Janie, «du mußt meine Brautjungfer sein, wenn Martin und ich im Juni heiraten.»

«Mir scheint, du hast abgenommen, Schatz», sagte ihr Vater. «Deine Mutter wird dir gut zu essen geben müssen.»

«Iß noch ein Klößchen», drängte Großmama.

Das Wunder dauerte an. Und dennoch hatte sich manches verändert, vor allem in der Werkstatt. Timothy Rolls war, achtzigjährig, gestorben, und Steve Hewish war mit sechsundsiebzig in den Ruhestand getreten. Und die Eiche auf dem Werkstatthof war auch nicht mehr da.

«Dreihundert Jahre», sagte William, als sie um den mächtigen Stumpf herumstanden. «Wir haben die Jahresringe gezählt, Roger und ich, und wir sind beide auf dreihundert gekommen.»

«Warum habt ihr sie gefällt? War sie krank?»

«Nein. Aber Uropa wollte das Holz haben, wenn es am besten ist, damit wir's verwenden und ihm ein neues Leben geben können, wie er sagt.»

«Werden Sie zum Brandy-Trinken da sein, Miss Betony?» fragte Sam Lovage.

«Aber sicher!» rief Uropa Tewke. «Sie ist zurückgekommen, wo sie hingehört, und da wird sie auch bleiben, paßt mal auf!»

Sie war zu Hause. Sie würde bleiben. Wie gut war Uropas Glaube! Man mußte nur an das Leben glauben.

Am Weihnachtsmorgen waren sie und die Jungen früh unterwegs und sammelten Stechpalmenblätter und Mistelzweige, die sie an den Deckenbalken im Wohnzimmer befestigten. Das Haus dufte wie ein Wald, meinte Uropa, und der tauende Rauhreif der Mistelzweige tropfte Großmama Tewke ins Genick, als sie den Tisch polierte.

Sie schleppten Eimer mit Kohle und Körbe mit Holzscheiten herein. Das Feuer prasselte in Küche und Wohnzimmer. Den ganzen Morgen roch das Haus nach Bratgans, gefüllt mit Salbei und Zwiebeln, nach Plumpudding und Brandysoße. Den ganzen Nachmittag roch es nach Orangeschalen, die sie vor dem Kaminfeuer im Wohnzimmer rösteten und mit braunem Zucker aßen, wie sie das schon als Kinder getan hatten.

Betony bekam von ihren Brüdern und Janie ein neues Tagebuch geschenkt, und eine Woche später, als sie auf ihrem alten Platz in der Küche saß, die Schreibunterlage auf den Knien, schlug sie es auf und strich die erste, noch steife Seite glatt. Es gab plötzlich so viele Dinge, die ihr kostbar waren. Sie wollte sie festhalten, in schwarz auf weiß vor sich haben. Sie griff zum Federhalter und begann zu schreiben.

«Mein Urgroßvater William Henry Tewke wurde 1831 geboren, im Jahr der Krönung von König William und in dem Jahr, als die Eisenbahn nach Chepsworth gelegt wurde. Er ist jetzt zweiundachtzig.

Meine Großmutter Catherine Rose Tewke, geb. Firkins, wurde 1853 geboren. Mein Großvater John Tewke wurde 1852 geboren und starb 1885, von einem Pferd auf dem Dorfanger von Huntlip getötet.

Mein anderer Großvater Walter Izzard wurde 1833 geboren und starb 1890. Meine Großmutter Goody Izzard wurde

1837 geboren und starb 1906 während der Überschwemmungen im Winter.

Mein Vater Jesse Izzard ist 1877 im Mauthaus bei Eastery geboren, und meine Mutter Elizabeth Kate Izzard, geb. Tewke, ist 1875 geboren in einem Häuschen am Dorfanger von Huntlip. Sie heirateten im September 1894 in Eastery.

Ich, Betony Rose Izzard, bin im Oktober 1895 geboren, im Mauthaus, wo auch meine Schwester Janie im November 1896 geboren wurde. Mein Bruder William Walter wurde im Mai 1898 geboren, Roger John im August 1899 und Richard Jesse im April 1900 – alle hier in Cobbs. Mein Pflegebruder Thomas Maddox ist 1897 geboren; das genaue Datum ist nicht bekannt, aber wir feiern seinen Geburtstag am 1. März . . .»

Sie hielt einen Augenblick inne und ließ die Tinte trocknen. Dann schlug sie eine neue Seite auf und schrieb weiter.

«Dieses Buch wurde mir von meinen Geschwistern als Tagebuch geschenkt. Ich verspreche hiermit, daß alle in ihm aufgezeichneten Dinge in allen Einzelheiten der Wahrheit entsprechen und in sauberer, leserlicher Handschrift geschrieben sein werden, beginnend mit dem heutigen Tag, dem Neujahrstag 1914.»

Catherine Cookson

Die Chronik
Ein Frauenschicksal · rororo 4496

Der Spieler
Roman · rororo 4572

Die Fremde
Roman · rororo 4680

Ein schwerer Weg
Roman · rororo 4862

Der erste Sohn
Roman · rororo 5070

Der falsche Vater
Roman · rororo 5159 (Juli '83)

Elizabeth Goudge

Der Vogel im Baum
(4035)

Das Gasthaus am Fluß
(4085)

Das Herz der Familie
(4147)

Inselzauber
(4228)

Das Mädchen vom Meer
(4296)

Der grüne Delphin
(4472)

rororo

989/2

1063/3